escritasperformáticas

Prefeitura da Cidade do Rio de Janeiro e
Secretaria Municipal de Cultura apresentam:

Narrativas Imprevisíveis

N°0 coleção tabuleiro de ficções

numa

FOMENTO:

FOCA FOMENTO À CULTURA CARIOCA

Rio PREFEITURA | CULTURA

Apresentação

Com imensa alegria inauguramos, com o livro *Narrativas Imprevisíveis*, a Coleção Tabuleiro de Ficções. Esse nascimento é fruto essencial do desejo e da necessidade de experimentação da escrita coletiva, abrindo caminhos que culminem, no final do processo criativo, num texto heterogêneo, obra do encontro.

Todos os livros da Coleção partem de uma reunião inédita e sortida de pessoas convidadas. A mescla entre as diferenças e convergências é o caldo em que se processa a dinâmica da escrita de nosso tecido.

Narrativas Imprevisíveis é o livro-piloto, a primeira experiência, o embrião que irá se desdobrar em muitos livros, sempre trançados por diversas vozes e mãos escritoras.

O formato acontece através de um jogo amistoso de criação literária. Cada pessoa é uma peça tentacular, personagem em construção que se ramifica. Cada provocação criativa é uma carta. Cada movimento é um texto que se realiza.

As escritas se misturam e se sobrepõem conforme o processo se opera. Para cada provocação, é feito um sorteio que desloca o material já escrito para outras mãos, que darão continuidade ao fio que se apresenta.

Desapego com o próprio texto, cuidado com o texto alheio e liberdade plena de criação são princípios fundamentais que cada participante deve lembrar enquanto o jogo se desdobra.

A prática dura dez semanas. A cada rodada é lançada uma carta-provocação que induzirá as escritas a cruzarem os temas emergidos, personagens, encontros e atmosferas, na trama da escrita ficcional.

O resultado não é fechado. É um livro ilimitado, considerando que toda leitura será capaz de significar e interpretar, intimamente, sua própria versão do jogo que se apresenta. A pessoa que lê é a peça que falta para a engrenagem funcionar.

Aqui, em *Narrativas Imprevisíveis*, somos quatorze pessoas escrevendo, sendo uma delas provocadora externa, convidada a elaborar um texto provocativo pontual, que atravessa todas as peças do Tabuleiro.

Desejo a todo mundo um bom jogo e uma boa leitura!

BOTIKA, CHOFER

Dinâmica

10 semanas = 10 provocações = 10 textos por pessoa.

Cada participante inicia o jogo criando sua personagem-base.

Durante o processo de escrita, cada personagem-base é desenvolvida também por outras mãos escritoras.

Através de sorteio, a personagem criada por X cai na mão de Y, que irá escrever seu complemento a partir da provocação criativa lançada na respectiva semana. As provocações estimulam não só a construção de personagens, como também a composição de universos múltiplos que se instauram a partir dessas figuras.

Semana após semana, personagens transitam, se expandem e se enriquecem enquanto são escritos por diferentes pessoas, através do rodízio de sorteios e provocações.

A elaboração de uma personagem também segue uma outra alternância: da mesma forma que se transforma pela escrita da pessoa para a qual foi sorteada, retorna para o colo da autoria originária, que agora escreverá contando com as novas camadas somadas à sua personagem-base.

O processo é acumulativo. A cada rodada, todas as pessoas participantes devem ler o conteúdo criado anteriormente para poder dar sequência à personagem que está em suas mãos.

O livro está disposto em capítulos que levam o nome de cada personagem-base.

Os subcapítulos levam o nome de cada provocação feita durante o processo de escrita.

Cada capítulo é o fio completo de sua respectiva personagem, respeitando o desenvolvimento do jogo de modo cronológico.

Em dado momento, o mesmo texto atravessa o fio de todas as personagens. Esse é o texto escrito pela provocadora convidada.

Para saber quem escreveu qual texto de uma personagem, dispomos de índice ao final do livro.

Sumário

A Prontidão

especialista em fugas.
ela é especialista em fugas, máscaras, disfarces... não quer se render aos abismos que outras pessoas convencionaram chamar de compromisso, prazo, rotina. o tédio.
ela foge quando o tédio chega. às vezes fica tão pouco que nem dá tempo de aprender o nome dela.
vive com a bagagem sempre pronta: pra partir. não é que não se apaixone, ela se apaixona, muito. tantas vezes, por tantas coisas, nem sempre por outras pessoas (quase humanas, como ela), tão profundamente, que: se entrega, vai embora, queima as pontes, salga o chão, terrasada.
mas leva sempre consigo uma mudinha de qualquer coisa do que brotou por ali.
na primeira vez, 15, 16 anos, foi uma daquelas batatas pequenas da falsa ora pro nobis – língua de vaca, na boca do povo, talvez menos proteína ("carne de pobre", diz também, ainda, a língua mesma, ou outra, de um mesmo povo, ou outro), mas ainda assim apetecente ao paladar, uma delícia refogada.
aprendeu de um tudo com aquela grande paixão por uma mulher tão mais velha que ela, planteira como aprenderia a ser, o que prestasse, o que não, a lida com plantas. menos o partir, isso era seu. demorou alguns anos pra entender esse modo de funcionamento de si: se apaixonar, presentear com planta, às vezes flores (vivas sempre, planta inteira, como

ela mesma), ir depois que uma muda se fizesse pronta a virar planta outra em vaso longe, em terra outra.
ela mesma não, nunca que vaso, que raízes.
uma vez errou a mão, deu orquídea rara, floração bissexta, experimentou indos-vindos, partir aos poucos, adeus em conta-gotas, o que teve sim o mérito da experiência nova, mas se não fosse o caso de ser ambiente de trabalho teriam sofrido muito, ela, a amante.
em todo caso chamava tudo de amante: um novo emprego, uma pessoa nova, um novo lugar, qualquer paixão que movesse seu peito como se pulsasse um coração novo era amante, era amado, era o que a movia – controversamente, fazendo-a ficar.
pelo tempo de encanto, se deixava quedar, quase aquietava, até; por vezes foi paixão tão impressionante que pensou ser para todo o sempre amém, mas tudo tem seu tempo de acabar e a hora de partir a animava também, uma paixão própria, quase.
talvez amasse desnovidade, o momento tédio tornado cada vez mais óbvio, mais que as novarias do encontro. começava a prestar desatenção na amante, na casa, na rua, no emprego. via a planta minguando, perdendo por fora a força: pralimentar o broto, muda que precisava vingar, então não bebia pouco da fonte-matriz.
de novo era hora de partir.
os tubérculos da zamioculca parecendo fugir do vaso. só existe "planta de interior" se sua casa é a floresta, oxente, que conversa fiada de vendedor. lugar de planta é terra do chão. quando se sentia presa demais em vaso-afeto diminuinte, nem a replanta prometia liberdade – aquário maior não é oceano, como sua vó lhe disse anos, décadas, vidas

antes. dessa vez honrou a velhinha usando seu casaco preferido, aquele branco com estampa arabesque azul. uma barba postiça, de quebra, e um óculos *vintage* (mentira, era velho mesmo) achado em brechó qualquer. o bilhete de despedida foi tirar a zami do vaso, replantar no quintal à sombra do flamboyant, galhos reverenciando o chão como quem dança a uma deusa antiga feito Nanã.
dizem que o tempo é um deus velho, pois a pressa é velha também. não ia envelhecer mais uma noite ali. a zamioculca ficou mais feliz com o flamboyant. e o chão dela era esse momento de partir: foi-se.

Ambiente

mas, sendo assim, como é que, por diabos, se descreve essa coisa?

Vejamos.

Já disse que, por dentro, é tudo muito limpo. E tudo muito branco. Só que o que faltou dizer é que de tudo que é tão limpo, e tudo que é tão branco, a vista chega a ficar anuviada, sabe como? É como se alguém lhe dissesse que se trata de ambiente de uma intensidade quase máxima. É, assim tá mais ou menos bom.

E onde, por fora? É limpo também. E é branco também. Do tamanho de um caixão de adulto. E ó que são muitos. Dezenas de milhares de caixões. Até aí não tem tanto problema. A merda são aqueles milhões e milhões de botõezinhos azuis. Vermelho tem apenas um em cada dispositivo. Acaba chamando atenção pelo contraste dessa cor que é quente, em meio a tantos botõezinhos frios de apertar. Se a ideia era camuflar a diferença, foi burrice de quem assinou o projeto.

Um bipe meio chato fica a toda hora apitando. E se diz toda hora porque não parece ter um intervalo regular entre uma bipada e uma outra. Às vezes é um bipe bipe bipe que não para mais, e às vezes demora um bocado. Vai entender.

Voltando pra limpeza e pra brancura do interior desses caixões tamanho adulto, se a gente olha bem, se presta atenção nos detalhes, há uns tubos sanfonados ligados numa ponta à têmpora direita de cada indivíduo e na outra ponta são ligados não se sabe aonde. Esses tubos sanfonados passam por pequenas aberturas ao pé de umas portas de cômodos apenas, aparentemente, pra sair por outras aberturas pequenas e depois fazer o mesmo pra passar por outros cômodos, entrando e saindo por todo um corredor de extensão infinita.

Quem se concentrar nessa moça à nossa frente, por exemplo, essa figura de olhos trancados e braços cruzados à altura dos peitos e rosto que agora é tranquilo, agora aparenta uma calma de uma gente morta, mas não faz cinco minutos estava com os músculos da face retesados como quem bate boca com alguém que tá prestes a deixar de ser um namorado, ou namorada, vai saber, quem se concentrar nessa figura vai ficar muito na dúvida se ela tá mesmo com as raízes fincadas nesse chão tão limpo e branco ou se ela tá voando a três mil pés de altura e com os olhos de águia na busca de um lugar interessante pra seu pouso temporário de uma liberdade que não é toda hora que se encontra por aí. A sensação é que ela tá aqui e – ao mesmo tempo – foi-se,

Encontro

A PRONTIDÃO E IROCO

Tempo é nome de um deus.
portanto, nem um instante sequer depois. ou nem antes. foi na prontidão do momento e-xa-to. assim que ela passou precisamente por baixo do galho mais próximo do chão, a árvore monumental, gigantesca, descomunal, histórica, ancestra, profunda soltou o fruto. maduro no ponto da perfeição, um momento após o de-vez, alguma previedade ao à doçura molenga de fruta passando.
caiu a seus pés.
oferenda invertida.
folha é bailarina que só o vento coreografa.
seiva é segredo que a pulsação garante.
tronco, galhos são a engenharia da arquitetura toda.
as raízes, teia ao avesso que fornece o sustentáculo em conexão com a terra.
fruto é presente, é oferta, maravilha de futuro.
assim como a semente, que guarda o fruto na paz do seu sonho, antecipa seu futuro, garante a propagação da espécie, e é princípio vital de prontidão, estratégia altamente tecnológica de deslocamento, autometáfora da fartura, plenitude.
o que a outra personagem, quando esbarrar-se com Iroko, não poderá jamais entender em sua profunda limitação humana, é que só quem fica é capaz de ir. só quem dá é capaz de receber.
será que A Prontidão vai entender isso?
abaixar-se pra pegar o fruto?

ela, que acha que só sabe partir?
a árvore em seu silêncio fincado diz mais que qualquer palavra sobre ela mesma.
é por isso que Iroko é, fundamentalmente, a natureza primeva do feitiço.
o que as palavras fazem é uma tentativa sempre inexata, sempre anacrônica, sempre incompleta de materializar o que se pensa, o que se sente, o que se sonha, o que se deseja.
uma árvore, não. uma árvore materializa o futuro como promissória. é verdade. é exata. é respiro. alimento. sombra. amanhã plantado no ontem.
quem não entende a necessidade de aprender a ficar, pra conseguir mesmo partir, não conseguirá entender isso, coitada. tadinha. a pobi. da pretensa prontidão da outra personagem. se não sabe que tem algo assim tão fundamente quebrado, saberá que poderia reparar?
é um pouco como a relação entre amor e transformação; ninguém consegue mudar algo que não ame. fora do amor, qualquer tentativa de transformação é aniquilação, destruição, colonização, avassalamento. simplesmente porque é impossível mudar aquilo que não se ama, que não se aceita.
lógico que isso é especulação altamente narrativa, pois uma árvore é uma árvore é uma árvore é uma árvore, e uma personagem (quer seja árvore, quer não) tem como limite imaginativo a própria circunstância desontológica de sua matéria base, seu fundamento (que é mesmo coisa de raiz, aliás).
Iroko é uma dessas energias indomáveis até mesmo pelos limites estreitos da compreensão ocidental, embranquecida.
é mais que deus, mais que árvore, mas em sua generosidade cosgomônica há de compreender tantas impossibilidades &

pequenezas de nós, miudices do universo, dando Agô mesmo assim.
quer mereçamos, quer não.
com A Prontidão não será diferente, Iroko há de abençoá-la em sua perdição, sua dificuldade em permanecer, alimentar da terra suas raízes, alimentar a terra com suas raízes. e sim há de partilhar seu Axé com essa que não sabe permanecer, e acha que não tem que aprender a ficar.
por isso derrubou a fruta.
é da natureza humana (ocidental, colonizada, embranquecida) não entender a coreografia das árvores. o ballet das sementes. a sinfonia das flores. a inteligência de folhas. a opulência da seiva. e, obviamente, o mistério da sabedoria das raízes. «cada pétala é um ser», como lera em algum livro anos antes, sem conseguir entender direito, mas tampouco conseguindo esquecer.
um dos tons do marrom de sua pele-casca parece o marrom mais escuro onde a pele dela toma sol de tantas andanças. quem não acredita que as árvores podem dançar não aprendeu a enxergar nada. tem coisas que só se veem quando os olhos descansam. pra cultuar alguns Deuses, a pessoa tem que se curvar.

Reflexão

inclusive acho muito engraçado (ah, vai, é engraçado sim), tá bom, o quê então?, irônico pode?, ok, acho até pra lá de irônico esse movimento todo, as fugas, as máscaras, disfarces, irônica essa tentativa de escapar do tédio estando justamente enterrada até os ossos nesta caixa, com todas as células do corpo submetidas a este processo que não sei definir, nem descrever, não sei se eu poderia estar, neste momento, pensando como eu tô pensando agora, me entende?, isso, além de pra lá de patético, beira a impossibilidade absoluta, irônico viver (ou negar-se a viver) essas experiências todas, esse apaixonar-se/desapaixonar-se, esse carregar consigo uma mudinha do que quer que seja ao partir, a representação do movimento como sendo o movimento mesmo, entende?, não devia ser assim, não devia, todo um universo construído em detalhes na minha cabeça – pela minha vontade – todo um universo e, ao mesmo tempo, um nada, um grande nada, o nada absoluto, a paralisia absoluta, se não por acaso eu decido que não vou apertar o diabo do botão vermelho, que se foda o botãozinho vermelho, se eu falo de mim pra mim mesma que essa palhaçada é tremenda conversa fiada, como alguém que decide de si pra si mesma não tomar certa pílula de cor, será que isso é mesmo decisão?, será que sou eu que faço os meus movimentos?, sou eu decidindo por mim?, se vivo ou não vivo certa experiência, pode ser que haja alguma falha de procedimento, um *bug* no sistema ou sei lá, algo que me cause a ilusão de que sou eu que não consigo completar os ciclos, só que na verdade tem alguém controlando umas peças neste tabuleiro, me entende?,

Herança Ancestral[1]

era a magia da genética ou da ancestria – esse tipo tão específico de epigenética – que explicava aquele espelho seu ali em sua frente, mas também pressionando com uma certa quentura, um volume imensurável,

mas certamente palpável, suas costas, a curva convexa da perna, talhada em tantos andares.

meio submergida na textura surreal do onírico – não parecia dia, não parecia noite, não parecia tempo nenhum demarcável nas cores pardacentas do céu que não deixava definir se caso aurora ou hora de ocaso – A Prontidão se sentia desperta, convocada por aquela presença tão outra de si mesma.

vez em quando tinha esses sonhos muito nítidos, que a deixavam, ao acordar, com a impressão de que tinha começado a dormir agora, a sonhar agora, mas nunca assim tão vívidos a ponto de sentir o gosto do cheiro de jasmim-manga no céu da boca, e olha que sua mais velha nem tava tão perto assim.

mas era, indiscutivelmente, uma mais velha sua. via em seu rosto exatamente de onde vinha ela mesma: a península do bico-de-viúva meridionando sua testa com o cabelo escuro, grosso, denso, cacheado; os olhos simetricamente equidistantes cada qual de si e das têmporas hexagonando as laterais de seu rosto, abaixo das sobrancelhas espessas, cerradas, mais pra curtas; o nariz núbio, perfeito; a boca que por tantos anos odiara tanto em si: não pela grossura dos lábios mas pelo superior ser ainda maior que o segundo.

---

1 Antes de ler esse texto, sugerimos ir à página 285.

os apelidos da infância dos quais tentava fugir tapando a boca, ocultando na própria boca a diferença (e a vingança, sempre que podia, de libertar os papagaios, periquitos, jandaias, maritacas, calopsitas das grades sádicas que o confinamento humano impunha, mesmo que a pessoa a se achar dona daquelas aves jamais tivesse pisado o pé na meninice dela assombrada por aquele bullying).
só as orelhas, o queixo e as maçãs do rosto não eram os seus. quanto ao resto, era o mesmo que ver-se a si mesma, um pouco anacrônica talvez, hiper-feminilizada talvez naqueles panos suaves, floridos da sua antiga.
alguma coisa dentro dos olhos também as diferenciava muito. é como se sua avó – avó? bisavó? – já tivesse dado a volta no cansaço da sofrida, do racismo, das restrições a quem nasce com uma fenda. "AFAB", lembrou subitamente de uma das tantas amantes que em algum momento deixara para trás, jamaicana, retinta, tão alta e suave, tão macia: "designada mulher ao nascer", a sigla na tradução.
ela mesma tinha dado a volta no cansaço dessas definições. mas também reconhecia como seus a suavidade do gesto, um movimentar oblíquo do pescoço, um piscar mais longo combinado a suspiro curto a ritualizar decisão tomada.
era o que sua mais velha – tataravó, definitivamente tataravó, supunha afiada ao analisar o corte do vestido, a fivela do sapato – fazia agora, comunicando alguma decisão que a levava a se mover, meio que levitando, até a pia, num instante de costas pra sua mais nova, num outro arqueando as costas com ambas mãos na cintura como ela mesma fazia (ela qual? quem era ela? quem era, a outra.) trazendo ignição aos movimentos de organizar alguma coisa, cozinhar alguma coisa, lavar alguma coisa.

— Bom dia, menina.
naquele tempo suspenso de sonho, simultaneamente rápido, estático, lento, a broa pronta, nem vira milho, nem tinha cidreira, o cheiro doce e quente atravessando a cozinha, o piso de cimento queimado vermelho, as paredes mal-caiadas de uma casa que não era só sua, a cortina de tecido antigo fazendo as vezes de porta, sua matéria indensa na cama, acordou.
gosto de broa na boca. ficou deitada ali um tempo tentando se lembrar que tempo é hoje, onde é que estava, apostando consigo mesma que ia mesmo ter, esfriando em cima do fogão num pratinho de ágata com um lascado enferrujando na borda, as broinhas assadas como sua mãe, a mãe de sua mãe, a mãe da mãe de sua mãe faziam.
— a bença, voinha, bom dia.
se esticou, bocejou, cobriu os pés adivinhando de onde viera o costume de dormir com eles descobertos até depois de amanhecer o dia, e escolheu dormir mais um pouquinho, esperando que a mornura das broinhas esperasse por ela, a colherada grossa de manteiga que queria ver derretendo sobre a massa.
na queda livre daquele abismo entre a vigília e o sonho ouviu, nítida, a voz rasgada da anciã responder dentro de sua cabeça que o Criador abençoe, menina.

Carta/Mensagem de A Prontidão para Amor Maior

Não tem jeito fácil de dizer adeus...
Mas em verdade suponho que deveria eu começar como aprendi nesse distante outrora naquelas aulas de PIL/PCL, OSPB também cursei, tempo aquele em já não se dizia ginásio, mas hoje, ao te escrever essas linhas, "malfadadas", me sinto como que chegando daquele mesmo tempo quando. Ginasial. Preencher cheques. Cozinhar feijão com toucinho na panela de pressão. Escrever cartas! É impressionante que a gente teve aulas que tais, não te espanta, também, ser dum outro século?
Lembro de gostar tanto da professora de PIL por não usava sutiã, o que sinceramente fui entender anos depois, e obviamente que nunca dava para se ver nada, mas já era um tanto o que eu imaginava... Às vezes o camisetão de algodão dela bem embutido no de-dentro da calça de sarja azul, cintura alta, fivela dourada no cinto de couro desgastado aqui e ali, ficava um tanto mais justo no que ela se agachava para buscar algo ao chão ou apenas num esticar de braço, canhoto, para escrever algo mais lá no alto do quadro... Verde, verde escuro mas nitidamente verde, que se chamava quadro-negro então. Esse, que sequer negro era mas tinha em seu nome tal registro, era a única coisa negra naquela toda instituição escolar, além dos hábitos das freiras, de mim, é claro, e da merendeira. Pois foi aquela professora quem bem me ensinou o dever de começar-se qualquer missiva, "seja de foro íntimo e pessoal

mas também é próprio à redação de cartas comerciais", como dizia num português impecável, pelo nome da cidade no canto esquerdo do papel, seguido por data (dia, mês por extenso, ano). Ela punha estrelinhas a mais no meu caderno quando eu inventava de escrever o ano em algarismos romanos.

Sabe-se lá onde, e que dia será, nesses esquivos, equívocos meses do ano de MMXXIV.

Amada Minha,

Não é fácil te dizer adeus mas vou-me embora assim mesmo. Acho que nós sempre soubemos que em algum momento seguiríamos caminhos distintos, não é mesmo? Só sei que eu não esperava que fosse ser tão breve ou tão difícil assim... Muito antes de conhecer você eu já tinha perdido tantas das esperanças de estar de novo com alguém, que nos amássemos, que nos compreendêssemos como entre nós fortuitamente se passou.

Você, em algum momento que chegou tão rápido depois de nos conhecermos, se tornou meu ar, meu chão, o rumo que organizava os caminhos de minha vida. Contigo aprendi até a astrologia que explica, por seu "sol em capricórnio, vênus em aquário"... (E aqui suas palavras ecoando na memória da minha saliva rasgam minha razão afirmando que só pode ser insensatez esta minha decisão...) Aprendi até que é essa sua configuração de céus, estrelas e sei lá eu quais outras matemáticas anciãs de leitura do céu e de nós, que somos nada mais que poeira assentada de estrelas, a explicação para a grandeza de nosso encontro, para a completude de nossas jornadas, para fazer parecer que estávamos mesmo diante dum daqueles casos lindos, improváveis e tão esperados de gêmeas almas...

Sei de tudo que te fiz, também, para trazer expansão, remanso, sossego, calmaria na busca exaustiva por fazer do regaço de outrem a casa tua, morada melhor, ainda que das mais impalpáveis. Mas sinto que, assim como o erro maior é meu, a gratidão maior é minha, minha Amor Maior.

Foi graças a você, tua insistência em me comunicar com o mundo, em me letrar nesse algorítmico universo da virtualidade, que eu aprendi a consolidar meu ofício mais importante de co-nec-tar – tarefa mesmo de Exu, aqui na minha liturgia familiar de cosmogonia tão diferente da tua.

br.ejo™[2] tem feito tamanho sucesso entre as sapatonas quarentonas, entendidas cinquenteiras, fanchonas quase sessentadas – e essa é minha laia, sabes bem. Tu que és tão mais jovem, tão mais *antenada*, me convidou a experimentar esse mundo e assim aprendi a transformar a matemática que, ainda menina (!), tanto amava, em um novo saber, em forma nova de prover.

Como eu poderia, nessa vida ainda, explicar à minha avó, à minha bisa, o que é ser programadora? Elas mal souberam se acostumar quando os telefones passaram de chamada discada a teclado alfanumérico; da televisão com controle remoto melhor se nada comento... E por perceber que não vou deixar de pertencer ao tempo que me forjou, que nos forjou, é que eu decidi vender o aplicativo, tornando-me membro associado majoritário à empresa que agora difunde a descoberta mundo afora, conectando corações desiludidos como

---

2 Para fins de proteção contra processo des editores deste livro, a menção ao aplicativo segue anexada ao símbolo de patente e direito autoral, o qual foi inserido posteriormente à transcrição da carta, originalmente manuscrita, acessada nos arquivos pessoais da personagem, gentilmente cedidos por ela mesma para a narradora.

outrora os nossos foram... O brilhantismo de ser um aplicativo de romance com ingresso por indicação, além da gratuidade perene, foram também cruciais distintivos.

Ah, Adorada Minha, sem ti nem eu nem a empreitada seríamos sombra sequer do que somos... Então é nada mais que justo: possas tu usufruir dos dividendos que te deixo, não te magoes, rogo eu, de usar essa pecúnia para teu conforto, para o conforto de tua cria.

Perdoa eu não conseguir partilhar contigo esse único e grandioso sonho de trazer ao mundo outra criatura – acho que Machado me pegou de jeito, não só no algo rebuscado da escrita; ainda que eu deixe um legado nada miserável a esta criança que escolhes trazer ao mundo.

O montante te ajudará a pagar tudo que precisares e até o que não imaginas ainda ao menos pelos primeiros cinco anos de puerpério. Que recebas como prova de meu inconteste amor. Meu patrimônio, material, imaterial, é também teu – agora, também de tua filha. Nunca brigamos por bobagens feito dinheiro e que-tais, Oxalá que agora, como sempre, mantenhamo-nos assim.

Creio que de todas as incompreensões, abismos geracionais, brigas de rotina, discussões, jamais imaginaríamos que logo teu sonho maior me faria recuar, querer partir.

É que não partilho desses afãs que me parecem tão contaminados da heteronormatividade. E é também, não devo mentir-te, que senti num fosso de incompreensão e invisibilidade quando, mesmo tendo te contado que inicio lenta, tímida, mas firme de propósito meu processo de assumir o eu que sempre fui guardado, escondido nos armários da cisgeneridade por tantas décadas... Perdoa-me se pranteio...

Mesmo tendo partilhado contigo que a acolhida de minha identidade não-binária, dissidente, disfem seja irrefreável... Ainda assim, é pesaroso lembrar que tenhas me pedido experimentar a possibilidade de estimulação de aleitamento via hormonização.
Sonhos divergentes.
Caminhos opostos.
Amor dilacerado.
Mas ainda assim amor. E é porque me amo, porque amo você, Meu Amor Maior, porque nos amo e amo até tua futura rebento que trouxeste já no ventre para casa tão decidida estavas a gestar, a partir, é que eu parto, que me vou, sem esperar que tu compreendas que eu não tenho desejo de dividir nem minha vida nem a vida que tinha contigo com outro alguém que será a mais pura e amorosa dependência, em demanda de atenção total e plena, a qual merece ser respondida com tua presença constante e que não contaria com minha participação parental como também tu tanto sonhaste. Nunca foi sonho meu, tua então realidade. Mas celebro por ti. Deixo-as com meu melhor afeto.
Lá na minha infância cada vez mais distante, aquela professora também disse que ao final de cada carta deveríamos nos subscrever. Quando nos tornarmos a ver, serei outro – não mais *sua Mar(lúcia)*3. Mas ainda assim um tanto selvagem, indomável e inexplicável de meu coração tão destruído e re-

---

3 Até conseguir chegar ao acervo epistolar da personagem, nem mesmo a narradora sabia que o nome de registro dA Prontidão era Marlúcia. seu nome social e gênero retificados, Marlúcio Batista de Leguá, pessoa não-binária, têm salvaguarda jurídica pela ADI 2444, de 20 de novembro de 2023, histórico julgamento em que o STF aboliu o sistema binário colonial de exclusividade gendrada "masculino x feminino".

feito por teu benfazejo afeto é para sempre teu, não importa por qual nome eu me chame, é teu, sou teu, exatamente como quando me tornei, agora há anos tão distantes essa cena na memória, sempre viva, vendo-te sambar suada ao som do pandeiro de dona Bete Bronca.

Resposta de Amor Maior para A Prontidão

Você que tem o mar como chão,

São 12h15 e o lixeiro não passou novamente. Eu já cansei de ir até a lixeira, recolher os restos do lixo remexido pelos gambás e ensacá-los novamente esperando que o lixeiro enfim passe. Eu não sei há quanto tempo tenho feito isso, talvez anos. Mas ando hipnotizada por essa gambá grande e gorda com as tetas carregadas de leite, eu fico espiando ela entrando na lixeira e caçando algum resto de fruta ou alguma outra coisa que a apeteça. Ela nunca aparece com os filhotes, mas certamente ela tem filhotes, dá pra ver na cara dela, em como ela se movimenta.

Quando você saiu pela porta dizendo que mais uma vez não conseguiria ficar, eu não chorei. Eu coloquei aquela roupa velha que você adorava e fui limpar o quintal, joguei bastante sabão, cândida e fui esfregando o chão com toda a força pra retirar aquele limo já esverdeado. De alguma forma, limpar aquela lembrança verde de vida, me trazia uma certa paz de espírito e também algum poder, como se eu pudesse escolher quem vai e quem fica.

O mesmo disco tocando na vizinha – e eu falo disco porque é assim que você falava quando eu colocava qualquer música no Spotify e você me perguntava é de quem esse disco? Ela agora deu pra ouvir esse cantor português que canta tão triste, quando percebo estou chorando na cozinha. *Da boca dum marinheiro, do frágil barco veleiro, Da boca dum marinheiro, do frágil barco veleiro.*

Parece que desde que você foi embora, parou de ventar.

Tudo me transforma, *são os hormônios!* me dizem pessoas que nunca pariram nada e nem ninguém. E eu sei da minha decisão particular em gerar, era uma urgência, você sabe. Eu precisava fazer um filho pra me rebelar. Daquela vez que fomos a Minas, reparei na forma como você mordeu a goiabada e era diferente da maneira como você mordia. Você pousou a goiabada na lateral da boca e mordeu com tanta delicadeza que mais parecia um beijo. Achei sexy. Algo tinha mudado em como você engole o mundo.

Ontem quando fui ao mercadinho comprar ovos e frutas para o café da manhã, Luciene me perguntou *onde está Marlúcia? Ela nunca mais teve aqui!* e eu fiquei um tempo pensando, como se tivesse esquecido esse nome, esquecido de você. E novamente ouvi que eram os hormônios. Se os efeitos químicos da paixão duram aproximadamente dois anos, vou gastar esse dinheiro que você deixou pra pagar todas as sessões de análise, massagem e florais de Bach que terei que tomar.

Eu sinto tanto a sua falta. De deitar no teu peito quente me embalando.

É tão estranho me sentir só com alguém crescendo dentro de mim. Me sinto tão cheia, vazia.

Lá vem a gambá, hoje garanti que teria um pouco de mamão-papaia, a preferida dela. Estou ouvindo uns barulhos diferentes do normal, uns grunhidos agudos. Daqui ela não consegue me ver mas a luz do poste deixa a lixeira quase como um palco pra caçadora esplendorosa. Suas tetas fartas, sua força e também a sua melancolia porque ela sabe do tamanho da solidão que carrega, renitente. São os filhotes! Eles vieram com ela pela primeira vez! Eles devem amar mamão, assim como ela. Amanhã preciso comprar mais mamão e talvez bananas-nanicas, mais fáceis dos filhotes comerem.

Talvez eu conte a Luciene que você agora é Marlúcio, não quero que pareça que não estou te apoiando é que em algum lugar eu quis acreditar que você seguiria confortável sendo a caminhoneira que todos do bairro conheciam. A fanchona, a sapatona que usa camisa de botão. Se você quiser passar aqui qualquer hora, quem sabe você não consegue ver a gambá e até fazer carinho nos filhotes. Certeza que eles iam gostar e eu também.

Mas eu sei que você não virá.

E nem o lixeiro.

Sonho

no sonho, a criança salvava ela de tudo. enchente, tubarão, quebranto, coração partido. mas não era ela que devia resgatar sua criança interior, todos aqueles traumas, a sensação constante de abandono sendo avolumada ano após ano, depois todas aquelas amantes?

mal conseguia, e a verdade era essa, lidar com os traumas de sua adulta exterior. ou seu adulto. adulte. pronomes, artigos, novos adjetivos passeando por sua cabeça em revoada como pássaros selvagens deslizando tranquilos o céu. pairar.

tão parecido com parar, mas totalmente diferente. o exercício de confiança. na vida real, Rita Maria é que vinha salvando ela de tudo. ele. elu. também se salvando de tanto. salvando Rita Maria, seu grande Amor Maior.

no sonho, Rita Maria tinha fileiras de tetas cheias como a cuíca. ou era gambá? saruê. Rita Maria com fileiras de tetas que amamentavam todas as crianças que eram uma única criança salvando Mar de tudo, no sonho.

Mar, melhor que Marlúcio. mais simples, e mais indefinido, também. mas nada monstruosa, as tetas tão bonitas, mamíferas, peludas. tampouco sexies. mas muito mais que funcionais. outrora eram braços, vários, Rita Maria com braços tantos.

pra ao mesmo tempo segurar criança, ninar criança, mexer panela, lixar unhas, limpar óculos, escovar dentes, acarinhar sua cabeça perdida entre ir ou ficar, ficar ou ir, ou ir, ou ir. só de pensar em ir já tinha ido, que regressão era aquela?

piada do subconsciente. ou era inconsciente? quem regia os sonhos. eram os braços bonitos de Rita Maria que coordenavam o movimento do ar quente lento em que os pássaros grandes, selvagens, deslizavam com as crianças penduradas no bico.

mas não eram carcarás? urubus – revirando o lixo do lixeiro que não passou mais. cegonhas – que metáfora batida. flamingos – e tudo era rosa, tudo era Rita Maria mesma voando, sem teta, sem braço, só asas, asas macias, sem penas, peludas, mamíferas asas, asas rosadas, aquela Onira toda dela se mostrando até ali, no sonho dele.

logo, a dissolução. nem rosa, nem azul, nem nuvens. se apossando de seu corpo, aquela dissolução. não mais corpo, não mais mente, não mais ente, só mais céu, céu azul, azul quente, envolvendo Rita Maria em seu voo pássara, selvagem, fêmea, mamífera, prenha, pra longe, pra cada vez mais longe voando, deslizando o céu que Mar não era mais, nem ente, nem gente, nem firmamento, não era anil nem celeste, alvorada nem poente, não era nada mais.

acordou. era sonho mesmo, será?

pela primeira vez sentindo ser ele mesmo Marlúcio, tão natural, sentir-se seu novo nome ali, nessa antiga primeira vez. cansade, confuse ainda, mas ente, gente, presente.

a boca amarga, um pouco de saudade. e tesão também. as tetas, será? foi passar um café bem açucado pra depois tentar usar pela primeira vez o próprio aplicativo. meio enferrujade, sipá. mas sabia que já estava pronte pra aprender a amar de novo.

Reflexo

o lixo acumulado todo pro lado de fora, somente. por dentro, o que se acumula é ruído, camada, escama; tantos corpos e tantas sutilezas, tantos rastros e tantas fugas, tanta pele e tanto disfarce. já não sei quais de mim serei, quem de mim aqui está, quais se foram e não voltam mais. sinto saudade de gente que ainda sou, que se guarda em esconderijos e pontos cegos de minhas esquinas desconhecidas, assoviando no fundo, fazendo frio da barriga.

o som do lixo me acorda pro lado de fora. é a gambá matriarca que confere meus restos. mal sabe ela que deixo saladas e carnes completas pra que se alimente bem e produza com saúde o leite de seus bebês. ou justamente o oposto, ela compreende perfeitamente que é cuidada e bem-vinda por aqui.

saciada, a gambá segue o rumo de sua trilha, deixando um rastro de leite materno pelo caminho. para, olha pra mim e me convida a seguir seu passeio. o fio de leite me leva à beira de um rio, onde me debruço pra matar a sede, e me surpreendo com meu reflexo estampado em água corrente. não há nada que garanta ser meu rosto na imagem volúvel que me encara no rio, além de minha certeza. reconheço minhas máscaras se descascando. Oi, Marlúcio, oi, Marlúcia, oi, tudo isso que sou, essa gente, esses bichos, tantos seres e formas incompreensíveis que me sustentam e me abastecem.

estamos nos desfazendo e nos recompondo a partir do encontro intangível de nosso olhar. há alguma matéria que se fortalece nessa teia forjada entre as pupilas de nossas versões diversas. somos tudo e somos ninguém. e quanto mais mergulhamos fundo, nos embaraçando nas entranhas de nossas ambiguidades, mais nos reconheço. somos a fluidez dos corpos, das formas, dos mistérios guardados e dos segredos revelados. não seremos jamais uma ideia fixa. temos sede, sempre.

pequenos peixes atravessam minhas mãos em concha na água do rio.

bebo a água que me sorve.

Transformação

é que fugir não parecia mais inevitável: de si, dali, de qualquer coisa devorando os dentros no silêncio angustioso da imutabilidade.

não era árvore, não sabia dançar com raízes fincadas, e por tanto tempo de seus dias não tinha sabido ficar, nem tinha querido aprender, é verdade. mas alguma coisa nesse agora... sabia diferente, além de seu nome e dos documentos retificados: aquele gosto indescritível de finalmente ter chegado em si mesme, saliva doce.

a boca muda. silêncio ia falando com outras vozes, agora. tranquilêz.

será que tinha a ver com a grana, só? será que se não tivesse dado aquela sorte inesperada num mundo tão longínquo como o das tecnologias, celulares, aplicativos tinha sido antes de sua amor maior, será que ele ainda estaria assim, com essa sensação de conforto? era conforto unicamente material, das posses, da segurança de não ter que se ocupar com como garantir o sustento dos próximos dias, meses, anos?

mas aquela máquina não estava acontecendo sozinha.

fazia o inverso do exercício, agora; que por muito tempo experimentara, sozinho no quarto, as luzes enrosaradas da penumbra do dia nascendo cedo, da tarde virando noite, mastigar bem o nome com que se batizaria, saboreando devagarmente os pronomes, os artigos.

isso foi antes. agora era imaginar a vida que tinha, materialmente esboçada em tantos cálculos, em tantas planilhas, em tantas economias, em tanta privação, ser aquele eu-mesmo em que se tornara logo bem junto com a fartura, a bonança.

mas esse experimento não durava muito, no máximo no banho quando se permitia levar mais minutos sob a água quente, quando ousava encher a banheira de porcelana e ficar ali, por horas, até injilhar as pontas todas dos dedos de mãos e pés.

ouvia vez em quando sua vó que tinha sido de tudo, lavadeira, costureira, benzedeira, só não sempre muito feliz, alertando que não gastasse tanta água pra lavar a louça, menina, onde já se viu?, tá achando que tua mãe é sócia da cedae, criatura?

nas poucas vezes em que tivera essa coragem pro banho de banheira – o banheiro, sozinho, maior que todos os cômodos juntos da casa em que moravam elas todas, sua infância-adolescência, e mais os outros porventura hospedados, enfermos, retirantes, foragidas, recém-paridas.

pra não pesar na consciência, lavava roupa na água do banho, lavava o banheiro todo, uma vez até deu banho no cachorro. sim, cachorro, porque quem compra casa quer cachorro, quer jardim, quer pomar.

o banheiro tinha uma parede de cobogó que dava pro quintal do terrenão. as florinhas pequeninas anunciando a primavera das amoras, daqui a pouco. um casal de araras cruzou o céu com seu grasnado que só quem tem inveja de voar pode achar desafinado. os dias iam se tornando mais longos, agora, mais quentes, também. quando saísse do banho ia fazer o PIX[4] pro moço que tinha pagado pra ir limpar o lixo da rua de Rita Maria. uniforme da comlurb e tudo. pra ela não desconfiar. no fim das contas, mesmo sem precisão, mesmo com outra escolha, seguia tendo a prontidão como natureza, drapetômano nato, sempre pronto a evadir, escapar, mudar de rota.

---

4 incluindo um aqüé pra frutas da estação que o lixeiro deixava, sempre, para a família da saruê que já devia estar agora nos netos ou bisnetos, passado o tempo que passara.

Bakurah

A mitologia suméria, pelo menos a partir do ano 1.000 A.C., já trazia referências a essa entidade meio macho meio fêmea, meio bicho meio gente, que os historiadores modernos costumam chamar pelo seu nome mais comum: Bakurah, a líder dos oito demônios do vento.

Essa divindade teria nascido da retirada do prepúcio do deus Shayaadin, enquanto ele dormia.

Representa o vento sudoeste, que traz as tempestades e a estiagem.

Os primeiros registros rupestres citando a sua existência foram encontrados em cavernas na região da Assíria, norte da Mesopotâmia, onde hoje fica o Iraque.

É um ser representado por uma criatura humana, mas frequentemente pode surgir com a cabeça de leão, com a juba trançada, com garras em vez de pés, com dois pares de asas, com uma cauda de escorpião e o corpo revestido de escamas.

Normalmente, essas suas representações vêm com algum tipo de fumo aceso à mão direita levantada e a esquerda abaixada, representando vida e morte, criação e destruição.

Espécie de anéis sobre as cabeças de estatuetas, encontradas ao longo dos séculos, por todo Oriente Médio indica que tais objetos originalmente eram usados em volta do pescoço ou pendurados nas casas, geralmente no local onde pessoas inválidas dormiam.

Bakurah é conhecido por trazer a estiagem e a fome, nas estações secas, e as pragas, nas estações chuvosas.

É considerado um demônio do mal, porém era invocado em amuletos para lutar contra deusas malignas suas rivais que se alimentavam de crianças recém-nascidas e seriam responsáveis por prejudicarem a mãe durante o parto.

Esses pequenos amuletos retratando Bakurah eram colocados no pescoço de mulheres grávidas, a fim de protegê-las até o instante do nascimento.

Acredita-se também que os amuletos eram colocados na mobília, após pequeno ritual envolvendo uma fumaça branca, invocado esse demônio como proteção contra doenças trazidas pelos ventos, especialmente pelo vento oeste.

No hebraico clássico, o da Bíblia que chegou aos nossos dias, a denominação Bakurah pode significar, entre outras coisas, "dar existência a coisas que não existem".

Os fragmentos de Ketef Hinnom, de por volta do ano 600 A.C., o Papiro Nash, de por volta de 150 A.C., e o pergaminho de Isaías, constante dos Manuscritos do Mar Morto, que se estima que tenha sido escrito durante o séc.II A.C. e por isso deve se assemelhar muito ao pergaminho que Jesus de Nazaré teria utilizado numa sinagoga na sua cidade natal, são os mais antigos e praticamente completos trechos do Antigo Testamento que existem. Descobertos em 1947, numa localização entre Israel e a Jordânia, esses documentos citam textualmente o demônio Bakurah e seus feitos, garantem os estudiosos, apesar da negativa católica registrada oficialmente no Concílio de Niceia, convocado em 325 pelo imperador romano Constantino I.

Ambiente

Os documentos de 1947 dão conta de que Bakurah habitava Mizrah, um jardim de árvores secas. O viridário sem vida era a única testemunha das diversões do líder dos oito demônios em seu pequeno reino.

Diversões que eram muitas.

A cada mil anos chovia em Mizrah. As chuvas, fortes e acompanhadas de grandes inundações e violentos ventos, duravam cem anos. Após este período, quando a lama baixava, todo o arvoredo morto ficava tingido de barro vermelho até a altura dos galhos mais altos.

Ao fim da temporada de alagamento, era a alegria de Bakurah adornar os troncos rubros e sem folhas com enormes pombos brancos, alguns deles do tamanho de ovelhas. Os grandes pássaros eram trazidos vivos do inferno vizinho, Gangahar. Tinham seus bicos removidos por almas escravas antes de cruzarem os altos portões amarelos de Mizrah. Era prazer e gozo de Bakurah assistir aos bichos, amputados e amarrados aos galhos de ponta-cabeça, agonizarem. O ritual de amputação e pendura dos bichos nas árvores de Mizrah se repetia durante os mil anos de seca sem interrupções. Toda vez que um grande pombo morria, era removido da árvore e substituído imediatamente por outro, vivo.

Bakurah não gostava de pombos.

Nas escrituras, consta que no reino daquele demônio jamais anoitecia. O sol de Mizrah ardia em temperatura constante de 65 graus. No céu, azul por mil anos, não se observava qualquer nuvem até a chegada das grandes inundações. Isso fazia de Mizrah um ambiente árido e inóspito na maior parte do tempo. Um lugar dominado por ar pesado e sufocante, repleto de poeira e ventos quentes, muito quentes.

A temperatura não caía quando a temporada de tempestades começava. A chuva, assim como toda lama que se formava com as águas, era morna e cinza. As moscas, do tamanho de um polegar, ocorriam às centenas de milhares e se alimentavam das feridas dos pombos brancos, agora cobertos de lama, e das chagas nos corpos das almas escravas que vagavam por Karkhol, o enorme descampado para além dos portões amarelos de Mizrah.

Era na temporada de chuvas que Bakurah mais se divertia. Bakurah amava moscas e odiava pombos e almas escravas. Era divertido ver as almas escravas indo e vindo de Mizrah até Gangahar pelo corredor Karkhol com lama até as coxas, algumas delas soluçando e gritando em desespero, outras desenganadas e completamente mansas de tanto sofrimento.

Encontro

BAKURAH E ESPELHA

Existe uma disputa interna entre os demônios do vento (ah, se existe), e isso vem desde o começo de tudo.

Bakurah se considera o líder, mas nem é porque seja certo de que tenha mais poder que os outros – não se sabe até que ponto seus poderes vão –, essa sua autoproclamação se deve ao simples fato de que foi a primeira dessas entidades a surgir. Daí veio o segundo, depois o terceiro, e assim até surgir Espelha, denominação mais usada, nos tempos de hoje, pro oitavo dos demônios.

Todos eles se detestam. Sequer teriam condição de dividir um espaço comum – não se sabe o que aconteceria se um encontro entre eles ocorresse –, as sabotagens recíprocas são especialmente catastróficas quando envolvem justamente Espelha e Bakurah. Um sentimento de ódio profundo movimenta essas duas criaturas.

Bakurah, por motivos que envolvem disputas com seres de ciclos malignos distintos, é tida por algumas civilizações como uma divindade protetora das mulheres grávidas e, por extensão, das crianças. É chamada por alguns de São Geraldo, por outros de Nossa Senhora do Bom Parto. E muito por isso, por essa disputa com o demônio mais antigo, Espelha resolveu adotar diversas formas – já foi lobo, já foi bruxa – e escolheu a floresta como lar.

De dentro da mata, meio que escondida atrás dos troncos mais robustos, ela busca disfarçar seus dentes verdes, seus cabelos vermelhos, sua pele pustulenta, seu corpo peludo, seus pés invertidos pra atrair as crianças sozinhas, logo muito bem acompanhadas, pro profundo da floresta.

Reflexão

Me chamem Bakurah, Pazuzu, inventem qualquer titulação, sei de suas línguas, de suas origens, conheço todas, neste Mundo habitado, pequenos imundos, apenas quero que rezem que temam minha chegada, pois com raiva trago secas prolongadas, trago inundações e pragas formo tufões inundações e tempestades de areia apenas para rir de seus corpos frágeis, destruo os tetos sobre casas de pedras cercadas de muros de pedra deixando-as de pé para que louvem minha habilidade e gastem suas energias na reconstrução de suas moradas e nova tormenta seguirá e enxergo suas famílias rezando, impactadas todos os dias, trementes, pois sabem que sou de variante humor e assim exijo que louvem-me, magnífico poderoso dos ventos, vermes rastejantes.

Tão somente respeito o submundo, no que é abaixo do firmamento, onde vivem os mortos e torço para que os mais impiedosos voltem para a superfície, pois os deixarei brincar até que os esquarteje, bosta de humanos, apenas protegendo os recém-nascidos pois anseio que novos homúnculos apareçam e exalem suas cantigas de medo e seus gritos de horror e continuamente os atazanarei com o temor das variantes formas extremadas tais quais 100 anos de seca ou outro Grande Dilúvio em que poucos sobrarão.

Sim, gosto que me ornem com a cabeça do leão pois meus dentes e garras destruirão seus músculos amorfos. Dignifiquem-me com minha calda de escorpião, pois este está sempre pronto para lhes trazer dor febre e morte. Sou filho de Habi, o mais perverso dos demônios, e chefio os meus pares demônios embatendo-me quando necessário, tirando-lhes força e até que aceitem minha superioridade.

Entidades de toda a Terra, demônios menores, humanos que como as pombas brancas devem ser destruídos minha glória é a afirmação de que sou imbatível. Amo ser o incontrolável Senhor dos Ventos.

Herança Ancestral[1]

Shayaadin, também chamado Habi, também chamado Haadyn (depende do tempo, do espaço, do povo, e o nosso demônio vai ganhando denominações variadas), uma grande divindade que governa todas as chamadas legiões de espíritos, pai de não se sabe quantos demônios e semi-demônios (incontáveis, incontáveis), se encontra com o menino Bakurah, seu primogênito.

Aparece como um leopardo de olhos de fogo e semblante terrível pra depois se transformar em homem.

O conhecedor de todas as mentiras e verdades pro-

---

1 Antes de ler esse texto, sugerimos ir à página 285.

duzidas desde sempre, no passado, no presente e no futuro, fala sobre divindades, sobre a criação do mundo, sobre as quedas dos outros espíritos e a sua própria.

Deixa muito claro, claríssimo, que tem o poder de queimar seus inimigos, causar tentações.

Lembra que é o deus da praga e da destruição, que pode represar o vento quente do deserto e liberá-lo quando bem lhe aprouver.

Que tanto ele pode surgir como um anjo bonito numa carruagem com voz agradável (sim, pode), como pode deixar ver que caiu quando desafiou Miguel, Galadriel e os outros (mas venceu), que cede poderes políticos, causa favor a inimigos e amigos, bons familiares. É justo e bom (recomendável) que lhe sejam ofertados sacrifícios e presentes.

Faz lembrar o menino que é citado nos saberes cabalísticos como o líder de um dos universos criados antes deste nosso, que se autodestruiu devido ao tamanho poder e maldade que continha.

Faz iluminar seu grande falo permanentemente ereto pra dizer que a humanidade deve se curvar aos seus desejos, é assim que deve ser, que o menino Bakurah primeiro aprenda muito bem essa lição pra só depois se empoderar, a ponto de fazer cumprir o que já vinha escrito nas tábuas das leis mais antigas.

Carta / Mensagem de Bakurah para o Povo do Deserto

Mensagem de Bakurah pro povo do deserto (mensagem que foi destruída antes mesmo de chegar a seu destinatário, logo antes, já que o velho barbudo se desesperou ao perceber que a imagem de um bezerro feita em ouro, uma joia!, era adorada à maneira que se adora a um deus; o velho barbudo entrou em desespero, ao pé do monte, quando viu que ao bezerro eram ofertados sacrifícios e deixou cair ao chão as tábuas verdadeiras; destruídas totalmente as tábuas em que Bakurah – transmutado em bezerro de ouro, pro povo, e, simultaneamente, transmutado num anjo bonito de voz agradável, pro velho, no alto do monte –, Bakurah, que é citado nos saberes cabalísticos, citado em manuscritos salomônicos, porém o tempo todo faz saber a toda gente que ele nem existe, então é uma possibilidade que ele seja um espírito que não retornou a seu local de origem quando as urnas sagradas foram destruídas, mas, muito ao contrário, se instalou numas imagens babilônicas, às vezes bezerros, às vezes serpentes, às vezes leopardos de ouro, umas joias!, Bakurah deixou mensagem pro seu povo, mensagem que foi destruída, mas de alguma forma conseguiu tocar os corações de muitos, de quase metade do total de humanos vivos, uma gente fiel cega de quase tudo, só não cega do que vem de suas redes exclusivas de articulação, regidas sob o manto do mistério absoluto): "Em verdade vos digo, seguidores meus" – dizia a mensagem gravada na primeira tábua e que foi destruída

– "verdade que os libertará e deve ser seguida como mandamento único: o jardim de umas árvores secas, Mizrah, vem acima de tudo, meus crentes, enquanto o seu líder supremo, Bakurah, esse vem acima de todos."

Resposta de Povo do Deserto para BaKurah

Oh, incrível BaKurah!
O povo do deserto se encontra perdido
Pra tanta promessa já não há mais ouvido
O mistério da fé está sumido!

Oh, incrível BaKurah
A magia não nos falta
A areia move as carcaças
Crentes em ti
E mesmo perdidos
Nós nos encontramos aqui
Tentando achar vestidos do senhor
Sem dor
Mas o corpo padece
A fé só não abastece
O que acontece?
O senhor se esquece
Ou isso faz parte da prece?
O silêncio enlouquece

TODO O POVO!
Nem dromedário bota ovo
Pra nós comer

Oh, incrível BaKurah!
O povo quer crer no Porto da tua palavra
Mas a nau do povo está encalhada
Buscando oásis nas dunas
Não há testamento
Apenas testes
E o que fazer com os restos
Vivos de filhos e netos
Duvidosos do Senhor
Por uma doença Tomética geracional
Sem reafirmação ritual
A fé se torna banal
E os carneiros e ovelhas
Só os de ouro sobrevivem
Pois já estão mortos
Mas são exaltados pelos olhos dos nossos
Saudosos de sua ORIentAÇÃO
Oh, incrível BaKurah!
Queremos voltar a crer
Pois nosso ver já está cego
De desespero e ego

Sobre sub viver

Sonho

As noites em Mizrah duram setenta e duas horas. E em cada uma delas Bakurah tem novecentos e noventa e nove pesadelos, que são sempre iguais. Nesses sonhos lúcidos – Bakurah não dorme nunca –, há sempre um grande anjo vermelho, como líder do povo (ou de metade desse povo, a outra metade nunca se apresenta nesses pesadelos), um povo que está sempre a festejar. Dezenas de milhões de pessoas convivendo num estado permanente de profunda paz, e harmonia, e tranquilidade, e amor, e equilíbrio pleno, vivendo num imenso vale de vegetação exuberante.

O Anjo Vermelho zelando para que todos possam ter acesso – e todos efetivamente têm acesso – às Tábuas da Sabedoria e da Justiça. Zelando para que todos possam receber a mesma quantidade de dobrões de ouro. O Anjo Vermelho, por meio do seu sopro, transmitindo saúde e vitalidade para todos. Cada um com seu punhado de sementes, que garantirão fartura de alimentos para todos. Para todos. Todas as famílias têm seu teto. Conflitos simplesmente não existem. Revoadas de pombinhas brancas estão sempre voando num céu de um azul infinito.

A tudo Bakurah observa acorrentado e enjaulado, do alto de um morro.

O Anjo Vermelho sorri, enquanto a cada vez que Bakurah desperta desses pesadelos, seu ódio só faz aumentar.

Reflexo

Quando consegui despertar deste pesadelo, o meu ódio aumentou. Levantei e fui me olhar no espelho, quando me deparei com um reflexo que não era eu, o que estava acontecendo? Foi quando olhei para o reflexo e perguntei:

— Quem és tu que estás aí do outro lado?

— Ué, tu não sabes quem eu sou?

— Eu não! Nunca tive esse corpo, esse rosto, esses cabelos, esses braços, essas pernas, essas asas, esse corpo vermelho como um diamante. Pelo menos não me lembro de ter me transformado nessa criatura.

— Hum...

— Mas tu estás parecendo alguém... Ahhhh! Tu estavas agorinha no meu pesadelo! Aff... que nojo!

— Sim, sou eu, o anjo vermelho... prazer em reencontrá-lo, pois tu já me conheces muito bem, deixa de marmota. Sou conhecido como Apyabebé Pitanga por aqui pelas bandas que eu estou.

— E por que estás aí, por que és o meu reflexo?

— Ué, porque eu sou o seu reflexo e a sua sombra, sempre fui. Por que agora está me ignorando já? Que história é essa?

— Estou com enjoo, acho que vou vomitar (blargh).

— Vai lá no seu armário e pega um pouco de gengibre, vai fazer um chá pra vê se melhora.

— Eu não vou fazer nada, sai tu da minha frente! Some!

— Hahahahhahahahahhahahhahahahahhahahahha. Tu és cômico, hein, BaKurah, aliás que nome bizarro é esse?

— Eu não sou cômico e meu nome é lindo. Eu sou o incrível BaKurah! O líder supremo!

— Hum... tá, cheiroso! Tu te achas, né?

— Eu me acho mesmo, porque eu sou.

— Tu estás me dando é sono.

— E eu estou sentindo um negócio estranho no meu corpo, meus braços, minhas pernas, ah, nãooo!

O reflexo do espelho sumiu e BaKurah se tranformou em uma "buya wasú", cobra grande, e seu corpo foi arrastado para as águas límpidas do Parawara.

Transformação

Bakurah foi transformado numa cobra. O grande Bakurah, força de todas as forças, o autoproclamado líder desse povo do deserto, condenado a rastejar pelo mundo como um reles ofídio. E essa humilhação foi imposta justo pelo Anjo Vermelho, de cujo poder se duvidava deveras. De cuja capacidade de renascimento pouco ou nada se sabia. Pois bem, estamos agora de frente para um cenário meio que invertido. O tabuleiro é o mesmo, mas as peças de alguma maneira foram reposicionadas, para que o jogo siga como antes do tempo em que reinou Bakurah. E houve esse tempo, por mais que o cramulhão insista em jurar de pé junto que não. Por exatamente três ciclos completos e mais a metade de outro ciclo – logo antes desse ciclo que acabou de terminar e que não foi nada menos que a reprodução do conjunto de forças, demônios do vento, que se manifestam do início de tudo até o momento em que o tinhoso é transmutado em serpente e se esconde num buraco qualquer pelo mato, por medo, pavor, de ter seus malfeitos julgados por júri de força maior –, houve sim uma janela de respiro. Janela na linha do tempo que fez a esperança nascer. Centenas de milhares de fiéis e não fiéis, ou milhões, tiveram ao menos a chance de viver sem o peso do enxofre (e agora estão tendo de novo, pois aquele que antes voava agora rasteja). Não sei se é seguro afirmar, mas preciso afirmar, que Bakurah não é assim tão poderoso quanto possa parecer. Ou quanto ele pensa que é. Não sei se vou sofrer perseguição. Se os meus filhos e os filhos desses filhos sofrerão ameaças de morte, mas garanto que o que chamam de poder no capeta é o poder da mentira, da covardia extrema, da maldade mesma. Alvíssaras que agora, e daqui para todo o sempre, o monstro viverá nas profundezas! Percebam que o período do terror definitivamente terminou! Definitivamente! A justiça será feita por cada uma das centenas de milhares! Toda honra e toda glória às centenas de milhares! O paraíso aqui será, isso é certo! É certo! Nunca, nunca mais injustiça! Nunca, nunca mais desigualdade, desrespeito, dor, doença! Nunca, nunca mais tortura! O cheiro do sangue no chão nunca mais! O vermelho escuro desse sangue nunca mais! Se existe uma única puta certeza é que tudo tudo tudo vai ser belo e bom! Para sempre! Para sempre, tá okay?

Bete Bronca

Foi por acaso que Elisabete Conca passou a ser chamada e conhecida como Bete Bronca. Foi logo depois de terminada a faculdade, no início do período de licenciatura, quando ela estava apenas começando a enxergar a vida com algum verniz de prazer mundano. Acocorava-se em plena tarde, escapando de alguma aula de filologia, e bebia conhaque, abarrotada de livros grossos, nos balcões ensebados dos botequins do Largo do São Francisco, onde estudava para dar aulas de filosofia. A primeira pessoa letrada na família, ela pensava, não sem um gosto amargo de expectativas no céu da boca.

Nesse tempo ela ainda não sabia que era uma alcoólatra, estava conhecendo um novo mundo, no qual as maiores mentes eram bebedores compulsivos que andavam descalços e drogados pelos becos da favela. Gente como Nelson Cavaquinho, Cartola, Zé Keti, Madame Satã. E ela podia estar, finalmente, no epicentro do que considerava a Grande Ágora Local, onde as ideias fermentavam em letras de música que não morreriam jamais e, muitas vezes, na ponta da faca, como era também na Grécia Antiga, que ela havia conhecido através dos seus filósofos e historiadores. Isso atribuía à experiência do estudo uma vantagem empírica, porque era possível saber como se fazia antes e ver como se fazia no seu tempo, pela observação do gênio artístico, como no caso de um desses bambas, mas também de uma nova geração de molecada de recado, como ela os chamava, da qual muitos integrantes morreram de droga ou assassinados, mas outros se tornaram Luiz Melodia, Jards Macalé, Sérgio Sampaio, Leci Brandão, entre outras pessoas do mesmo calibre. Naquela época, não passavam de pivetes descalços e desnutridos, que corriam pelas mesmas vielas abastecendo suas almas com o que devolveriam muito em breve transformado no mais elevado objeto de arte.

Para Elisabete, era um prazer imenso tomar cachaça com os grandes bambas que, sem exceção, bebiam muito de tudo, chegando ao ponto de, sem dinheiro e com o fiado cortado, beberem perfume, desodorante e álcool de cozinha. Isso para Bete era como uma fantasia de criança, porque ela ainda não sabia nada sobre si. Era ateia com orgulho, e se orgulhava mais de sua condição porque lia os filósofos religiosos com grande prazer: Aquino, Agostinho, Pascal, Kierkegaard. Considerava um feito filosófico o que chamava de empirismo rasteiro, que era estar misturada ao povo da sua terra, a mesma terra que tinha criado nela um ser tão fora do comum. Então começou a se embrenhar nas bebedeiras sem fim das rodas de samba nas vielas do Estácio, Praça Onze, Madureira, nas costas da Central do Brasil, indo e vindo do Império Serrano até a Portela, depois correndo até o Buraco Quente da Mangueira para tomar a saideira e um caldo de galinha.

"Foi o grande Mano Décio da Viola que me deu esse nome", ela dizia aos alcoólatras mais jovens como eu, nas reuniões que muitas vezes coordenava no Grupo Central do Brasil, o mais antigo do país. "Completamente alucinado, ele olhou pra mim, eu com o pandeiro na mão, e todo mundo sabia que o pandeiro naquele momento era pra estar na mão do finado Turíbio Compaixão, então ele meio que estranhou eu estar ali do lado dele, tocando com toda vontade aquele pandeiro, e daí ele disse no meio daquela algazarra toda: 'Quem é você, criatura?', e eu gritei no meio daquela muvuca: 'Sou Elisabete Conca!'. Ele não entendeu direito e gritou: 'O quê? Luzinete Bronca?'. Então eu gritei mais alto: 'Elisabete! Bete Conca!'. E foi quando ele disse no microfone pra todo mundo ouvir: 'Senhoras e senhores, com vocês, no lugar de Compaixão: Bete Bronca!'. E o samba cantou bonito naquela noite."

Acabou que, de uma mulher que não pariu, Bete Bronca acabou se tornando mãe de muita gente. Depois de 45 anos sem beber e frequentando as reuniões do A.A., aos oitenta e cinco de idade, ela tinha ganhado do destino centenas de filhos e filhas, que também bebiam demais e, com o carinho que recebiam dela,um carinho sobretudo maternal, conseguiram dar um basta na compulsão pelo álcool. Filhos e filhas que Bete ganhou de um pai chamado Sobriedade. Então, às vezes, Bete Bronca dizia que ela mesma era filha da Compaixão (por causa da história do pandeiro) com a Sobriedade.

Ambiente

Bete Bronca vivia pelas áreas bohemias do RJ!
Numa busca de fazer de sua vida seu próprio campo. Pesquisadora da vida, a filosofia é um instrumento de perceber a realidade.
Quanto mais louca ficava, mais racional pensava!

Como filosofar o que se sente?
Olhamos apenas com os olhos?
Bete bronca metia bronca de ter olhos nos ouvidos, nos poros, no nariz e na boca!
Perceber a vida é tão complexo quanto ela mesma, seja a vida ou seja Bete.
O embasamento dos conceitos para as loucuras cotidianas vem das viagens nos livros de conjunturas antigas e estrangeiras de defuntos europeus. Com uma absorção sarcástica, dos registros históricos, ela sempre zombava das conclusões teóricas dos chamados de "povo do gelo" por produtores de conhecimentos periféricos.
Bete gostava da margem! De entender a "ordem no caos" que nem a corrente da Escola de Chicago, uma linha de pesquisa americana.
Bete bate pé na retranca do comum, do normativo. Se ela mesma é desviante tentando hackear a estrutura, jamais aceita de bom grado perspectivas hegemônicas.
Favelada, correria, ela correu na frente pra não ficar pra trás! Aprendeu com as vielas do morro a desviar e manejar seu próprio caminho. Barreiras e arapucas sociais já soavam como aditivo para o desafio de crescer e vencer, sem romantizar, mas buscando brilho no caminho. A cultura carioca lhe faz aprender a jogar capoeira, se vc não vê onde pode dar uma rasteira, por mais que não a dê, pode acabar tomando.
Nessa terra de bamba, ela não queria cair sem ver o golpe!
Por isso encarnou o nome com a qual foi batizada nas vivências do samba: Bete mete bronca na vida.

Encontro

BETE BRONCA E SÁ ZIZA

Bete Bronca dobrava naquele momento a esquina da Rua Senador Dantas com a Avenida Chile, após ter coordenado a Reunião do Corujão na Primeira Central de Serviços de Alcoólicos Anônimos. Ela adorava particularmente aquele grupo porque muitas vezes encontrava ali alguns bambas supremos do samba de roda, que haviam parado de beber, mas não haviam de modo algum abandonado seus trejeitos de malandro-agulha. E ela acreditava mesmo que não saberiam fazer de outra forma e gostava que fosse assim. Os amava desse jeito.

Eram sujeitos incomuns, geniais, de língua ferina, que falavam antes de pensar e, quando pensavam depois, tinham a certeza de terem falado a coisa certa, mesmo que fosse a errada. Sempre pediam trocados no final das reuniões (o que era malvisto em geral), mas nunca a pessoas pobres e apenas aos verdadeiros amantes da música popular, que ficavam felizes em ajudar seus ídolos com cédulas coloridas de dinheiro e, de vez em quando, jantares fartos em restaurantes impagáveis. Bete observava aqueles homens que haviam bebido sua casa, sua família, sua dignidade, mas não haviam perdido o talento de pensar e, até mesmo, moldar situações a seu favor.

Com o tempo, ela começou a secretariar a reunião coordenada pelo finado Miltinho Calça Roxa, que era uma lenda viva nos anos sessenta e havia se tornado um servidor de confiança de A.A., com mais de quarenta anos sem cachaça. Foi bem nesse período que ele morreu, então passaram a Bete a coordenação daquele horário, da meia-noite às duas da madrugada, o que a deixou comovida e feliz, porque ela poderia enfim adquirir alguma disciplina nas suas observações filosófico-sociais.

Para desenvolver seus textos e análises sobre o comportamento filosófico do malandro e a potência criadora da erudição não acadêmica, o que se tornaria o tema da sua tese de doutoramento em filosofia da criação, Bete começou a fazer anotações imediatamente após cada uma das suas coordenações. Como ela era a pessoa responsável por limpar a cozinha, desinfetar os banheiros – que, ao final de um dia com cinco reuniões, ela pensava e ria sozinha, parecia perfeitamente o banheiro do pior pé-sujo no fim da noite – além de limpar a máquina de café, varrer o chão da sala de depoimentos e apagar as luzes para, só depois, tomar um banho lá mesmo, no que já eram cerca de quatro horas da madrugada. Então ela podia se sentar para escrever livremente sobre o que lhe suscitavam as falas – sempre ricas em sangue, furores anímicos, paixão, sensação estética do desespero – de alguns grandes gênios que foram destruídos pelo álcool. Eram sobretudo gênios homens porque naquele tempo não havia muitas mulheres na sala. As pessoas que não conhecem a sala pensam, muitas vezes, que todos os homens que frequentavam o A.A. são facínoras e as mulheres, prostitutas ou cafetinas. Mas as poucas mulheres que estiveram lá no começo carregaram o grupo nas costas com uma coragem inédita e foram as principais pessoas responsáveis por salvar gente em situação de vida ou morte. Apartaram longas e violentas brigas entre companheiros fundadores, algumas com armas de fogo ou faca, além do que as mulheres eram sempre as pessoas mais carinhosas e receptivas com os recém-chegados. Esse fato, na visão de Bete, era o que fazia a maioria das pessoas voltar, inclusive os rabugentos e intoleráveis "gênios da malandragem", como se consideravam os bambas entre si, que adoravam essas senhoras. Alguns até largaram a "vida sem futuro" ou a "Dona Encrenca" para se casar com algumas das grandes damas da história dos Alcoólicos Anônimos, formando casais inusitados mas, por que não, amorosos em relacionamentos duradouros. Também havia muita gente talentosa de outros setores mais formais da sociedade e que ocupava um lugar especial dentro da percepção de Bete Bronca: juristas, advogados, escritores de ofício, pintores de arte, grandes empresários, punguistas, contraventores, pianistas de conservatório, bailarinos, padres, astrofísicos, médicos (não se pode esquecer que um dos fundadores do A.A. era um médico), assistentes sociais e tantas outras funções. A maioria dessas pessoas tinha um jeito especial e muito particular de se comportar em público que, apesar da atual e longeva abstinência, não havia abandonado seus corpos completamente e viveria para sempre nos seus maneirismos e análises de conjuntura, fossem suas próprias ou as do mundo.

Para poder tratar livremente dos seus personagens na sua escrita, Bete alterou seus nomes por apelidos como Trino de Aço, Groselha Club, Durval Pequeno, Olho de Cria, Comemadre, Baleiro de Escola, Antônio Torniquete, entre outros. Assim ela não quebrava o anonimato dos seus companheiros e avançava com mais facilidade no seu texto.

Foi na sequência de uma dessas longas noites, trinta anos atrás, que Bete Bronca conheceu Sá Ziza, e nunca mais se largaram. Ela se tornou para Bete um talismã da sorte, um oráculo humano, além de sua confidente. "Minha amiga silenciosa", como ela dizia. Sobre Sá Ziza, logo de cara, Bete percebeu que não sabia dizer para si mesma se era homem ou mulher. Por via das dúvidas e porque precisava se decidir, passou a chamá-la de Zizinha, como se fosse mulher. Mas Sá Ziza nunca tocou no assunto e, visualmente, era impossível para Bete discernir. O nome não ajudava muito, parecia um nome inventado. Ela também não falava quase nada, mas, quando se conheceram, eram mais ou menos seis horas da manhã e Bete saía da sala num dia que começava muito bonito, agradável e ensolarado, o que, no Rio de Janeiro, significa que a tarde será trêmula, asfixiante e assassina, algumas vezes avançando até a tragédia. Pensava nisso quando virou a esquina com a Avenida Chile e se deparou com uma pessoa coberta por andrajos que, apesar de velhos, não pareciam andrajos, e sim uma espécie de indumentária produzida à mão e com muito detalhe. Mas não foi isso que deixou Bete impressionada; a Cidade Maravilhosa é infestada por todo tipo de seres exibicionistas, que muitas vezes são apenas malucos de pedra. Só que não era o caso dessa vez, quer dizer, não exatamente. Não foi sua vestimenta, que era uma junção de Bispo do Rosário com Hélio Oiticica, Bete pensou por um segundo, que chamou sua atenção. Mas o fato de ela estar fazendo carinho em uma árvore e falando calmamente, sem nenhuma afetação, com a árvore, pois não havia mais ninguém em volta além das duas.

Bronca decidiu então se aproximar pensando que talvez o destino lhe tivesse reservado a primeira ingressante que ela encaminharia, como faziam tantas das mulheres que ela mais admirava no mundo, até a sala de recuperação alcoólica. Mas assim que a figura se virou e notou sua presença, Bete percebeu que não era uma pessoa embriagada. Mas não sabia o que era e, por um instante que não se sabe quanto tempo durou, não sabia mais quem era ela mesma. Ou melhor, era como se ela nunca tivesse sido ninguém, mesmo ali de pé, na frente de Sá Ziza, nome que só foi conhecer meses depois e por acaso, por meio de um companheiro que lhe contou parte da sua lenda.

Quando o instante passou e Bete retomou sua consciência, perguntou se estava tudo bem e, dessa vez, era como se outra pessoa tivesse falado, a voz não parecia a dela. Mas teve dúvida até mesmo disso, porque não lembrava como era sua voz original. Sem falar nada, Sá Ziza pegou a mão de Bete Bronca, o que a mesma permitiu sem resistência, entregando-se completamente. Quando encostou sua mão na árvore, Bete não entendeu nada, mas sentiu alguma coisa que nunca havia sentido antes e que não sabia expressar racionalmente, ou seja, com palavras, o que pareceu a Bete naquele momento uma frase gasta para se pensar, mas naquele caso não haveria outra disponível, infelizmente. Depois do que não se sabe se foram horas ou minutos – mas devem ter sido horas, porque quando Bete falou novamente já era noite outra vez – ela olhou para Ziza e disse: “Sim, está tudo bem”.

Depois saíram de mãos dadas caminhando lentamente, como que passeando por entre carros alucinados e passantes sem rosto ocupados com coisas sem importância, então Bete sentiu-se muito bem. Não sabia também por quanto tempo haviam caminhado juntas, mas sentia que tinha sido muito tempo porque, quando olhou para seus próprios pés, estavam descalços e sangravam. Antes de se assustar virou-se para sua companheira de travessia e ela parecia a sua mãe, o seu pai, a sua avó, o Cartola (Angenor) e todos os amantes e inimigos que teve na vida. Não era exatamente uma visão pacificadora, mas Bete não conseguia parar de olhar. Então olhou para frente e estava tudo muito escuro, não havia pessoas em volta, além de vultos tenebrosos, e era possível sentir um cheiro terrível de algo prestes a morrer. Bete Bronca sentiu muito medo e perguntou a Sá Ziza, que nesse momento parecia o Martin Luther King misturado com o Milan Kundera, se não era perigoso andar ali àquela hora. Ela disse: "É arriscado, mas não é perigoso", uma de suas frases que, ao longo dos anos, Bete passou a chamar de frases-pergaminho e que eram paradoxos que ela não conseguia solucionar na sua cabeça. Bete ainda tinha o caderno onde anotou essa frase junto com outra que Zizinha disse a ela, quando estava se despedindo, naquela primeira vez, sem saber que dia era ou que ano ou mesmo se Bete Bronca era ainda ou havia sido algum dia Elisabete Conca, carioca da gema, nascida no Estácio, Portela de coração, acadêmica formal, mulher negra e abstêmia. As duas frases estavam anotadas no caderninho, uma em cima da outra: "É arriscado, mas não é perigoso" e "Não tenho nada contra, mas tenho aversão". Bete passou todos os anos da sua amizade com Sá Ziza tentando recuperar o contexto que produziu aquela segunda frase, mas nunca conseguiu e Zizinha nunca lhe disse. Não é que não se lembrasse, ela apenas diz que "disso não quer falar".

Reflexão

sau... da... de... a idade vem mesmo e nem mesmo essas ondas... sázondas... sázondas... Sá. Zi. Za. oitenta e cinco, batendo na minha porta, ou eu batendo na porta do fim, meu Zeus, quantos rios de memória teríamos a mais que eu agora se... as ondas... essas ondas... certamente faz mais calor agora do que antes, não tem cabimento a farsa dos jornais questionando o aquecimento global. eu lembro dum rio de janeiro que mesmo no aperto das ruelas da favela a primavera era primavera, o verão foi virando inferno com o passar dos anos, as décadas, oitenta e cinco décadas. me pergunto se essas moças não têm uma mãe que diga algo sobre os biquínis, tão pouco pano a cada ano, como é possível diminuírem ainda mais? as moças cada vez maiores, só a gente minha velha é que anda se apequenando. coisas da vida, minha nega, como aquele samba do paulinho... e você há de se lembrar que sempre me pareceu arriscado, se me permite, minha senhora, usar sua terminologia inexata, sempre me pareceram muito mais arriscadas essas praias de niterói, tão vazias até agora, lembra, minha velha, como te apetecia atravessar de barca a baía, as águas marinhas evolucionando nas ondas trianguladas no rastro naval da barca? mas agora entender o perigo desse teu tipo de ausência deixa tudo... tão... aqui, perto da gamboa, era aqui que mais gostavas de estar, não sim, minha velha? Zizinha... um vento leve... mesmo agora às quase dezessete ainda sinto o dia quente demais, mais que uma década atrás, minha senhora. yo quisiera ser la brisa para batir sus cabellos, la mar, las olas de la mar... y meterme dentro dellos para escuchar su sonrisa, la mar... las olas de la mar... mas não era um samba, esse enredo... era o que mesmo? mas cartagena das índias nunca nos viu, não do lado de lá. eu sei que o mar é todo um, não importa que nome nosso povo dê às águas, nosso povo... como tu bem me dizia. fico aqui ouvindo como dançam as palavras em λυδός na memória da tua boca mas graça mesmo é perder a dentadura que Zeus nos poupe e a saudade daquela sua risada quando eu dizia Zeus do alto de meu ateísmo abstêmio boêmio ou qualquer outro deus, sua fé Ziza no povo árvore, no povo água, no povo vento, como foi mais difícil me dobrar àquilo por dentro mesmo com tanto amor com tanta tormenta tanto silêncio nós, duas pretas velhas, ai se o povo imaginasse ai se fosse nesse tempo ai se não houvesse nada além do mar, a gamboa, só nós duas uma vez mais no o silêncio daquela sala de reuniões limpa, esvaziada, com nossa respiração ofegante cada vez mais minguada uma síncope uma risada seus dentes tão brancos Ziza brilhando na penumbra da noite, na penumbra da escuridão de nossas peles, nossas histórias, nosso ἔρως e veja só, minha filha, de que me serviu tanta filosofia vã além de traduzir em grego meu velho πραγμα por você... como se qualquer palavra silenciada pudesse nos guardar de tudo que nós nunca podemos tornar em samba-canção, um choro sequer. mas era do que mesmo que eu mais tinha medo? perdê-la. perder a razão. chegar aos 85 anos e perder a dentadura no mar. nunca mais entrar no mar? o arriscado do perigoso. nunca mais nadar. nunca mais te ouvir gargalhar. não lembro mais quantas rugas não tinha minha própria mão, segurando a tua, da última vez que viemos aqui. ou o medo de ter que aprender a rezar depois de tão velha, meu Zeus, minha Ziza, minha mesmo, ou todas as palavras que eu nunca quis dizer nem poderíamos se quiséssemos, melhor, então, fingir desquerer. segura minha mão, com tuas rugas de árvore escura, minha velha. deixa baixo esses meus calos do pandeiro em seu auxílio luxuoso. ágape porra nenhuma, com o perdão da expressão, minha amada, mas aqui há tanto tempo contigo eu sinto mesmo é pura μανία mesmo, minha Ziza.

– Ê! Rapá! Shiu! Saia com esse frisbee pra lá, quase derrubou o guarda-sol! Não vê que a senhora aqui do meu lado está dormindo? No meu tempo se pedia Agô às pretas velhas como nós. Tenha respeito! Onde já se viu?

Herança Ancestral[1]

Certa vez Bete Bronca sofreu de uma longa e perfurante enxaqueca que durou muitos meses, justamente os meses cruciais para o desenvolvimento de sua tese de doutoramento. Nos momentos em que não sabem exatamente o que fazer, pessoas com o temperamento forte e a mente aberta, como Bete, podem às vezes se enredar ainda mais

1 Antes de ler esse texto, sugerimos ir à página 285.

profundamente no centro do seu martírio. Alguém com a mente mais unificada, mais focada e – por que não afirmar? – mais simplória pode conseguir mais facilmente escapar aos desequilíbrios mais violentos do corpo e, sobretudo, da mente, o que, no caso específico de Bete, era quase como um segundo corpo dentro de um primeiro, maior, mas inversamente relevante. Era como se Bete só lembrasse que tinha um corpo inteiro, e não apenas um cérebro, quando sentia muita dor.

Mas Bete considerava-se uma pessoa prática. É como são quase todas as pessoas que confundem "fazer muitas coisas num curto espaço de tempo" com praticidade, quando na realidade é tudo bem mais o contrário. As pessoas que se consideram práticas dizem a si mesmas: "sou uma pessoa prática", e vão atrás de praticar o que podem praticar, fazendo quase tudo sem terminar nada. E elas, se forem como Bete, são capazes de praticar muitas coisas ao mesmo tempo, mas não conseguem tomar uma decisão definitiva que, no caso da sua enxaqueca, era exatamente o que ela precisava.

Além do mais, quando se deu conta, percebeu que havia quase cinco anos que ela tentava de tudo, mas a enxaqueca não desaparecia. Entregou sua tese, é claro, dentro do prazo, mas num estado físico-mental lamentável. Sua "mente aberta" a tinha lançado numa espiral de terapias e práticas espirituais (algo difícil para uma pessoa cética e racional como Bete), muitas das quais eram datadas e nunca, nem mesmo no ápice da sua relevância, tiveram um efeito verdadeiro e longevo em quem as praticou. Teve acesso aos seminários de treinamento de Werner Erhard (EST), tentou meditação tibetana, o método Vipassana de respiração atenta, procurou a Imunização Racional, da qual alguns amigos músicos faziam parte. Mas para ela nada disso funcionou.

Cada vez mais desiludida e cogitando desistir da carreira acadêmica, Bete usou suas capacidades enfraquecidas e experimentou a terapia Gestalt, a bioenergética, o método rolfing de integração estrutural, massagem ayurvédica, shiatsu, tai chi, hipnose, regressão, dança moderna, constelação familiar, e nada serviu para nada. Chegou a tentar o Método Silva de Controle Mental, terapia reichiana, terapia sexual, fez um rodízio do que chamava – e no que se podia ter um vislumbre do seu senso de humor peculiar – de "Brinquedos para a Elevação de Brancos Excêntricos", ou apenas BEBE. Ao criar a sigla, Bete pensou que mantê-la sem um acento circunflexo na última letra gerava um duplo significado. Bebe, de beber, algo sempre muito particular quando se trata de uma pessoa alcoólica como ela. Bebe, de bebê, que é como imaginava no fim das contas todas as pessoas que procuravam, em teorias externas, um sentido particular para suas vidas: bebês adultos que não sabiam crescer.

É importante registrar aqui que um dos grandes prazeres na vida de Bete sempre foi criar siglas engraçadas e fazer trocadilhos torpes. Ao fazer isso, ela podia monitorar, de forma orgânica, seu próprio humor, e assim saber se estava saudável ou não. Rir era a única forma de encontrar o corpo, ela pensava, em seguida anotando num dos seus muitos caderninhos. O evento dessa pequena criação humorística trouxe ainda um sopro de entusiasmo na luta de Bete Bronca contra a enxaqueca.

Foi movida por esse ímpeto inesperado de graça juvenil e aconselhada por uma companheira de A.A. – servidora de confiança, tesoureira do grupo, mas incapaz de pagar suas próprias contas – que Bete conseguiu fazer contato com Oscar Ichazo, fundador da Escola Arica de Conhecimento. Trocaram algumas cartas, cartões natalinos, Oscar chegou a enviar para Bete uma pedra que, supunha-se, "libertava o corpo de cargas dispensáveis". Combinaram finalmente um encontro presencial, mas, no fim das contas, Oscar passou uma cantada barata em Bete Bronca, algo do tipo "podemos descobrir juntos um caminho para nossos corpos", ou algo assim, que Bete tomou como a mais canhestra abordagem sedutora. Bete acabou rasgando a carta em pedacinhos e transformou o episódio num gatilho para as sensações de colapso mental que, somadas à enxaqueca interminável, foram o golpe de misericórdia e uma enorme pá de decepção na luta de Bete contra sua própria dor. Acima de qualquer outra coisa, neste ponto, ela sentiu vergonha de si própria, vergonha de estar viva, não merecedora desse direito espetacular que é ser alguém. Tal vergonha, ela sabia, era um sintoma da sua arrogância filosófica diante de um desespero fisiológico. E Bete se agarrava a este frágil fio de autoconsciência para se manter de pé em sua agonia.

Dentro de um lamaçal de dúvidas e impedimentos, Bete se arrastava pelos dias com insônias massacrantes e pesadelos abomináveis. Após um deles, do qual recordava com nitidez enquanto tomava um café preto às cinco da manhã, Bete teve um poderoso insight, que atravessou seu corpo inteiro como um raio, como a pedra de uma nova consciência que perfura um lago parado. No pesadelo mais recente – e isso às vezes se repetia de outras maneiras noutros pesadelos –, ela era acossada por uma figura toda feita de panos, uma imensa colcha de retalhos, um arremedo infinito de todos os tipos de tecido existentes: seda, cetim, chiffon, musseline, estopa, pano de bunda, trapo ensanguentado, absorvente usado e tudo que poderia existir dentro desse arco de matéria orgânica. Essa figura era horrível, um monstro úmido gigantesco, e fazia perguntas que pareciam ofensivas, mas não era certo que fossem apenas porque Bete não compreendia o que aquelas palavras cuspidas queriam dizer. Então lhe veio à mente o dia em que conheceu Sá Ziza e se deu conta de que, também ela, lhe apareceu como uma espécie de montanha de panos. Então pensou que, talvez, ao longo de todos esses anos, sua melhor amiga pode não ter passado de uma projeção da sua mente.

De repente, Bete se deu conta de que, enquanto procurava desesperadamente por algo externo que destravasse qualquer coisa dentro dela mesma para, assim, aliviar sua gigantesca dor mental, o fruto da sua cura, como ela percebeu, ou melhor, a cura em si mesma, como fruto carnal e ao mesmo tempo vulto ancestral, estava o tempo todo ao seu lado. O tempo da amizade entre Sá Ziza e Bete Bronca tinha exatamente o tempo da enxaqueca de Bete e, no auge dos piores momentos, todas as pessoas desapareceram, exceto Zizinha. Isso era um indício muito forte de que ela esteve sempre, e tão somente, dentro da cabeça de Bete, como enxaqueca personificada, por mais que amasse profundamente Zizinha – e talvez este fosse precisamente o ponto. Sá Ziza funcionou por todo esse tempo como guia pelas veredas do espírito de Bete, sendo sua enxaqueca a dor do expurgo, a nostalgia de vitórias fáceis em tempos remotos. Foi então que Bete se deu conta de que a dor havia desaparecido completamente, como num passe de mágica (e se não era!). Alguém bateu à porta, Bete se ergueu, olhou pelo olho mágico (veja só, ela pensou, outra vez essa palavra!) e viu Sá Ziza, de pé do outro lado, mais bonita do que nunca.

Carta / Mensagem de Bete Bronca para Roberto Piva

Está dentro dos meus cálculos que você se surpreenda ao receber esta carta. E você gritará do além-túmulo: "Monterroso! Isso é uma frase do Genial Monterroso!" E eu precisaria admitir. Só você sabia de tudo, eu me lembro bem. Mesmo morto e enterrado, você sabe mais do que nós. Ah, meu querido Roberto Piva! Que saudades que me deu hoje de você. Dos nossos almoços naquele boteco chinfrim da Radial Leste que você chamava de bistrô, porque era um bar de marinheiros como que saídos da cabeça de Genet. Como era mesmo o nome dele? O Marujo ou algo assim. Você era bem mais um Falstaff camponês, sei perfeitamente, do que aquela figura interpretada para que todo mundo pudesse ver e se horrorizar ou deleitar – e que eu adorava demais também, não duvide. Apesar daquele problema com o garoto japonês, você daria, sim, um grande professor. Seria um acadêmico desses cu de aço, ninguém poderia contigo. No fundo eu sei que, por trás daquela baboseira anarcomonarquista com que você tentava sempre me engambelar, havia um homem com as unhas sujas de terra e desejo de ilha. E todos os seus monarquistas italianos eram meninos arruaceiros e vagabundos que liam Aleister Crowley e praticavam sexo com plantas. Você daria também um lindo Fauno ou um Pã desconjuntado. Um pouco acima do peso, eu penso dentro da minha fantasia de amiga epistolar.

Você deve estar pensando do além ou do – digamos para ficar mais bonito – panteão dos mais geniais vagabundos da lírica universal, com o supracitado Genet, Artaud, Rimbaud, Villon (seu gosto por tísicos franceses com mau hálito e buço): "Mas o que faz essa maluca evocando o presunto empalhado de um poeta libertino?" Posso te responder. Recebi pelo correio um livro seu. Acho que também eles, do mercado editorial, me consideram sua amiga. Claro, todos os envolvidos são acadêmicos brancos e caretas, os chamados especialistas em poesia erótica, catedráticos livrescos da poesia de rua. Você daria risada e tentaria se casar com um desses meninos sem pelos no saco e com grossos óculos que se masturbam às tardes enquanto leem Lautréamont, nos intervalos do curso de Letras. E agora ele terá o seu livro debaixo do braço, alguém vulnerável que usa você como senha para penetrar o mundo e ser penetrado por ele. Não dará certo, você sabe, será uma lástima no fim das contas, mas mesmo assim será bonito de ver. Duvido que consigam esterilizar sua poesia, Piva, mas vão tentar colocá-la nas grandes rodas do palacete de cristal. Vamos ver como você se sai com essa.

Falando em sair, seu livro saiu, de fato, por uma grande editora, meu nobre amigo. Acho que você teria um prazer mórbido em ver seus palavrões lindíssimos agradarem à burguesia emocionada por uma poesia – e sobretudo sedenta de

Eros, no que você tem uma boa chance – que salve suas vidas da completa insignificância intelectual que a espera. Ao lado dos diplomas na parede e da escalada na árvore social humana, haverá a mais profunda e mesquinha sensação de fracasso, que estes outrora jovens efebos tentarão imputar sem discernimento a todos aqueles com que se envolverem, sejam papai e mamãe, mas, sobretudo, seus subalternos (onde talvez se encontrem alguns poetas legítimos). Ave Maria! Não quero parecer assim tão pessimista. Mas me chateou um pouco não ver, na "Obra Reunida", o seu tão emblemático Poema Elétrico do Cu (emulando o *Body Electric* do Whitman, mas indo além), que pra mim é você purinho. Deve ter extrapolado os limites freudianos dos seus novos cuidadores. Enfim, a sua bolinha está bem solta na roleta. É uma roleta bonita e perversa, com pouquíssimos jogadores, todos eles muito diferentes de você e mais aptos à normatividade. Acho que, se pudesse, você esbofetearia cada um deles. Mas você não pode. Então vamos ver no que dá.

Mudando de assunto, estive lembrando, com seu livro nas mãos, da nossa *flânerie* desvairada nos arredores da Mooca ou do Bixiga, num tempo em que os pretos e os italianos (eu uma preta, você um italiano) se detestavam aos prantos, mas viviam misturados e trocavam coisas, até mesmo se ajudavam, num tempo em que odiar não era ainda um grande problema. Ou talvez eu seja mesmo ingênua como você dizia: "Todo grande filósofo é, acima de tudo, um ingênuo". Lembro bem daqueles mil cigarros, eu ainda bebia e disputava queda de braço com os rapazes do curso de Direito, em troca de doses de conhaque. Você com brilhantina no cabelo e sapatos de jogar boliche. Eu tentava entender alguma coisa de filologia no departamento de filosofia da USP, lembra? Você odiava a USP, mas gostava de ir lá fumar maconha. Acima de tudo, você odiava que eu pensasse que aquilo pudesse validar alguém como eu. E olha que acabou não servindo mesmo pra muita coisa, já que quase todo mundo me considera birutinha. Mas pelo menos conheci você, veja só que maravilha!

As coisas não mudaram tanto, apesar de cada um pensar que é a última bolacha do pacote, ou a bala que matou Kennedy, ou mesmo a pérola mais rara do oceano. Mas nem isso é novidade. Talvez a farsa seja feita hoje sem as nuances de achincalhe e pura estética *kitsch* dos nossos velhos tempos. Hoje todo mundo é descaradamente iluminado dentro de si, sobretudo os coletivistas. Outra coisa que não mudou muito e sempre me traz você à mente com o carinho de uma gargalhada solta: os poetas vivos seguem famintos; os mortos seguem estudando. Nunca me esqueço do Sergio enchendo a sua geladeira, nos terríveis últimos dias, com pão, manteiga ou presunto. Não falo muito com o Sergio, mas o admiro por esse esforço final – ainda que tenha sido tudo muito juvenil – em levar você para debaixo da terra com alguma dignidade. Acho que não conseguimos, mas aqui está você agora, para meio mundo saber! Tenho o maior amor por você, Piva. Obrigada por ter sido o meu mais heterodoxo anjo da guarda. E que você esteja sabendo de tudo e que dê boas risadas no estado em que se encontra.

Um beijo da sua
Bete Bronca.

Resposta de Roberto Piva para Bete Bronca

Tesuda Bete Bronca de tantas décadas de sexo e sabedoria, agora clinicando no seu AA, gargalho ao ser invocado por uma médium e lhe respondo, psicografado, já tendo faz muito superado a tristeza bíblica, desde a adolescência, meus caminhos foram pelas entidades e mitos em outra abordagem, acreditando no inconsciente coletivo, que designam tantos deuses e entidades, desde plantas mares ancestrais, até sua pele preta e seus lábios que tanto me dão saudade, e aqui estou cercado por infinitas figuras e mentes de todas as fases das humanas e os escritores que tanto amei e que dou passeadas intermináveis neste lugar sem tempo onde o agora é a medida do possível, encontro tantas figuras que conheci na minha vida e cada dia contato mais alguma e a memória vai ficando aí, tantos falam de meus feitos, acho apenas engraçado, e meus livros continuam passando de mão em mão ecoando gozos esplendorosos e vibro com cada esporrada, com cada rapazote que é incentivado a viver com Eros, seus corpos para serem desencaminhados, e adorarem o prazer e a liberdade já Que eu vi uma linda cidade cujo nome esqueci/ onde anjos suados percorrem as madrugadas/ tingindo seus olhos com lágrimas invulneráveis/ onde crianças católicas oferecem limões para pequenos/ paquidermes que saem escondidos das tocas/ onde adolescentes maravilhosos fecham seus cérebros/ para os telhados estéreis e incendeiam internatos, pois nosso encontro no Centro de São Paulo me traz recordações de intensa alegria pois lhe conhecer foi me conhecer, nós cada vez mais, e nosso passeio erótico pela Praça Da República Dos Meus Sonhos/ onde tudo se faz febre e pombas crucificadas/ onde beatificados veem agitar as massas/ há jovens pederastas embebidos em lilás/ e putas com a noite passeando em torno de suas unhas, e você pode me procurar nos rituais xamânicos e nos terreiros de candomblé e estarei presente mesmo quando você ouve um relato trágico de um incendiário alcoólico querendo beijar suas mãos implorando pela saciedade, e aí está minha gula em Coxas ardentes/ agarrado nas palhoças o inverno bate os dentes das favelas/ O andrógino antropocósmico era como um menino na/ beira do lago. Atira faz xixi e pede peixinho/ Ele atravessa as florestas durante a noite e ronda as cidades/ brasileiras fazendo os adolescentes se contorcerem em seus morenos travesseiros/ você mordisca meu/ pescoço exposto/ no mato espesso/ você me ama neste/ chão agreste e lhe esperarei aqui, tenha confiança, vive-se no simbólico, na comoção, posso olhar tudo e cada quadradinho, constelação de seres e os que chegam como Willer, faz tão pouco, e procure Gabriel, lá ele cuida, tão lindo, da minha biblioteca e procure Sergio, que desde moleque me acompanha, na sua editora, dois poetas do pensar globalmente e agir localmente, a crença magnética global, na qual estou presente, abra os dedos neste segundo e veja, e abraço Marona que também me invoca e lhe diga que tive esplêndida trepada com Pasolini, que formaremos mais anjos sacanas para melhorarem esta chamada Terra, que todo dia, se quiser tem orgia, deliciosa Bete Bronca ou escolha com que quer estar ou observar deste tempo de todo tempo e estou agora mesmo encarnado num casal que abraçou poesia na COOPERIFA, que da Zona Sul de minha São Paulo abraçaram o Centro impudico e ruas e praças e quebradas por toda a cidade, mangueando, catando dinheiro, tão bem abrigados em suas mãos ligeiras, que se divertem com suas bissexualidades e continuarei encarnando em tantos mais corpos da adolescência até seus 85 anos e reafirmo, pois desde moleque sei, que por aqui vale todas as Tecnologias Extraterrestres e posso passear pelas galáxias com OVNIs, não se apresse, sendo tudo presente, estará aqui quando nos encontrarmos pessoalmente, minha tesuda Bete Bronca, com tesão de 20 e agora esporro espiando um adolescente imberbe que se masturba influenciado por mim.

Sonho

Bete Bronca é tão racional e perdida entre os sentimentos pelos quais ela é constantemente e às cegas acometida – digamos aquilo que vem mais por dentro da sua experiência sensível com as coisas em volta – que, quando sonha, sempre existe esse preâmbulo teatral, esse prólogo insensato de intenções e a garantia de que ela é aquela que deve saber que está sonhando para, assim, poder estar fora de si, sem estar louca e ainda ver a louca que é dormindo e tendo pensamentos espasmódicos, sem se envolver com ela ao ponto da unidade carnal, o que é uma experiência em si extraordinária, mas não totalmente linear, é claro, já que "aquela que deve saber" tem também o poder de verificar as mudanças atmosféricas, diria até geográficas, e temáticas dos sonhos, que nunca são lineares ou relacionadas umas com as outras, mas são como pequenos *slides* de fotografia em movimento, semelhantes a como funcionava em 1895 o primeiro cinematógrafo, e é possível que aquela afirmação de que os Irmãos Lumière puderam vislumbrar pela primeira vez os sonhos da humanidade fizesse agora todo sentido, algo como seres congelados que se deslocam numa espécie de *Desfile Carnavalesco do Ego*, que Bete chamará de DCE porque adora criar siglas que lembrem, não as coisas que elas representam, mas de outras coisas, como o Diretório Central dos Estudantes, onde Bete conheceu Roberto Piva nos seus anos paulistanos – pensa então na carta do além que ele enviou – e veja só, ali vem Piva com um turbante montado como Aníbal num elefante africano, ele grita o nome da sua amiga lá de cima: "Bete Bronca, alô Dona Encrenca!", e lhe explica alguma coisa antecipando algo que Bete pensa mas não chega a dizer: "Eu sei que na tua cabecinha limitada pela razão surgem aqueles nobres pensamentos ancestrais de 'Ó céus, Betino vem trazendo até mim meus antepassados africanos representados pelo elefante de Aníbal', mas eu vou logo pondo água no teu chope porque este elefante aqui é um autêntico elefante asiático e, digo mais, é o elefante preferido do Manoa Níbal, que é como você pode me chamar agora – um Aníbal samoano, quem diria! – portanto deixe de balelas, Bete Bronca, que tua herança é marroquina, argelina e magrebina, mas é também indochinesa, tibetana, mongol, hindu, em resumo: você é bem mais Shiva do que pensa".

A longa fala de Piva causa uma espécie de apagão geral, que Bete experimenta fora de si, como se Louis Lumière estivesse trocando a bobina dentro do cinematógrafo.

Abre-se em novo rolo uma sequência que, dentro do sonho, a Bete parece longuíssima, de pessoas rindo em *superclose*. Ela tem então essa agradável sensação de que pode, finalmente, pontuar melhor as frases, entender cada imagem, uma de cada vez. A princípio, são milhares de sorrisos que se abrem, dentes escancarados que tremem em bocas de êxtase absoluto. Mas, gradualmente, essas risadas se tornam mais convulsivas e Bete Bronca consegue distinguir líquidos de cores vivas escorrendo pelas bocas em sequência, mas, ainda assim, ela consegue pontuar. "Veja aqui", ela diz para si mesma no sonho. "Eu Posso. Pontuar". Brinca disso por um tempo. De fazer frases curtas como "Subiu na goiabeira", "Tenho histórico de atleta", "Devagar também é pressa", "Deixa o prego que o martelo chama" e outras que não vem ao caso revelar, pois não sabe o que significam. As frases não importam, na verdade, mas a capacidade de pontuar. Então, para sua total surpresa, as bocas em sequência vão se entortando até se tornarem carrancas pavorosas que choram em convulsão de muita dor, sempre em *superclose*, de modo que Bete não pode saber a quem pertencem as bocas, como numa exposição supervalorizada de Andy Warhol.

Andy aparece então na frente de Bete. Na verdade, ele surge por trás de uma pilastra, que a Bete parece familiar como um parente sanguíneo, e lhe diz: "Você se lembra dessa pilastra?". Ela diz que não se lembra exatamente, mas que pode sentir que a conhece de longa data. Tenta então se aproximar de Andy, envergonhada por não gostar do seu trabalho e inclinada, como de costume, a se desculpar com ele por isso, como se o fato de não gostar do seu trabalho a colocasse numa posição de inferioridade diante dele, que seria sofisticado demais para ela. Bete tem a desagradável sensação de que Andy é *cool* e ela é careta.

É quando Andy empurra seu peito – talvez a grande surpresa do sonho – com sua mão gelada e Bete percebe que está nua e seu corpo é o corpo da cantora e modelo Nico em sua versão mais ensolarada, e aquilo lhe traz imediatamente uma sensação nevada de *frisson* na medula, algo que deve sentir um suicida no instante do salto ou um assassino no momento do ataque ou um viciado em drogas no ápice do êxtase. Bete sabia de alguma forma que aquela era a sensação exata do pico de heroína. Então ela é Nico nua em frente ao Andy Warhol, cujo trabalho não aprecia e por isso quer lhe pedir desculpas. Mas ele rechaça suas desculpas com sua mão gelada como o *frisson* na medula, o raio do engano, a culpa pelo que se despreza, o pico da heroína, e por fim Andy lhe diz: "Não gosto do que você pensa de mim e do meu trabalho, mas tampouco gosto do que eu mesmo penso de mim e do que faço. Nunca se esqueça de que há neve no focinho do elefante de Aníbal tanto quanto no seu". Então Bete acorda lentamente, pensando em passar um café. Passa o café, que sorve sem pressa, em meio aos gatos, enquanto assiste ao Dumbo da Disney pelo computador.

Reflexo

Bete Bronca, sua imagem no espelho não está exatamente nítida. Tomou banho quente? A imagem está realmente embaçada. Você não para de ouvir vozes dizendo que é nervosa demais, que é louca... Veja, não seja tão dramática, os irmãos Lumière não eram inocentes, não existe inocência na Terra, eles vislumbraram sonhos, mas também criaram roteiros de representação para as mulheres. Invente outras realidades, coragem, mulher. Você não precisa seguir. Está ansiosa, eu sei! Você está tomando café demais, Bete, está racional demais, sua pupila está dilatada e os seus nervos à flor da pele.

Ei, dá pra não ser tão verborrágico? Eu, euzinha, sou Bete Bronca, sou eu a protagonista, não vá chegando assim, todo narrador, achando que vai contar a minha história diante do seu ponto de vista, isso é coisa de machista construído, isso é sintoma de pacto colonial, não vai acontecer. E não sou eu a dona da minha história? Sou, sim. Meu ego está em fase impulsiva e hiperativa. Sem chance de voltar e seguir a cartilha de Ibsen em "A Casa de Bonecas". Não sou e nunca serei Nora Helmer.

Vou meter bronca. Serei direta comigo mesma e com os outros. Não vacilarei. Andy Warhol, chegue aqui por favor, quero você com gelo, ajude-me a refrescar as ideias. Mas não precisa me tocar com essa mão tão glacial.

Ha, ha, estou achando tão bom governar a sopa toda, ser o cerne do diálogo, estou mandando, meninas! Mas mandar em quem, estou sozinha. Encrenca. Acho que vou chamar o narrador de volta porque é duro não ter com quem brigar.

A verdade é que Bete Bronca não viu Andy Warhol escondido por detrás de uma pilastra, olhando bem, ele pareceu familiar, até tinha feições de Bete, talvez um parentesco sanguíneo? Suposição improvável essa. Eita. Andy é descolado, Bete não é futurista. Mas mudando de assunto: Bete, precisava aparecer em frente ao espelho, assim, desprovida de

panos, assim, nua como um bebê? Deixa de fazer loucuras, para com isso, menina, só porque não gosta do Andy? Fica livre com os seus desafetos. Talvez fosse bom considerar que amor é algo complicado e para poucos, talvez nem Andy suporte a própria presença, a vida é assim e pronto.
Eu, Bete Bronca, estou diante do espelho, nua, não estou exatamente feliz no momento, mas quem está? Pensei em chamar Clarice Lispector, engendrar um diálogo com a antagonista de "A hora da estrela", seria ótimo, provocante, libertador, mas pensando bem, estou com preguiça. Terei que entrar e me preparar pra essa questão toda com o eu lírico. Deixe-me com os meus pecados capitais. Acho melhor assistir ao Dumbo da Disney pelo computador. Olhar para os meus gatos, realmente dedicar um tempo para os bichanos e prestar atenção, quem sabe aprendo com eles alguma magia? Mas eu poderia apenas descansar, não consigo. Cobranças, cobranças... Não preciso ter êxito sempre, seria tão bom colocar isso em prática. Concluí que estou tão comprometida nessa existência quanto o narrador, não existe salvação, este não é um enredo salvacionista.

Transformação

Um dia Bete Bronca juntou o que chamava de seus "trapos acadêmicos" – que consistiam em uma graduação em filosofia da linguagem, um mestrado em sociologia da música, um doutorado em filosofia da criação e uma bolsa de pesquisa para um pós-doutorado sobre o comportamento filosófico do malandro e a potência criadora da erudição não acadêmica – e se deu conta de que o que ela precisava para instigar sua curiosidade era jogar fora esses trapos e abandonar completamente os órgãos oficiais, que ela chamava de A.P.U.R.O (Academia de Pensamento Usurpado Rente ao Olho), para poder penetrar o "verdadeiro coração da poesia". Não foi difícil para Bete, depois da mediúnica troca epistolar com Roberto Piva, compreender que, nos dias atuais, ou talvez, ela pensava, seja esta uma condição humana generalizada ao longo da história, "quem não sabe ensina e quem sabe como se faz não sabe como fazer". Ela havia anotado, sem pretensão, essa frase do Silvinho Polvilho, que era um poeta puro do tipo desgraçado (cirrose avançada, indigência, perda total dos dentes antes dos quarenta anos), mas muito respeitado nas altas-rodas de samba no Morro do Estácio, onde seus poemas tornaram-se sambas que pareciam ter sido compostos por um filósofo cínico decano. E ter lido aquela frase, naquele exato momento, produziu a faísca da transformação radical que Bete Bronca operaria em sua vida dali em diante.

Abriu mão de suas aulas, as que ministrava e as que frequentava, também as orientações de alunos de mestrado e doutorado, atuações que ocupavam um terço do seu tempo e lhe davam prestígio acadêmico, porque representavam o desenvolvimento progressivo do seu currículo acadêmico na tão temida Plataforma Lattes. Bete era fascinada com o nome atribuído a esta máquina de ceifar a criatividade e pacificar o ímpeto de curiosidade nos estudantes e professores universitários, que ela apelidou prontamente de *Plataforma Café com Lattes* e, logo em seguida, *Plataforma Lattes Mas Não Mordes*. Mas Bete sabia também que, muitas vezes, ela usava a ironia para mascarar uma vergonha e, pela via do desprezo, não ter que se responsabilizar por escolhas impotentes que pudesse ter feito.

Seus colegas professores e alunos mais sensatos alertaram Bete de que talvez não fosse possível para uma mulher da sua idade viver apenas com a bolsa de pesquisa oferecida por incentivo do governo federal. Os mais jovens disseram que nem eles conseguiam arrancar energia suficiente dos ovos cor-de-rosa nos botecos e hambúrgueres de forno, vendidos nas barraquinhas de rua que ficavam nos arredores da universidade, que era a dieta permitida pela famigerada bolsa. Os mais velhos disseram que ela era velha demais até mesmo para estudar. Ela nunca entendeu esse ponto de vista, que lhe batia fundo na alma, justamente porque vinha de pessoas que, como ela, eram velhas e estudavam. Um pouco incomodada, pensava que aquele comportamento castrador se devia ao medo que essas mesmas pessoas velhas, mas não tão velhas como ela, tinham de morrer sem ter feito nada do que pudessem se orgulhar, mesmo com um currículo acadêmico inchado de promessas.

Para Bete seria um trunfo, visando sua pesquisa etnográfica, tornar-se uma poeta abstêmia. A imensa maioria dos poetas morria antes de completar trinta anos, sobretudo as mulheres e os homens que eram poetas de gênio. Então ela precisava acreditar que, no meio de uma gurizada que variava entre dezoito e quarenta anos, ela estaria, muito provavelmente, entre as pessoas que faziam a melhor poesia do momento. Então abriu mão de tudo que a protegia sem permitir que sua vida avançasse rumo ao centro do seu maior amor, que eram basicamente títulos frios nomeados com palavras em latim. Bete Bronca se jogou no olho da rua. Participou ativamente de batalhas de poesia (*slam poetry*), decorando poemas de muitas pessoas e falando em alto e bom som, o que ela percebeu ter facilidade em fazer, ao contrário da maioria dos poetas, que tinham dificuldade até mesmo para pronunciar uma única palavra sem gaguejar. Começou a frequentar os bares onde iam os poetas e as poetas que faziam a cena local. Bebendo guaraná e tônica com limão, anotava tudo que via num caderninho, e a essas anotações, depois de mexer um pouco nelas, dava o nome de poemas. Então começou a escrever poemas. Seu primeiro poema, publicado num jornal de vanguarda com mínima tiragem e orientado politicamente à extrema esquerda do movimento negro, chamava-se "gato preto" e segue abaixo, na íntegra:

"gato preto"

o gato preto
já nasce pronto.
brilha no turvo
da noite bronca.

paraquedista,
pula o muro
e rói o rato.
atrai o fato
para dentro
da armadilha.

o gato preto
recebe ódio
do gato gris,

recebe afeto
do gato rosa
e faz sopa de
gato branco.

raio andarilho,
cria de esquina,
paz delinquente,
entra na mente
e afasta o medo
das multidões.

e lambe o pelo
do improviso,
arranha, anula
o sanguessuga
da frustração.

o gato pretoé mais bonito
no muro alto
do que no chão.

se passa perto,
esperto, ereto,
(fé translúcida,
delírio abissínio,
rebolado turco)

nas tuas patas
a sombra goza,
amor se espalha
na gema infinita,
e deus fica de pé.

Bourlem Mohamed

O ano é 2023. Bourlem Mohamed, de 87 anos, vive e trabalha, não profissionalmente, como jardineiro num hospital psiquiátrico desativado e em ruínas em Blida, uma pequena comuna próxima a Argel. Bourlem é argelino e lutou como civil na guerra de independência da Argélia (1953-1962), também conhecida como a Revolução Argelina. O martinicano Frantz Fanon trabalhou como psiquiatra neste hospício de 1953 a 1956, tratando soldados franceses durante o dia e guerrilheiros argelinos, secretamente, à noite. Esta experiência aguçou a percepção de Fanon sobre os efeitos das violências coloniais. Fanon percebeu que não podia tratar traumas coloniais com os mesmos procedimentos psiquiátricos dos colonizadores brancos. Ele introduziu, então, pioneiramente, tratamentos experimentais que funcionassem como antídotos à alienação colonial. As estratégias envolviam várias abordagens terapêuticas ocupacionais, como a jardinagem. Bourlem Mohamed foi paciente de Fanon e se beneficiou de suas reformas psiquiátricas. Juntos criaram o jardim do hospício, que segue sendo cultivado até hoje por Bourlem. Ele vive neste local há quase 70 anos. Dizem que, antes da guerra, ele teria sido professor de matemática e astronomia; outros acreditam que trabalhava como garçom numa boate em um bairro francês em Argel ou que teria sido bibliotecário, bombeiro, talvez feirante. Dizem que perdeu a esposa e as filhas numa batalha nas ruas de Argel. As torturas inimagináveis sofridas por Bourlem pelos soldados franceses deixaram marcas profundas e incuráveis em seu corpo, em sua mente, em seu espírito, em seus pés, em seus olhos, ouvidos e boca. O trabalho incansável e diário no jardim foi se tornando um remédio possível para o apaziguamento de algumas destas feridas, mas não todas, porque para curar todas as feridas coloniais o processo é mais longo, com duração para além de uma vida. Afinal, a cura colonial é algo que precisa se processar no agora, arremessando intenção e ação para o futuro e para o passado, simultaneamente. Para curar, é preciso desordenar a lógica cronológica e sequencial. É preciso aprender a aprender a aprender outras formas de se perceber e de se implicar com o tempo no tempo. Infelizmente, até o presente momento, isso não foi possível por completo. Mas há inúmeras brechas, múltiplas experiências e condições descapturadas. Neste processo, Bourlem desenvolveu a capacidade de conversar com as plantas e, através do conhecimento oferecido por elas, aprendeu a manejá-las, combinando-as em antídotos para tratar de algumas feridas coloniais; não todas. Com as plantas, Bourlem aprendeu a fazer banhos, tinturas, chás e venenos liberadores de partes dos traumas. A medicina contracolonial de Bourlem e suas plantas possibilitou, por exemplo, que Aimé Cesaire, amigo de Fanon, desde a sua juventude na Martinica, não sucumbisse à máquina de morte colonial, o fazendo viver até os 95 anos, nos deixando múltiplos legados. Fanon não teve a mesma sorte: faleceu aos 36 anos de leucemia. Há quem diga que no jardim de Bourlem também estão todas as pessoas que ficaram no fundo do oceano durante todos os séculos de travessia atlântica escravista. Há quem diga que o jardim é um lugar de passagem, visitado pelos fantasmas daqueles que sucumbiram às violências coloniais. Bourlem pode escutá-los e isso explicaria o misterioso fato de ele falar diversas línguas ocidentais, incluindo o português, além do árabe argelino, os dialetos pré-hilalianos de Jijel, Collo, Mila, Bejaia, Trecem e Nedrona, dialetos maqilianos, *koinés* urbanos de Oran e Mostaganem, dialetos de Argel, dialetos de Mitidja. Isso explicaria também o fato de que, junto com as raízes, flores, ervas, árvores e insetos, se cultivam livros, que crescem, contracolonialmente, para cima, para baixo, para dentro, para fora, para todos os lados.

Ambiente

As plantas não têm nome e sobrenome, a sua tipificação a partir de nomenclaturas é um exercício humano de tentar capturar e dar sentido às coisas e seres vivos. Nas ruínas de Albayt al'akhdar, um hospício abandonado, também conhecido como Bayt, um mundo delas ensinam diariamente Bourlem Mohamed a ver o invisível da vida. Da antiga construção, restam algumas paredes, grande parte do telhado se desfez após inúmeras tempestades e o mosaico do piso confunde-se com manchas de limo. Quando observa as ruínas, Bourlem consegue ver o prédio intacto, o movimento intenso de médicos e enfermeiros, os gritos e gargalhadas dos loucos. Les mestres fous! Les mestres fous! Ele, também um deles, criou uma relação afetuosa com aquele espaço, como se, em alguma medida, fosse possível acariciar o horror. Seus corredores eram extensos, repletos de quartos que ora eram celas, com um vão central aberto, onde os internos tomavam sol e contemplavam o belo jardim repleto de flores e plantas vistosas. Quando ainda estava preso, os raros momentos em que podia habitar aquele espaço era quando precisava de atendimento médico na enfermaria, no caminho da sua cela até lá, atravessava o pátio interno e podia por breves segundos conversar secretamente com as plantas. Antes de Dr. Fanon chegar até Bayt, as coisas eram muito diferentes e o Sr. Youssef, um velho jardineiro, era quem cuidava do espaço. O único desejo que tinha lugar em Bourlem, era o de estar com as plantas, e quem sabe poder tocar a terra e se perder do tempo naqueles canteiros. Durante muito tempo, o Jardim era o que o mantinho vivo, o último fio de desejo que habitava um corpo frágil, com infinitas dores por dentro da pele.

Todos os dias uma mesquita próxima a Bayt chamava os fiéis para as orações diárias e junto ao som do mercado público, também nos arredores, havia uma profusão sonora que capturava muito da atenção de Bourlem. Ele se perguntava o porquê de terem transformado o antigo hospital central em um hospício, se era uma forma de manter os internos à vista da cidade ou ainda, uma lembrança aos rebeldes, do que acontece quando se questiona a lei. Quando chegou o Dr. Fanon, muito rápido correram os rumores de que ele queria ajudar os presos com novos tratamentos e Bourlem esperou ansioso o momento de conhecer o doutor. Outros presos e também internos diziam que o médico era diferente, que era inventor de remédios para a alma. Seu método nada comum e que parecia muito extraordinário era a simplicidade de conhecimentos antigos sobre o que essencialmente somos: natureza. E a partir desses saberes e de uma habilidade especial em escutar os idiomas das plantas, Fanon passou a experimentar suas terapias com os guerrilheiros aprisionados. Queria atingir a psique humana no âmago do trauma operado pela Colonialidade, até que, numa noite fria sem estrelas, conheceu Bourlem Mohamed.

Encontro

BOURLEM MOHAMED E IPÊ

Uma grande tempestade de areia com ventos de 100km/h permaneceu por quase 10 dias na região de Argel, na Argélia. Como se sabe, tempestades de areia são comuns no deserto do Saara e a intensidade e velocidade delas podem fazer com que as areias viajem para mais longe afetando países de outros continentes, como a Europa. Naqueles dias de fevereiro de 2023 de nossa Era Cristã, a quantidade de areia que caía dos céus isolou por completo Bayt, como é também conhecido o hospício Albayt al'akhdar, onde Bourlem Mohamed vive sozinho em meio às ruínas.

A tempestade cobriu tudo de areia vermelha. Bourlem tentou proteger as plantas do jardim, limpando uma a uma, retirando, cuidadosamente, com pedaços de pano a areia que insistia em entranhar, mas foi em vão. Tudo, inclusive ele mesmo, pintou-se de vermelho.

Durante a tempestade era impossível escutar qualquer coisa. As rajadas incessantes de vento carregavam o som e a sinfonia de assobios, que alternavam agudos ensurdecedores e graves impossíveis e dominavam tudo que era escutado. Bourlem improvisou embaixo de uma das árvores do jardim uma pequena tenda feita com tapetes e folhas de taioba. E ali permaneceu, economizando água fresca e se alimentando de sementes guardadas em um saquinho de pano que levava pendurado em seu pescoço.

Numa manhã, os ventos pararam de soprar; tudo estava tomado de areia vermelha e silêncio. Bourlem saiu de sua toca e se deparou com o jardim soterrado pela areia vermelha do Saara. Ele imediatamente começou a cavar. E cavou sem parar.

Tempestades de areia são também fenômenos comuns na Era Pós-Cristã. Como se sabe, desde os anos 2000 da Era Cristã, poeiras trazidas pela circulação atmosférica transportando material radioativo como o Césio-137 foram se tornando cada vez mais comuns. Portanto, as constantes tempestades que ocorrem no espaço-tempo em que vive Ipê não eram mais apenas de areias do Saara. O planeta outrora chamado Terra, que na verdade deveria ter se chamado planeta Água, é agora um único deserto cheio de rachaduras irreparáveis e em atrito constante pelas placas de metal avariadas pelo período exploratório de baixa consciência da Era Cristã.

Quando Ipê não estava se exibindo nos "Laboratórios para Ver Gente Viva" (LVGV) ou estava abrindo a escala diurna, também cavava sem parar. Nas horas vagas, Ipê cavava, incansavelmente, em busca de artefatos materiais e não-materiais de memórias humanas. As escavações tinham o intuito de se aproximar do núcleo, mesmo que profanado, do planeta. É esta proximidade com o núcleo que desencadeia o fluir nas espiralações do tempo. Foi surfando numa destas espirais que Ipê tocou as mãos de Bourlem Mohamed, que também cavavam. Em uma das curvas destas espirais, suas mãos se tocaram.

As mãos de Bourlem eram fortes, densas, calejadas e tinham muitas cicatrizes. As mãos de Ipê eram tatuadas, com dedos compridos, e as unhas tinham galhos com pequenos brotos verdes escuros nas pontas que insistiam em nascer. Quando suas mãos se tocaram, sequências de imagens viajaram no tempo para frente, para trás, para os lados, instaurando consciências plenas de perguntas e respostas, mas com o próprio infinito desconhecido em seus reveses. Consciências plenas de perguntas e respostas, mas com o próprio infinito desconhecido em seus reveses. É preciso ler isso mais uma vez, que pode ser imaginado como uma grande expansão ou uma ínfima contração, dependendo da perspectiva evocada ou desejada pela leitora. Mas se quisermos simplificar, o que aconteceu ali naquela escavação dupla foi um mero encontro. Um encontro e só. Um encontro.

É importante que se diga uma coisa aqui. Se podemos escrever sobre este encontro, que desafia espaços, temporalidades, Eras, humanos e pós-humanos, além das espécies e das não-espécies, é porque ele aconteceu. Está acontecendo. Acontecerá em algum momento. Entretanto, para nós, que ainda estamos em 2023 da Era Cristã, é preciso que se diga o seguinte. O que Bourlem Mohamed aprendeu com Ipê sobre tempos, espaços, formas de se comunicar, sentidos da existência etc, é compreendido pelas gentes de nossa Era como um delírio. O que Ipê aprendeu com Bourlem Mohamed é a percepção de que os movimentos de poder de sua Era, os sistemas políticos, seguem mantendo o mesmo tipo de racionalidade estrutural hierarquizante, que permanece, mesmo que se atualizando, nas distinções entre classes e espécies, sejam I.A.s, Nobodys ou Nuvanas, Híbridos e Gentes.

Ipê e Bourlem Mohamed seguiram cavando outros túneis e buracos. Mas o buraco desta escavação, que possibilitou este encontro, seguiu aberto, secretamente, pelo tempo que foi possível. Este contato, além de aliviar a solidão, gerou livros, remédios, antídotos, memórias para os Retrovisores, piadas, alimentos, perguntas e respostas, mais perguntas, outras respostas, perguntas sem respostas, histórias e informações de vários tipos. Talvez esta seja a história de uma amizade. E talvez a amizade seja a chave para muitos sentidos que buscamos.

Reflexão

Acontece agora uma coisa estranha que é: isto aqui sou eu pensando dentro de um sonho ao qual um outro eu que não este que sou eu aqui pensando oferece o seu corpo, mas não sua mente, porque posso vê-lo deitado dormindo, então o mais lógico seria afirmar que "eu é um outro", quando me refiro a este que pensa aqui, através de um corpo de outro em mim, enquanto reflete sobre o que vê.

Faz um sol escaldante e uma tempestade de areia dificulta a visão panorâmica, mas parece que estou no jardim do hospital psiquiátrico. Posso reconhecer a mesma flora, apenas com as cores bem mais vivas. As mesmas árvores, apenas bastante mais frondosas, quase como se estivessem tentando falar comigo. E a mesma estrutura triste e maciça de concreto cinza onde fica o hospital. A única diferença é que todo o jardim está coberto por uma areia fina, vermelha encarnada, como sangue, mas uma areia muito seca também, como a areia da tempestade, que tinge meu corpo com seu chicote carmim.

Tento me movimentar, mas tenho muita dificuldade. É como se, apesar de ter uma mente dupla, que ocupa a cabeça do sonhador (este outro eu que deita e dorme) ao mesmo tempo que a cabeça do ser pensante, e sabe que está sonhando e vê, portanto, por dentro e por fora, é como se, apesar deste pequeno milagre cósmico, eu carregasse o peso de muitos seres como eu que já morreram e pesam ainda mais porque estão mortos. Suponho no sonho que sejam seres ancestrais ou entidades parasitárias.

Finalmente consigo me aproximar de um imenso arbusto que se agita sob o vendaval e parece querer me confessar algo em palavras. Embrenho-me na mata e sinto algo formigar na base da minha nuca, como uma premonição. Levo a mão à parte de trás do pescoço e sinto algo protuberante, que arranco com violência como se fosse um inseto peçonhento, então vejo: é um pequeno broto verde de planta.

Do outro lado dos arbustos, há duas árvores que parecem gêmeas e são imensas, a ponto de, no meio da tempestade, ser impossível distinguir suas copas entre a poeira vermelha que cobre quase tudo. Mas posso distinguir a silhueta de uma pessoa, só não consigo, mesmo olhando muito de perto, saber se é um homem ou uma mulher. Mas, estranhamente, essa dificuldade de discernimento identitário não me causa nenhum desconforto, porque, naquele momento, dentro da cabeça que sonha dentro de um corpo que dorme e não lembrará, é provável, de nada, aquela silhueta é de uma pessoa que deveria ser exatamente quem e da forma que é. Na verdade, é como se fosse uma pessoa que conheço bem mas nunca vi. No entanto, a vida toda tive a intuição desta pessoa, esperei a vida toda para vê-la. E aqui estamos finalmente.

Ela está agarrada à sua árvore como se, ao soltar-se, pudesse levantar voo. Com a cabeça, indica que eu faça o mesmo na outra árvore, o que faço imediatamente, sem relutar, como se aquilo fosse o mais sensato a fazer. Mas antes de abraçar a árvore, noto que, na altura dos meus olhos, há um nome decalcado em sua pele de casca, parecendo algo realizado, em estilo barroco, por um mestre-carpinteiro. Fico um tempo tentando entender aquele nome. Ipê Bourlem. Sei muito bem que Bourlem sou eu, ou melhor, o eu que dá seu corpo ao sonho que este outro eu, que aqui escreve, comanda como se fosse um pensamento que flutua. Sem compreender totalmente o que faço, lanço-me àquela árvore como se tal gesto englobasse toda a minha função neste planeta – refiro-me, talvez, ao planeta dos sonhos. Então, firmado em minha posição, permaneço imóvel o quanto posso, mas o vento, devastador como apenas nos mais terríveis pesadelos, insiste em levantar minhas pernas, de modo que preciso firmar ainda mais os braços para não voar pelos ares.

Ao meu lado, a figura tão esperada quanto irreconhecível parece não ter grandes dificuldades para suportar o mesmo vento. Sem que eu precisasse pronunciar o absoluto pavor que naquele momento eu sentia, ela olhou para mim por alguns instantes, com um sorriso singelo, e disse: "Não se preocupe. É arriscado, mas não é perigoso".

"É arriscado, mas é não perigoso". Só que, antes, de tudo: "Não se preocupe". Aqui e agora sou eu de volta ao tradicional Eu Mesmo, escrevendo o que lembro do sonho, nada além dessas duas frases finais, nesta ordem: "Não se preocupe. É arriscado, mas não é perigoso". Aqui sou Eu Mesmo agora, Bourlem Mohamed, escrevendo reflexões talvez abstratas sobre um sonho do qual extraí apenas o final.

Se algo é arriscado, isso quer dizer "um medo em aberto" para, talvez, tornar-se coragem. Se algo é perigoso, é como um círculo fechado, no qual o perigo é ao mesmo tempo o círculo e a linha que forma o círculo. O risco é vida e morte, o perigo é só morte. Oxalá viva o risco, mas nunca o perigo! O perigo é o medo congelado. O risco é um medo em aberto. Congelado, esse medo se torna perigo. O perigo é uma hipótese negativa fechada, ao passo que o risco tem um lado negativo, que se assemelha ao perigo, mas, pensando melhor, não é exatamente perigo, mas uma suspeição fantasiosa (ainda que real) do perigo, que tem também um outro lado, o qual chamarei positivo, porque é o que possibilita descobrir algo de novo ou mesmo descobrir que se tem coragem, que é um sentimento sempre novo quando se é tomado por ele.

Herança Ancestral[1]

Tenho uma confissão a fazer. Bourlem Mohamed está vivo. Vivo mesmo. Ele existe na realidade. É uma pessoa para além da personagem que aos poucos vai ganhando outras densidades de imaginação aqui neste livro. Conheci Bourlem Mohamed através de um trabalho do artista Mohamed Bourouissa, que também nasceu em Blida, na Argélia, em 1978. No dia 16 de outubro de 2023, eu estava de passagem por Berlim e uma amiga me convidou para ir com ela na exposição "Youi! Care, Repair, Heal", em cartaz no Martin-Gropius Bau. A exposição tratava de questões de políticas de saúde, diversidade de modos de vida, usos da terra, direitos dos não-humanos, decolonialidade, entre outros temas articulados às noções de cuidado, reparação e cura. A proposta era interessante, mas frágil em vários sentidos. O único trabalho que capturou minha atenção foi a videoinstalação de Bourouissa, "Oiseaux du Paradis", 2022 (Pássaros do Paraíso, 2022). Vocês podem confirmar estas informações dando uma busca na Internet. Neste trabalho, Mohamed Bourouissa traz imagens do jardim do hospital psiquiátrico em Blida, na Argélia, projeto de terapia ocupacional criado por Fanon, como já informado aqui, que ainda nos dias atuais é cuidado por pacientes de forma comunitária. O trabalho de Bourouissa foi criado a partir de conversas que o artista teve com Bourlem Mohamed, ex-paciente de Fanon, que lhe falou sobre seus traumas e as torturas sofridas pelas mãos

---

1 Antes de ler esse texto, sugerimos ir à página 285.

de oficiais franceses, como já contado neste livro. Nestas conversas, Bourlem Mohamed, que de fato dedica-se ainda hoje à jardinagem, revelou também que "os fantasmas sussurram para ele". Os monitores da instalação recortavam os fragmentos de vídeos, simultaneamente, onde também podíamos ver e ouvir Bourlem Mohamed, mesmo que de forma fragmentada. As condições técnicas da sala de exibição não eram boas. Fiquei um bom tempo ali, próxima das caixinhas de som, para ouvir o que Bourlem Mohamed estava dizendo. De alguma forma ele me impregnou de sua voz, não exatamente o que ele estava dizendo, mas a materialidade de sua voz, o timbre, o volume, a textura, o modo de dizer. Tenho lido e relido Fanon nos últimos 10 anos. Então saber da existência de Bourlem Mohamed era também estar mais próxima de Fanon. E isso mudou, de algum jeito, meu modo de ver as coisas e de compreender sua vida e sua obra. Há um elo que conecta estes encontros, uma costura ancestral, silenciosa, que faz com que esta história seja soprada de ouvido em ouvido chegando até aqui neste livro em que Bourlem Mohamed é uma personagem que vem sendo criada a tantas mãos, com muita liberdade e reverência. Mas vejam: há um segredo pulsando aqui. Um segredo que eu não acesso, talvez porque não seja para ser acessado, ou eu não seja autorizada a acessá-lo. Mas há uma força atuando aqui. Vocês conseguem percebê-la? Uma força que está desejando que certas coisas, algumas histórias, os modos como as contamos e os nossos sonhos circulem, se misturem e se revelem. Porque, vejam, eu poderia ter recusado o convite de minha amiga e não ter ido à exposição. Ou poderia ter passado por esta sala e não ter olhado, atentamente, para esta videoinstalação. Também poderia nunca ter lido Fanon. E Bourouissa poderia não ter nascido em Blida e nunca ter se interessado por este hospital. Ou ele poderia não ter conhecido Bourlem Mohamed, que poderia não ter estado no hospital ao mesmo tempo em que Fanon trabalhava lá. Ou Bourlem poderia ter morrido na guerra e nem ter se tornado paciente deste hospital. Ou Fanon poderia ter desistido de se tornar psiquiatra pela Universidade de Lyon, depois que sua tese de doutorado, "Pele negra, máscaras brancas", havia sido rejeitada. Ou poderia ter desistido de publicar este livro, mesmo sendo uma tese rejeitada. E a Guerra na Argélia poderia não ter existido. Ou o colonialismo poderia nunca ter acontecido. Penso também que se a Cristiane Sobral não tivesse se fotografado com o livro *Uma temporada no Congo*, de Aimé Césaire, é bem provável que eu não me lembrasse de Bourlem Mohamed, e, assim, ele nem estaria sendo escrito aqui neste livro. Então percebam esse movimento e a onda que ele faz. Ouroboros. Talvez a força desse movimento, sua dança em espiral, seja o que compreendemos por ancestralidade. E dançando, tocando e cantando, somos apenas testemunhas dos elos ancestrais que reúnem Frantz Fanon, Bourlem Mohamed, Mohamed Bourouissa e todos os fantasmas destas histórias que sussurram, com os segredos que devem permanecer em segredo.

Carta / Mensagem de Bourlem Mohamed para Bourlem Mohamed

2023 سرام 19 وريناج يد وير

عزيزي بورلم محمد ،
السالم عليك.

ةغللاب بتكأ انأ .كيلإ لصتس ةلاسرلا هذه تناك اذإ ام فرعأ ال
ةمجرتلا هذه نذإ .يلاحلا تقولا يف مألا يتغل يهو ، ةيلاغتربلا
يناجم ةمجرت قيبطت ةطساوب تمت نآلا اهأرقت يتلا ةيبرعلا
كلذل ، ةماع ةغلك ةيبرعلا ةغللا جمانربلا مدقي .تنرتنإلا ىلع
.ةيرئازجلا ةيبرعلا عم ةريثك تافالتخا كانه تناك اذإ ام فرعأ ال
ءيش يأ كانه ناك اذإ وأ يمهف عطتست مل اذإ امّدقم رذتعأ كلذل
ال يننكل ، يرئازج عم ةعجارملا ءارجإ نم نكمتأ نأ ىنمتأ .ءيسم
نأ لمآ .ليزاربلا يف شيعيو رئازجلا يف دلو صخش يأ فرعأ
.باتكلا اذه يف ةلاسرلا هذه رشن لبق يوغللا قيقدتلا نم نكمتأ
هردصيسو ةديدع تاهج هبتكت باتك نم ءزج ةلاسرلا هذه ، معن
صصقلا سلجم مسا عورشملا ىلع قلطيُ .ليزاربلا يف انه امون
وأ صصقلا ريغ ةعقوتملا نم وهو راكتبا Botika.
انأ .دمحم ملروب اضيأ يمسا .نآلا ىتح يسفن فرعأ مل فسآ
ضعب لبق نم بتكأ انأ .باتكلا اذه يف اهؤاشنإ متي ةيصخش
ىدحإ ، لاربوس نايتسيرك اهتمسر ةيتاذ ةروص نم تدلو .سانلا
.نابضقلا فلخ ةلدب ةيدترم رهظت ثيح ، باتكلا اذه يفلؤم
لمحت .لجر اهنأب يحوت دق ةروصلا نكل ، ءادوس ةأرما نايتسيرك
ناك اذه نأ دقتعأ .ريزيس يميإل "وغنوكلا يف مسوم" باتك
، باتكلل ىرخأ ةبتاك ، رديانش انايردأ ينتعفد يذلا عفادلا
اذه نأو نونافب ريزيس تطبر اهنأ ليختأ .ةيدرسلا ةبعللا هذه ىلإ
نانفلل لمع يف تارذش يف كتيأر .كنع اهتركاذ طشّن طابترالا

ضعب ركتبيل هتمهلأ تاراوح هعم تراد يذلا ، ةسيوروب دمحم
يف كتروصو نانفلا اذهل لمع ىلع يوتحي اضًرعم تراز .لامعألا
ترثع .لمعلا اذه اهنم نوكتي يتلا ةأزجملا ويديفلا عطاقم نم راطإ
يف ، كيلإ رظنلا يف اهتقو تذخأو روصلا هذه ىلع عوبسألا اذه
.انه رمألا يب ىهتنا اذكه .رتويبمكلا ةشاش لالخ نم كينيع قامعأ

فصو لعفلاب يدل ، باتكلا اذه ءاشنإ ةيلمع نم ةلحرملا هذه يف
يدل .اهيف شيع يتلا ةئيبلا لوح صن اضًيأ يدل .انأ نمل زجوم
صن يف .باتكلا يف ىرخأ ةيصخش ، ê‎pl عم يئاقل نع نصان
يضاملا عوبسألا اوبتك ، ارًيخأو .ملكتملا ريمضب ركفأ ، رخآ
ةصقلا هذه ىلإ هيف تيتأ يذلا ناكملا وه اذهو يدادجأ ثارت نع
.يتايح عجرمو ةربخلاو ، دوجوملا مدلاو محللاو ، ردصمك :اضًيأ

كانه .امب تأشن يتلا ةقيرطلا نع ادًج ايًضار تنك اذإ ام فرعأ ال
الًيمجو مامتهالل ارًيثم ائًيش كانه نكل .ادًيج امهفأ ال فقاوم
نأ ىلع يتردقو تاتابنلاب ةيرهوجلا يتقالع نع ليق ةياغلل
.نمزلا ةيطخ ةًيدحتم ، ةفلتخم نكامأ يف تقولا سفن يف نوكأ
ةقيرطب نكل ، تنأ تسل يننأ ملعأ ينأل .انلاصتا وه اذه امبرو
نم يبلولا تقولا اذه ىنحنم ضعب يف امبر .تنأ انأ ، معن ، ام
صخشلا" اذه لثمو ."صخشلا سفن" نحن ، ءاضفلا عم صقرلا
، معارب ، راجشأ اضًيأ نحن لب ، بسحف ارًشب انسل نحن "مسفن
قدصأ ينلعجي ام وهو .بتك ، مالحأ ، لامر ، حاير ، روذج ، تاتابن
لعفلاب لمحت ةروصلا كلت نإف ، ام ائًيش ليختن امدنع هنأ
.الًامتحا مكنًأ

ةيسفنلا ضارمألل ىفشتسم يف اضًيأ انأ ، باتكلا اذه يف انه
انسل ، كانهو انه نحنو .امًامت كلثم ، رئازجلا ، ةديلبلا يف
سكعلا ىلع لب ، راع ةمصو سيل نونجلا ، ىرحألاب وأ .نينامج
نوكت نأ ىنمتأ ، انأ ثيح نم .ررحتلا وه هتاذ دح يف اذه .امًامت
نأل ، ارًيثك مدنت ال نأو اهديرت كنأو ، ةميركو ةئيلم كتايح

كربخأ نأ دوأ ، انأ ثيح نم .ادًبأ ةلداع ريغ نوكت داكت ةايحلا
بحأ انأ .موي تاذ يقتلن نأ لمآو .كتصقو كتايحب لفتحأ يننأ
يأل نكميو كيدي نيب حوتفم باتك يف ةبوتكملا تاملكلا
يتلا ءايشألا ةصاخلا هتغل ىلإ ةمجرتلا لالخ نم كرابخإ صخش
.هيف انع امبتك

.يباجعإو يمارتحا لك عم
،قانع
دمحم ملروب

Rio de Janeiro, 19 de março de 2023

Caro Bourlem Mohamed,

Que a paz esteja contigo.

Não sei se esta carta chegará até você. Estou escrevendo em português, que, por enquanto, é a minha língua materna. Então esta tradução em árabe que você lê neste momento foi feita por um aplicativo de tradução disponível gratuitamente na Internet. O programa oferece o árabe como língua genérica, então não sei se existem muitas diferenças para o árabe argelino. Peço desculpas desde já caso você não consiga me compreender ou caso haja algo ofensivo. Espero poder fazer a revisão com algum argelino, mas não conheço ninguém que tenha nascido na Argélia e que viva no Brasil. Espero poder fazer a revisão antes que esta carta seja publicada neste livro. Sim, esta carta faz parte de um livro que está sendo escrito a muitas mãos e que será publicado pela Numa Editora, aqui no Brasil. O projeto se chama *Tabuleiro de Ficções ou Narrativas Imprevisíveis* e é uma criação do Botika.

Desculpe ainda não ter me apresentado. Eu também me chamo Bourlem Mohamed. Sou uma personagem que vem sendo criada neste livro. Estou sendo escrito por algumas pessoas. Nasci de um autorretrato feito pela Cristiane Sobral, uma das escritoras deste livro, onde ela aparece vestindo um terno, atrás de grades. A foto pode oferecer a leitura de que é um homem. Ela segura o livro *Uma temporada no Congo*, de Aimé Césaire. Acredito que este foi o gatilho que Adriana Schneider, uma outra escritora do livro, teve para me trazer para este jogo narrativo. Imagino que ela tenha conectado o Cesaire ao Fanon e que esta conexão tenha ativado a lembrança que ela teve de você. Ela te viu em fragmentos numa obra do artista Mohamed Bourouissa, com quem você teve conversas que o inspiraram na criação de algumas obras. Ela visitou uma exposição que tinha uma obra deste artista e te fotografou em um *frame* dos vídeos fragmentados que compõem este trabalho. Esta semana ela encontrou essas fotos e se demorou olhando para você, bem no fundo dos teus olhos pela tela do computador. Foi assim que eu vim parar aqui.

Nesta altura do processo de criação deste livro, já tenho uma breve descrição de quem eu sou. Também tenho um texto sobre o ambiente em que eu vivo. Tenho dois textos sobre meu encontro com Ipê, uma outra personagem do livro. Em outro texto, faço uma reflexão em primeira pessoa. E por último, na semana passada, escreveram sobre minha herança ancestral, e foi aí que você também entrou nessa história: como a fonte, a referência existente em carne-osso-sangue, experiência e vida de mim mesmo.

Não sei se estou muito satisfeito com o modo como

eu venho sendo criado. Há situações que não compreendo bem. Mas há algo muito interessante e belo que vem sendo dito da minha intrínseca relação com as plantas e a minha capacidade de estar, simultaneamente, em espaços diferentes desafiando a linearidade do tempo. E talvez esta seja a nossa ligação. Pois eu sei que eu não sou você, mas de alguma forma, sim, eu sou você. Provavelmente em alguma curva desta espiral do tempo dançando com o espaço, nós sejamos a "mesma pessoa". E como esta "mesma pessoa" nós não somos apenas humanos, também somos árvores, brotos, plantas, raízes, ventania, areia, sonhos, livros. O que me faz acreditar que quando imaginamos algo, essa imagem já está grávida de um possível possível.

Aqui neste livro, também estou num hospital psiquiátrico em Blida, na Argélia, tal como você. E, tanto aqui como aí, nós não somos loucos. Ou melhor, a loucura não é estigmatizada, muito pelo contrário. Isso por si já é liberador. Daqui onde estou, desejo que tua vida tenha sido plena e digna, que a tenha desejado e que não tenha muitos arrependimentos, porque a vida quase nunca é justa. Daqui onde estou, gostaria de te dizer que eu celebro a tua vida e a tua história. E espero que um dia nós possamos nos encontrar. Eu como palavras escritas num livro aberto em suas mãos e que alguém possa te contar traduzindo em sua própria língua as coisas que nele escreveram sobre nós.

Com todo meu respeito e admiração.
Um abraço,
Bourlem Mohamed

Resposta de Bourlem Mohamed para Numa Editora

Blida-Joinville Hospital Psiquiátrico, Argélia, 25 de dezembro de 2023

À
Editora Numa.
Prezados senhores,

Inicialmente desculparia-me pela tradução feita de forma eletrônica, do francês para o português europeu, pois não encontrei o idioma específico falado no Brasil no aplicativo de tradução de que dispomos gratuitamente em nosso centro de pesquisas e comunicação externa mediado pela WWW – Word Wide Web, mais popularmente conhecida como Internet.

O motivo desta comunicação é a demanda de retirada total e imediata de quaisquer exemplares do livro Tabuleiro de Ficções ou Narrativas Imprevisíveis que estejam em circulação em território brasileiro e também, em especial, a edição traduzida trilíngue árabe/berbere/francês, a qual, na semana de elaboração desta missiva, já havia vendido cerca de 27 exemplares em território argelino.

Como então diretor de parques e jardinagem do Hospital Blida-Joinville, tenho estado a lidar com uma crise de fronteiras identitárias junto a outros usuários dos serviços que oferecemos pela questionação se a violação de minha privacidade, exposta com alguns detalhes e muita especulação no livro em questão, não deixaria outros internos à mercê de igual tratativa.

Podem imaginar o quão danoso é, para o bem-estar mental, emocional e psíquico de pessoas em tratamento psiquiátrico, ter que lidar com tal ameaça e o sistema de vigilância que ela implicita: alguns dos usuários temem estar sendo monitorados constantemente por microcâmeras que estariam alocadas em qualquer canto ou parafernália e há inclusive aqueles que se recusam a sair para o sol, tendo mesmo trocado a noite pelo dia, certos de que apenas a transmissão nocturna com sua baixa resolução e falta de outras cores que não degraus de cinza e verde fluorescente forneça alguma garantia da continuidade da privacidade e anonimato que buscam, também, aqui em nossas instalações.

Escrevo formal, ainda que antes de tomar medidas juridicamente, convencido estou de que vos servirá de admoestação o caso Memória de Stella do Patrocínio versus Vivane Mosé, o qual no mês de novembro deste mesmo ano de 2023 rendeu à acusada uma multa de US$300.000,00 a serem pagos para instituições afrodescendentes, quilombos e centros culturais negros brasileiros como forma de mitigar o dano a esta paciente psiquiátrica cuja exploração da produção verbal alçada ao status de poesia depois de meticuloso processo de seleção e formatação – feito à sua revelia e postumamente – e posteriormente plasmado em livro rendeu à escritora branca associada ao projeto não apenas mais alcance e reconhecimento como intelectual mas também dinheiro e ainda essa aura invisível mas muito tangível de "libertadora" e "porta-voz" de uma mulher negra morta em greve de fome e de palavra no hospital psiquiátrico de onde suas falas foram roubadas. Também, como parte do processo, a profissão "poeta" presumida à Sra. Stella do Patrocínio foi retirada do verbete dela na Wikipedia, como podem consultar a qualquer momento.

Não nos parece coincidência que, vista a história ininterrupta de expropriação dos saberes, fazeres, imaginares negros pela branquitude colonial, bem como o sequestro identitário que a cultura branca impõe a povos pretos e originários, tenha sido na mesma Colônia psiquiátrica Juliano Moreira que confinou Arthur Bispo do Rosário, sequestrou o vestuário que ele construiu como mortalhas para se encontrar com seu Senhor Salvador, e exibe ainda hoje as peças como obra de museu.

Sem mais,
Bourlem Mohamed

Sonho

Sonho pode ser também pesadelo. Sonho muito. Já sonhei outras vezes aqui neste livro. Dessa vez quero contar dos sonhos recorrentes [**que não sei se, além de você, outra pessoa vai ler porque é provável que eu, Bourlem Mohamed, seja retirado desse livro a pedido de Bourlem Mohamed. Então posso me apagar destas páginas a qualquer momento, como os sonhos que não lembramos**]. Sabe aquele tipo de sonho em que a gente retorna ao mesmo lugar? A casa da nossa infância, uma cidade por onde passamos, um local que nos impregnou de memórias fazendo com que a gente retorne, muitas vezes, sonhando. Podem ser lugares aleatórios: estações de metrô, vãos embaixo de viadutos, corredores de instituições públicas, encostas de montanhas, estacionamentos, jardins. É interessante, porque estes lugares existem, mas são totalmente diferentes dessa existência real quando são sonhados. Por exemplo: encostas de montanhas podem ser sonhadas como locais de ruínas de civilizações antigas, lagoas paradas e profundas podem aparecer em jardins internos de prédios históricos. Nesse tipo de sonho recorrente, também pode acontecer de a gente encontrar pessoas que já morreram ou que não fazem mais parte da nossa rotina. A vida com essas pessoas continua nestes sonhos. Me dei conta disso depois de um sonho recorrente que tive na segunda-feira da semana passada. Acordei do sonho às 3:33 da madrugada e foi quando realizei que tenho vários sonhos recorrentes. E entendi que existem estes sonhos recorrentes, onde há muitas vidas que seguem sendo vividas dentro deles. Eles são reais. Ainda deitado na cama, totalmente desperto, não era insônia, pude ver as imagens e ouvir as muitas vozes, senti um sufocamento no peito, algum medo, confusões, limites voando em cima de mim e ao redor da cama pelo quarto. Foi a primeira vez que, muito acordado, vi os sonhos flutuando e dançando. Eles estavam ao alcance das minhas mãos. Todos os fragmentos me encarando, desejando que eu os tocasse. E me dei conta de que estes fragmentos são acontecimentos objetivos, subjetivos e imaginados de mim mesmo. Como letras que vão se organizando em palavras, que se articulam em frases e que dão sentidos às histórias, às possibilidades de histórias vividas. *Frames* capturados de vídeos fragmentados, de acasos que vão criando sentidos, tipo lance de dados, cara ou coroa, jogo de cartas, varetas de caule de milefólio. Cada um que lê as jogadas dá direção ao sentido, cria mundos. Puxamos os fios das tramas revelando coisas na mesma medida que compreendemos o infinito que está oculto. Esses fluxos do meu quarto me convidavam a entrar num único fragmento, justamente o que me fez compreender essa continuidade dos sonhos recorrentes. Escolhi entrar num muito pequeno e brilhante, que pude tocar com a ponta do dedo, pinçá-lo com as unhas e levá-lo até a palma da minha mão. Era o olho de Bourlem Mohamed. Eu, Bourlem Mohamed, olhando dentro do olho de Bourlem Mohamed suspenso no *frame* congelado de uma foto de um vídeo do trabalho de Bourouissa. Olhei bem dentro desse olho, como o olho mágico de uma porta, olhando dentro de Bourlem Mohamed e dentro de mim Bourlem Mohamed. E ali, bem dentro, sonhamos *A batalha de Argel* (1966), com Gilo Pontecorvo e Franco Solinas. Nesse sonho de tela hiper-realista, inspirado nas narrativas de Saadi Yacef, um dos comandantes da FLN, e nas multidões de figurantes, lembrei do que aconteceu naqueles anos, nas ruas de Argel. Sonhei as ruas, o café e a boate do bairro francês. Sonhei as vielas dos bairros árabes. Sonhei o esconderijo atrás da parede onde ficamos dias e noites sem falar, sem comer, sem sair, com pouca água, prendendo a respiração, até tudo explodir. E entre estes sonhos, há esse sonho recorrente onde vivem minha esposa e filhas, onde seguimos nossas vidas e estamos juntos em nossa casa. Onde continuamos. Neste mesmo dia, com sonhos acordados ondulando pelo quarto, me dei conta que você *[**sim, você mesmo que está aí do outro lado**]* é testemunha da minha existência aqui, agora e em outro tempo. Que vivo enquanto você lê isso daqui. Aquilo que acontece em sonho recorrente e enquanto você percorre estas palavras no papel. Vida vivida, composições, imaginações, referências expostas, acontecimentos, História, histórias. E continua.

Reflexo

Ao olhar em meu próprio olho, por mim pinçado com minha própria mão e colocado diante do meu olho e ver a guerra, morte, família e vida... vi outras partes do meu corpo se montando na minha frente até que o meu olho que estava em minha mão pulou e assumiu seu lugar nesse corpo de mim à minha frente. Pensei: Caralho! Tô ficando louco nessa porra... Aí o corpo de mim que, no caso, também era eu, começou a falar comigo!
— Mohamed, o que você está achando dessa história de livro? Eu me perguntei... que porra de livro esse outro eu tá falando? Mas respondi de forma que ele me desse mais pistas do que estava acontecendo, né?
— De que livro você tá falando? Livro de história? Ou uma história que tá dentro do livro?
— Estou falando da história que conta sua vida no livro! No caso, a nossa!
Aí, pronto, eu fiquei mais confuso do que antes de perguntar. Mas ele não parou por aí!
— O Mohamed do futuro me mandou uma carta do Brasil,

dizendo que estavam escrevendo um livro sobre nós! Aí eu pensei que como você está aí agora, deve estar ciente desse processo.

E eu rapidamente respondi:

— E você é qual?

— O do passado, obviamente...

— Por que que você que veio falar comigo e não o do futuro?

— Porque o tempo é sagrado e depende da frequência enérgica que você está pra se sintonizar com como o tempo vai se mostrar pra você! Imagina como essas pessoas do Brasil estão contando nossa história!?! Vai ser um carnaval de reverências misturadas de nós!!!!

Eu fiquei chocado. Pensando que eu não lembrava de mim assim. Porra, mó negão, pensando de forma clara desse jeito... (sim, clara no sentido pejorativo, porque essa noção de atrelar o positivo à luz iluminista e o negativo ao escuro, à treva, é bem europeu, né? Papo de português desbravador escravagista, mas muita informação pra esse momento de doideira!). Aí eu perguntei:

— Mas, pelo que sei, o Carnaval é belíssimo! Uma grande expressão cultural!

— Eu não falei que era ruim! Você que pensou isso!

Eu parei e pensei como eu realmente atrelei o Carnaval a algo negativo... afinal, lutei numa guerra causada por brancos! Fui imerso no mundo colonial, afundado com armas e ódio. Que merda! A gente reproduz essa merda toda sem perceber! E uns tempos sagrados de silêncio depois eu perguntei ao Mohamed do passado:

— Tá, mas e aí? O que que eu posso fazer?

Aí o filho da puta do Mohamed que sou eu, que, no caso, fui

eu, me fala:

— Eu é que não posso saber, muito menos fazer! Eu já passei! Vim aqui porque você me chamou!

— Eu??????????? Eu não! Você que chegou falando que o nós do futuro te mandou uma carta. Eu não tenho nada a ver com isso!

— Você está sob uso de algum psicoativo?

Aí eu comecei a ficar puto! E perguntei:

— Tá de sacanagem com a minha cara? E se eu tivesse? Tu acha que eu não ia tá sabendo falar? Ou pensar?

— Está bem. Se você está tão bem das suas faculdades mentais, por que não consegue entender que você é o Mohamed do agora e você é quem está no ato vigente da ação?

— Eu não sei de livro nenhum, cara!

— Então ainda vão falar com você! Poxa, mas nos meus cálculos você já deveria saber.

Eu pensei e perguntei:

— Você já pensou que eles não vão me contactar? Ou que você errou nos cálculos e eu já morri quando eles escreveram esse bendito livro?

Aí o outro eu parou e me olhou surpreso como se tivesse orgulho e respondeu:

— Eu não tinha pensado nisso...

E juntos nós falamos:

— Nós evoluímos!

E gargalhamos logo em seguida que percebemos que falamos juntos.

Transformação

Chegamos até aqui: você e Cristiane e Aimé e Frantz e Bourlem e Adriana e Janaú e Leonardo e Tatiana e Rayna e Mohamed e Gilo e Franco e Saadi e Bourlem e eu.
Posso falar em todas as línguas se você quiser.
Estou em Blida. Estou no Rio de Janeiro. Estou em Berlim. Estou em Argel. Estou no deserto. Estou no jardim. Estou na lasca de uma fratura no centro da Terra. Estou no *frame* capturado de um vídeo. Estou numa exposição de arte. Estou no caule de uma planta. Estou na raiz de uma árvore. Estou na película do filme. Estou na palma da mão. Estou dentro do olho. Estou aqui, agora, hoje, ontem, nos anos 1950, em 1966, em 2023, no desejo de futuro pós-cristão. Estou dentro de um sonho. Estou no pesadelo. Estou nas ruínas das guerras em todos os lugares de todos os tempos.
Ganhei sentido na sequência das frases. Na cadência das histórias manifestadas em uma lauda, uma por semana, durante 10 semanas, Arial 12, espaço simples. Porta-Retrato, Personagem, Ambiente, Encontro, Reflexão, Herança Ancestral, Carta/Mensagem, Resposta, Sonho, Reflexo, Transformação. Minha parição são exercícios de Provocações, às vezes em primeira pessoa, às vezes em terceira pessoa. No fluxo desse jogo, estão os gatilhos de quem me escreve e suas políticas. Estão também a primeira ideia, a rapidez da ideia sem descanso e maturação, a insinuação da imagem. Vale lembrar que o processo é acumulativo, mas não necessariamente lógico. Vale o que está escrito e não tem volta. Não tem reescrita. Não tem revisão.
Bourlem Mohamed existe, eu existo. Isso é fato.
É preciso completar a página que dessa vez não vai continuar.

Há o desejo de deixar tudo aberto e opaco. Tem muita água aqui. Água de mar. Eu e você estamos conectados para sempre. Onde você está agora? Levanta os olhos. Olha em volta. Mas não dispersa, volta aqui. Você está me acompanhando? Faço sentido para você? Você me compreende ou me julga? Fica comigo mais um pouco. Não vai embora agora. Não desiste ainda. Estamos quase lá.

Meu último gesto é soltar tudo. Gostaria que você não ficasse focado em mim, Bourlem Mohamed. Gostaria que você esquecesse por um momento a necessidade do sujeito, da personagem, da pessoa. Ainda não estamos prontos para isso, eu sei. Mas tenta, só um pouco. Não sou um duplo. Eu não sou o outro. Não sou uma voz. Não sou uma história. Não sou o real. Não sou a ficção. Não sou brasileiro. Não sou argelino. Não sou martinicano. Não sou francês. Não sou louco. Não sou jardineiro. Não sou paciente. Não sou velho.

Gostaria que você não se preocupasse em saber quem me inscreveu aqui. Gostaria que você ficasse com as areias vermelhas nas mãos. Gostaria que você experimentasse as pontas dos dedos brotando caule e folha. Gostaria que você estivesse consciente das referências que me constituem, mas que as esquecesse. Gostaria que você não se fixasse apenas no conteúdo do que está escrito, mas que percebesse também o jogo coletivo que move tudo por aqui. Talvez isso seja o mais importante. Mais do que o sentido.

Não sei se nos encontraremos de novo. E a essa altura já largamos nossas mãos. Agora, só mais um pouco. Já podemos.

Vai,
solta
tudo,
se solta.

Cosme Redivivo

Com quarenta anos, ainda era homem de choro fácil o Cosme. Chorou de nascença, de raiva, no gozo. Lágrimas rolaram quando Exu tomou conta do seu corpo pela primeira vez no candomblé que frequentava desde criança. Quando Seu Exu Tiriri estava em terra, seu riso era vermelho, quente, espesso. Assentado na força de Ogum e com Exu Tiriri, Cosme Redivivo era extremamente justiceiro, nada passava batido diante dos seus olhos.

Nasceria no planeta Terra, no século XXV, a mágoa a enfrentar era por ter morrido, sempre assassinado por brancos, quer seja no feudalismo, na renascença, ou nos tempos da literatura romântica. Nas fases do xadrez das cores também escravizara, também já fora algoz. A Terra não era o planeta da inocência.

Não foi fácil nem rápido conseguir uma existência, mas a perseverança era uma das suas características mais marcantes. Foram inúmeras as vezes em que a chapa esquentou em suas moradas do subsolo. Valia a pena tentar.

Findo o acordo da escolha de cabeça com Olorum e Ajalá, depois da ligação do cordão de prata, mais uma vez escolheu ser negro, já havia passado por essa experiência, mas sabia que ainda não atingira a meta das empresas espirituais.

Reconhecido pela sua gargalhada que fazia estremecer, Cosme Redivivo, com 1,90, veio ao mundo ocupando a vaga do avô para reivindicar a sua ancestralidade depois da morte do velho e da depressão profunda de sua mãe. Era esse o seu lugar no sistema familiar. Levaria muito tempo para entender. Viveria muito com a força dos ebós de sua mãe que dizia: se alguém quiser matar o meu filho, terá que me matar primeiro. Mais uma vez viria indomável, astuto. Filho único. Gênio forte, valente como o pai, que só amolecia na presença da esposa, das plantas e dos bichos. Saberia administrar as consequências dessa herança no seu caráter?

Não seria propenso ao álcool nem ao cigarro, já tinha passado dessa fase no videogame pessoal. Para obter clareza mental e por disciplina, jejuava por semanas, mas isso não era um fardo, já tinha comido muito e de tudo. Também já tinha enfrentado a fome. Muita chibata estalara em suas costas. Agora seria ambientalista, adepto do poliamor. Mas depois do sexo não gostava de *feedback*. Finalmente estava em condições de não ser um macho escroto, nem abusador. Também não seria cristão. Condições com altos padrões para um colonizado. Contradições que teria que enfrentar.

Aficionado por armas de fogo. Seu maior sonho era ter um Diplomata 92, azul, e também um cão que não fosse decorativo, um bem grande, tipo um Fila brasileiro. Desejava ser um Madmax nacional ou um 007 negro nascido na Ceilândia/DF.

Tinha compulsão por sexo. Quando foi gerente de uma boca de fumo, ficou famoso, entre outras coisas, por alugar um pula-pula para as crianças brincarem. Não, não se iludam, era mais um obstáculo para evitar a chegada da polícia em sua casa.

O seu inconsciente acumulava idas e vindas de bolas fora do seu campo. A ordem era tentar novamente, sem culpa, nem peso desnecessário. Na economia das vivências corpóreas havia planos e realidades.

Na regra de três, entre o corpo, a alma e o espírito, Cosme estaria para Exu Tiriri, que estaria para o seu avô. Exu, na força da esquerda, encruzilhava aquele narcisista, cuja cabeça fora moldada tantas vezes. Dar conta disso tudo, nascendo no Brasil? Cosme achava um desafio e tanto, cansativo, mas encantador.

Ambiente

O Cosme voltou, voltou encarnado na figura do pai. Aquele pai preto, guerreiro, lutador que em tempos idos tentou mudar a comunidade de Castanhanduba, uma comunidade quilombola, que fica às margens do rio Silêncio, um braço do rio Amazonas, no oeste paraense, dentro do município de Óbidos. A comunidade ficou com o nome de Castanhanduba porque existiam muitas castanheiras nesse local. Cosme precisava antecipar sua vinda à terra, as coisas já tinham mudado muito.

Quando nasceu, na própria comunidade, foi muito diferente do nascimento do seu pai. Agora, podia-se ver uma unidade de saúde, toda equipada com luz solar, médicos, enfermeiros, inclusive, filhos da comunidade que conseguiram estudar e voltar pra trabalhar na comunidade. Uma sala de parto totalmente equipada com os mais modernos aparelhos. Diferentemente de seu pai, que nasceu pelas mãos das parteiras, dentro daquela casa coberta de palha, cercada por enchimentos de barro, com terra batida. Nasceu ali mesmo dentro da rede onde dormia sua mãe. Foi um parto duro, porque o pai de Cosme estava atravessado na barriga da mãe. Tiveram que chamar outra parteira mais experiente para ajudar o nascimento. Mas tudo deu certo.

Na sua volta, Cosme encontrou Castanhanduba modificada. Agora, com seus 40 anos nas costas, Cosme é uma liderança da comunidade. Umas 50 famílias moram nesse quilombo, vivendo da pesca, da natureza e de pequenas fábricas de polpas de frutas, de produção de queijo e de farinha e outros derivados da mandioca. Todos na comunidade o chamam de Tio Cosme, uma maneira simples e de respeito que têm por essa liderança comunitária. As casas do quilombo têm energia solar, água encanada potável, banheiros internos. As casas são feitas todas de madeiras retiradas da floresta, mas essas madeiras foram plantadas no tempo de vida do pai de Cosme. Hoje, uma árvore é derrubada e já plantam outra em seu lugar, pensando nas outras gerações. As castanheiras voltaram a dar frutos.

Cosme cultiva uma simplicidade em sua casa. Tem esposa, dona Mundica, e dois filhos, Serafim e João Antonio. Os filhos estudam na escola da comunidade, onde não reclamam de nada: merenda escolar de primeira, aproveitam os produtos fornecidos pela própria comunidade como o açaí, cupuaçu, laranja, banana, o piracuí (farinha de peixe), queijo, leite fresco. As salas são muito bem arejadas com central de ar, os alunos têm, cada um, um computador que está interligado com a internet. Assim, os professores podem ministrar excelentes conteúdos nas salas de aula.

A casa de Cosme é composta por quatro compartimentos, sendo uma sala ampla, quarto de casal e dois quartos de solteiros. Tem cama, mas gostam mesmo é de deitar em redes. Tem uma cozinha ampla, pronta pra receber visitas. Ainda preservam o fogão a lenha pra fazer a comida diária que é peixe, carne e muita verdura retirada do próprio quintal da casa.

Cosme gosta de alguns festejos realizados na comunidade. Em época de Carnaval, ele vai pra cidade de Óbidos participar do Bloco "Pai da Pinga", que sai às ruas todas as segundas-feiras. Cosme não é mais chegado a uma pinga, mas gosta de se divertir e fazer outros felizes.

Encontro

COSME REDIVIVO E NANA

Cosme estava ansioso, aguardando Nana após a palestra que ela ministrou, com ênfase nas culturas Marajoara e Tupi. Ela foi brilhante em seu tempo de fala, 60 minutos marcados no relógio. Ele recebeu um convite para essa atividade dias depois de ter sido apresentado à moça em um jantar de amigos. Estavam em um Congresso Cultural, chamados pelos organizadores. Na ocasião, ele que tinha muito interesse em tudo o que girava em torno das populações negra e indígena, achou oportuna a programação cultural.

Nana chegou um pouco atrasada e esbaforida, parece que houve qualquer questão de saúde com o padrasto, mas afinal conseguiu chegar a tempo de não cancelar a palestra. No final, foi muito aplaudida e sua fala gerou algumas perguntas do público, prontamente respondidas.

O interesse da plateia foi genuíno, notável, de fato, não era grande a lista de pessoas no país que abordava essas temáticas. Como negro e brasileiro, descendente de indígenas, Cosme tinha muito interesse em conhecer mais sobre os seus ancestrais, achava fascinante olhar para o passado e preencher as lacunas de uma vida de desinformação e estereótipos sobre esses povos.

No final, Nana e Cosme se encontraram no auditório, Cosme desde a primeira vez em que viu Nana, sentiu imediatamente uma forte atração, não apenas intelectual, mais que isso, logo percebeu que uma energia parecia estar entre os dois, formando um campo de força. Conversaram, sorrisos, olhares, suspiros. Palavras escolhidas. Nana estava encantadora, vestida para a ocasião com esmero. Os cabelos compridos de Nana faziam lembrar a avó querida de Cosme, Dona Bastiana. Cosme, aceite o meu cartão, parece que o nosso assunto não vai se esgotar hoje, além disso, estou ansiosa para saber mais sobre você. Já respondi suas perguntas, mas também gostaria de fazer as minhas.

Disse isso com um sorriso largo e brilhante como o colar vermelho que usava.

Cosme teve a certeza de que era correspondido, ficou feliz. Nana fez então várias questões sobre o quilombo onde Cosme vivia, os costumes, a religião. Muitos pontos em acordo. Estavam encantados. Cosme não parecia um homem típico, como aqueles do clube do Bolinha, era bom ouvinte. Para Nana isso fazia toda a diferença. Descobriram, além de outras coisas, que tinham em comum ainda as disciplinas que amavam: biologia e português. Haveria uma festa à noite, Nana convidou Cosme, que estava fora de sua cidade por mais alguns dias, ele aceitou.

Noite chegou e os dois se encontraram na ocasião festiva,

música boa, bebida gelada. Dançaram juntos. Cosme quis saber sobre a tatuagem de borboleta no braço de Nana.
Mais tarde, se estivermos sozinhos e com menos barulho, conto a história desse meu desenho na pele.
Dali em diante, noite adentro, ficaram um pouco incomodados com a presença de um cara branco sem noção fazendo piadinhas étnicas e falando muito alto, mas resolveram dispensar qualquer confronto e sair mais cedo. Saíram juntos. De mãos dadas.
Suas mãos são pesadas, Cosme.
Um silêncio grosso e intenso entre eles.
Sim, mãos de trabalho, Nana, mãos de luta.
Gosto de tocar e ser tocada por pessoas de verdade, como tu.
Nana beijou Cosme e também foi beijada longamente.
Cosme tocou os cabelos de Nana e os dois partiram para uma noite inesquecível juntos.

Reflexão

Não consegui parar de pensar naquela noite que tive com Nana, e eu que tinha prometido não mais me relacionar com outras mulheres que não fosse a minha esposa, mas não consegui resistir. Nana era muito encantadora quando falava, me apaixonei por cada palavra. E uma beleza que nunca tinha visto, ela lembrava a minha avó quando era jovem. Nunca acreditei na monogamia, mas a Mundica não aceitava de jeito nenhum outras formas de relacionamentos e nem de gênero. Se for depender de mim, meu contrato monogâmico estava fadado ao fracasso.

Nossos dois filhos, Serafim e João Antônio, já falavam do poliamor e também do não binarismo, entretanto a Mundica ficava possessa de raiva e ralhava toda vez que esses assuntos vinham à tona. Os jovens eram *influencers* no TikTok, já haviam conquistado uma legião de fãs adeptos ao poliamor e não binarismo. Eu sempre ficava nervoso, percebia que meus filhos puxaram o modo de ser de nossos ancestrais Tupi Castanhanduba. Minha tia-avó teve cada filho com homens diferentes, ela não parava, dizia que o coração era para amar muitos "abaeté" (homens verdadeiros), mas também o modo de ser da minha avó, dona Samaúma, era condenado pela comunidade. Sem contar que ela ainda era acusada de ser feiticeira.

Lembrei daquela vez que Mundica me pegou com a Rosa, levei uma surra que nunca esqueço. A Mundica teve uma criação religiosa na Igreja Petentecostal do Juízo Final, para ela era um pecado muito grande e inegociável a questão da não monogamia.

Mundica, mãe dos meus filhos, grande companheira, sempre esteve, nesses 20 anos de casados, ao meu lado em todos os meus projetos de vida. A história de Mundica vem de muitos séculos atrás, nos tempos do Imperialismo luso-português. Os ancestrais de Mundica vieram de uma aldeia em Portugal para o Brasil, pois naquela época ofereciam oportunidades e melhores condições de vida para os colonos. Porém o tataravô de Mundica era um soldado e queria porque queria uma mulher indígena chamada lauáraeté do clã Tupy Guaçu. Conversa vai, conversa vem, acabou que o Tuxaua daquela taba deu a kunhã porãnga como forma de selar uma aliança entre os nativos e soldados portugueses, não tinham outra alternativa, pois isso evitava maiores conflitos interétnicos.

Da união entre Iauáraeté e o tararavô de Mundica, nasceu Piratinga. Piratinga tinha cabelos castanho-escuros lisos e levemente ondulados, olhos amendoados e pele muito branca. Piratinga não aceitava o sistema de aldeamento feito pelos missionários colonos da época, que é onde viviam os seus pais. Piratinga, que significa peixe branco, num dia de Lua nova, resolveu sair nadando e nunca mais voltou para o aldeamento. Os descendentes de Piratinga lutaram muito, durante séculos, contra os colonos e a escravização portuguesa. Eles participaram de uma grande guerra que aconteceu na Amazônia no século XIX, que foi a Cabanagem. Os descendentes de Piratinga conseguiram fugir do genocídio feito pelos soldados britânicos, apoiadores do império português na época, e fugiram para o que conhecemos hoje como o quilombo Castanhanduba. E foi assim que vieram vários descendentes até aparecer a Mundica, minha esposa.

Mas algo me preocupava muito do envolvimento da Mundica com a Igreja, a última novidade era que ela estava doando simplesmente quase meia tonelada de nossa produção de abacaxi para ajudar a construir um novo templo, um todo feito de vidro. Imagina um templo de vidro na frente do lago da comunidade, não fazia sentido nenhum e isso já estava me deixando preocupado. Era como colocar um elefante na nossa comunidade, fugia totalmente de todo o cuidado que a gente sempre teve nas nossas bioconstruções. Também soube que a madeireira do seu José estava apoiando essa construção, o que me deixava mais em alerta.

Mundica havia mudado muito desde quando uns funcionários da Gargil visitaram o nosso quilombo. Eu nunca fui contra a mudança radical dela em entrar na Igreja Petentecostal do Juízo Final, apesar de isso ter me atravessado muito, pois eles não respeitavam nossa espiritualidade, nosso candomblé e nem nossos encantados. No entanto nunca proibimos de eles se reunirem em nosso quilombo, e penso que foi o maior erro coletivo da nossa comunidade. Porém a Gargil era uma corporação multinacional e maior produtora de soja do planeta. E eu, sendo um ambientalista e ativista, comecei a ficar com a pulga atrás da orelha se havia alguma relação da Mundica com essa Gargil.

Herança Ancestral[1]

Era dia de festa no terreiro. Lágrimas quentes rolaram quando Exu tomou conta do seu corpo pela primeira vez no candomblé que frequentava desde criança. O que Cosme não sabia era que esse Exu, esse legbara, era um ancestral presente também na vida do seu irmão mais velho, já falecido, o André. Ficou sabendo nesse dia, quando foi inundado pela emoção e pelas memórias. O tempo não se cansa de lembrar. Em terra, Exu ria muito, com a sua gargalhada grossa e retumbante, como se quisesse tirar toda a tristeza do peito de Cosme, como se quisesse revitalizar o seu corpo e realimentar o seu desejo de viver, como se quisesse retirar as mágoas de todos os baculejos abusivos, das acusações de roubos que nunca praticou, dos seguranças de loja que escolhiam seu corpo como um território suspeito a ser vigiado.

---

1 Antes de ler esse texto, sugerimos ir à página 285.

Cosme Redivivo sentiu que não andava só, era uma oportunidade e tanto de estar com os homens da família, ouvir as suas histórias, conhecer as suas dores em um espaço sagrado formado pelo encontro de energias, um lugar para cocriar masculinidades além da desumanização e da hipersexualidade.
Cosme cantou e jogou capoeira como nunca:
Exu Tiriri
Outrora saci
Passando a perna na hipocrisia branca
Estava feliz, sorriu com todos os dentes em tom de azul e resolveu preparar uma oferenda, um padê, um ebó, pra deusa pombagira que acompanhava o seu caminho. Preparou um bife, pimenta, farinha, azeite de dendê e colocou tudo em um alguidar de barro, exatamente o alguidar nº 07, acendeu também a vela número 07, na encruzilhada da rua 14, em frente à casa 21. Quem tiver noções matemáticas que desvende o traçado numérico ancestral.
Cosme tocou o atabaque que ganhou do seu avô, chamou alguns primos para o toque do agogô, do triângulo, do pandeiro e do xequerê. Era hora de cantar pra descer e depois cantar pra subir, os pontos de chamada estavam na ponta da língua, a música era junto com a dança e os rezos, uma das linguagens mais sofisticadas produzidas pelo povo negro.
Cosme vestiu branco, no braço estava o contraegum, no pescoço as guias de cada um dos seus orixás de cabeça. Preparou o padê e mais um tanto de frutas e flores e arriou. Obrigação cumprida.

Carta / Mensagem de Cosme Redivivo para Zumbi dos Palmares

Esta carta foi escrita com uma navalha, no corpo de um homem negro assassinado na cidade do Rio de Janeiro em março de 2023. Fiz vários microcortes. Escrevi com a navalha para lembrar os primeiros sangradores da história, homens negros recém-alforriados que faziam medicina popular e tratavam de pessoas daquela época. Do mesmo jeito que a notícia se espalhou, a proibição chegou, esses homens foram então impedidos de exercer o seu ofício, optando pelos serviços de barbearia, levando com eles as navalhas.

Esta carta foi escrita para Zumbi dos Palmares, herói nacional não devidamente reconhecido, espero poder desabafar, falar de homem pra homem. Zumbi, eu, como negro, depois de tantos baculejos, acusações infundadas de assaltos e furtos, depois de ter sido dispensado no mercado de trabalho, no domínio dos afetos, estou aqui. Como homem negro, estar vivo é um privilégio, sei que pra você também não foi fácil. Peço a sua ajuda, Zumbi, para vencer os desafios cotidianos. Um amigo meu cria os filhos sozinho e não consegue pegar uma cesta básica do governo, está desempregado, parece que as pessoas não dão muito crédito para homens na assistência social, ele já foi acusado de bêbado quando estava cambaleando de fraqueza por causa da fome, tudo que consegue dá para os filhos.

Outra coisa, Zumbi. As mulheres brancas. Elas me perseguem dia e noite, olham de maneira libidinosa, sou convidado a relações sexuais extraconjugais, confrontado na rua, algumas mulheres me oferecem tudo, carro, dinheiro, moradia, para que eu tenha com elas um relacionamento de exclusividade sexual. Já apanhei e já bati em muitos homens brancos que cismam comigo, acham que estou dando em cima das mulheres deles, que estou cobiçando, quando na verdade elas é que tentam insistentemente ganhar o meu corpo para uma aventura erótica.

Zumbi, eu já imaginei, preocupado, que se eu estivesse na rua, passeando com meu filho, andando com ele no carrinho, alguém poderia me chamar de vagabundo. Como assim um homem negro cuidando do próprio filho? É um desempregado, um zé-ninguém, um preguiçoso. Zumbi, meu amigo, já tentei consolo nas igrejas, mas lá não é o meu lugar. Mulheres puxam e guardam seus pertences quando estão ao meu lado, na igreja evangélica tenho que aceitar que as minhas dificuldades são fruto de maldição hereditária, na católica nunca convenci alguém a me dar a paz de Cristo. Como assim apertar a mão de um negro retinto. Sim, sou preto com o máximo de mão de tintas, meu negrume é o mais profundo, Zumbi, acho que você também era assim.

Entrei em uma loja para comprar um papel especial para escrever mas fui seguido pelo segurança, que raiva! Minha vontade era dar uma surra naquele negro vendido. Mas tem o sistema, os boletos, eu não tô nem aí, minha dignidade não entrego a ninguém. Saí da loja irritado.

Enquanto escrevo esta carta, escuto o som de tiros, quem conhece uma arma sabe que um som de tiro não é parecido com fogos de jeito nenhum. Consegui entrar no lugar onde está o corpo com dificuldade, mas deu certo, somos assim, não é,

Zumbi? A gente não é fraco, não. Aparece por aqui um dia, Zumbi, mesmo que seja vestindo o corpo de outra pessoa negra no qual você deixe ainda algumas das suas características. As almas não perdem o conhecimento nem o aprendizado.

Resposta de Zumbi dos Palmares para Cosme Redivivo

Cosme, o de alma antiga,

Na próxima vida, você ainda retornará negro como a noite mais linda. Negro de olhos negros. Olhos negros como a noite mais linda. Você ainda retornará com cabelos negros. Negro de cabelos negros. Cabelos negros como a noite mais linda. Você retornará na sua próxima vida ainda com forte instinto de sobrevivência. Ainda e sempre. Retornará com mais música dentro do corpo. Ainda mais música. Ainda retornará na próxima vida com cicatrizes nas costas e com músculos que, quando molhados, brilham na praia. Ainda retornará com músculos que brilham na praia incontáveis vezes nas próximas vidas. Nas próximas vidas, você retornará com dentes de raiz profunda e forte. Você ainda retornará muitas vezes com os dentes fortes. Você retornará na próxima vida com a capacidade de ler e escrever. Retornará ainda, e muitas outras vezes, com a capacidade de ensinar. Na sua próxima vida, você ensinará os nossos trajando terno. Ainda na próxima vida, você também fará Justiça trajando terno. Na próxima vida, quando você estiver fazendo Justiça, muitos irão lhe ouvir com atenção. Na próxima vida, você fará Justiça sem facas, usando apenas sua boca de dentes fortes. Você voltará muitas vezes para fazer Justiça com a boca, não com facas.

Sonho

Para Cosme, o acordar e o dormir era complementares. Sentia que os sonhos eram indispensáveis e fascinantes. Costumava anotar algumas imagens ao acordar, na tentativa de organizar as imaginações do inconsciente, as sensações não vividas, era como se o cérebro estivesse tentando organizar a mente enquanto a matéria física repousava.

Em um transe onírico, Cosme apareceu olhando a sua imagem no espelho negro do seu quarto: percebeu que ainda era negro, com olhos e cabelos escuros, tinha dentes muito brancos. Era noite, e a noite também era escura. Ele parecia envolto em uma atmosfera quente, espessa, ao fundo um som de berimbau convidava para a dança. Não resistiu. Enquanto movimentava o seu corpo, a música penetrava os seus poros cada vez mais. De repente, estava correndo no meio da floresta, correu, correu, correu, como se estivesse fugindo de alguém, a sensação da corrida era como se estivesse em várias vidas, sempre correndo, ainda não sabia de quem, mas como já disse Frantz Fanon, "o colonizado gosta de correr".

A corrida só foi encerrada quando o nosso protagonista encontrou um rio de poucas águas onde matou a sede e passou a língua entre os lábios e os dentes. Tinha dentes muito brancos, grandes e bem alinhados, não sabia se amava ou se odiava. Mais de cem anos depois do escravismo no Brasil, falar de dentes brancos ainda era constrangedor, trazia a lembrança de episódios de confronto com a polícia e de outras situações de racismo, dolorosas, que tivera que enfrentar.

De repente, naquela escala de sonho onde as coisas tinham outras proporções, encontrou uma cobra-coral. Havia outras cobras, mas essa era a mais próxima. O réptil rastejante invadiu o seu sono, com suas cores vibrantes, os anéis pretos com bordas brancas entre anéis vermelhos. Embora a serpente, na vida real, fosse uma das mais venenosas e letais, ali o Cosme parecia estar livre e integrado com os elementos da natureza, não havia sinal de medo. Logo sentiu o corpo pesado, cansado, deitou na mata fechada e logo pegou no sono. Lembrou-se nitidamente de ter pensado o quanto era incrível a sensação de que estava muito bem entre as cobras, não costumava se sentir assim entre os humanos. Ainda que estivesse com a aparência impecável, usasse as melhores roupas e o perfume certo na quantidade ideal. Ainda que mostrasse os seus dentes brancos. Cosme sentiu uma sensação de proteção, ali pôde tirar o seu terno branco, a sua armadura, tirou as facas da cintura, a pequena navalha que levava dentro da meia também.

Várias imagens passaram pela zona de sonho, o ritmo era acelerado. Sua alma antiga estava em prontidão, como sempre esteve na vida. De pé, agora aparecia no centro de Nova York andando apressado com o seu sobretudo preto, com o guarda-chuva e sua pasta executiva cheia de livros. O ritmo de sua caminhada acalmava a sua mente para que colocasse em ordem os pensamentos e as demandas daqueles dias. Depois de ler a carta de Zumbi, Cosme encontrou muitas respostas, tanto que sentiu o cansaço da compreensão, deitou, dormiu e sonhou. Ele encontrou a escuridão da vitória, ele também lutava pela justiça, ele também era Zumbi.

Reflexo

Agora não tem Exu pra tomar teu corpo e te guiar. Então quem é esse aqui na minha frente? Um purificador existencial pela ritualização carnal de donzelas? Um guia espiritual da sexualidade universal? Você confundiu um amor amplo e altruísta com uma libido sem limite. Quem é você quando separado de Ogum, de Exu Tiriri? Desautorizado, nu, desprotegido, quem é você? O que resta, fora da santidade, em você? De que carne todo o teu conhecimento ancestral é feito? Tenho muitas perguntas pra fazer, Cosme. Por exemplo, esta aqui: Quando foi que a sua fúria inclemente, fomentada por longas e exaustivas jornadas espirituais, começou a sufocar a sua identidade própria? Quando o que é seu passou a ser roubado do que é de todos nós? Quando você se tornou a ala oriental de um museu histórico inglês? Não quero parecer grosseiro, Cosme, sei que você foi domesticado pela causa nobre. Mas pergunto: O que educa melhor, a causa nobre ou o genocídio direcionado? Você fica aí plantado com essa carcaça dura de violência contida e dignidade pálida, mas você ainda não diz nada. Uma pantera em jejum à beira da extinção, com dentes postiços.

Preciso dizer agora que estou à beira da extinção. Mas esse sou eu falando ou é o reflexo que fiz de mim, do herói da minha jornada? A minha seria a extinção da África Negra ou do Homem Psicológico, que tomou lugar do Homem Histórico? Fico na dúvida. Quando éramos históricos, tínhamos um passado memorável, então era possível chegar até ele por meio de uma linha, senão reta, ao menos bem marcada, um fio de prata que definia o presente. Assim os ancestrais podiam nos vigiar de perto. Mas depois veio uma outra humanidade, sem nome, que passou a se autoproclamar gente branca e que era algo totalmente diferente da origem da humanidade. Algo como uma mutação da espécie, que se tornaria, primeiro, dominante, depois, mentalmente deteriorada, com o passar dos anos.

Mas por que esse apego todo com a origem da gente branca? Porque me roubaram, roubando do povo original do qual faço parte? Por isso, sim, é claro, mas também porque essa gente me deu algo pelo que lutar. O que seria de mim, Cosminho Maravilha, sem essa raiva imensa, que transfiro sob a forma de sangue quente para a ponta do seu pênis, na ilusão de povoar o mundo com a minha mentalidade infértil. E qual é a minha mentalidade, quero dizer a nossa, qual é a nossa mentalidade?

Isso me causa uma tremenda confusão. Quero engolir tudo que aparece na frente – um Saturno, um buraco negro. Veja bem o tamanho da minha carcaça de nobre linhagem. (Cosme faz uma pose de halterofilista e ri).

(Enquanto Cosme discorre seu monólogo diante do espelho, um homem velho e branco, com longos cabelos brancos desgrenhados e pelos brancos saindo pelas orelhas, anota num caderninho, compenetrado – trata-se do reichiano Dr. Krauss, especialista em traumas relacionados a heranças ancestrais. Dr. Krauss solicita que Cosme fale sobre o que vê no espelho, sem elaborar demais, sobre o que pensa quando se vê no espelho).

O ponto fundamental da minha encruzilhada moral é estar aqui, nesta consulta mental usando métodos criados por consanguíneos daqueles que escravizaram meus antepassados. Em busca de verdade e de potência viril, eu me misturei ao ponto da diluição. Eu me misturei demais. E agora não sei mais o que fazer com meu desejo. Acho que mascarei uma terrível insegurança peniana com o desejo de uma identidade ancestral, que resolvesse os problemas do presente com os feitos heroicos do passado. Mas o meu presente é uma vida que estruturei dentro de um padrão que não posso, meu corpo não pode seguir. Foi a dúvida saudável sobre a minha unidade própria que me levou à loucura da mentira honesta. Vivemos a era pentecostal da extinção absoluta da fé. Agora vejo um império capitalista de almas em varejo crescendo como um enorme pênis sobre o fio de prata que traz viva a história do meu povo. O dinheiro arrasta a história do meu povo para dentro de um museu de pilhagens, como são os grandes museus da Europa, terra da gente branca que criou esse método de exposição física do paciente diante de um espelho, para ficar apenas no exemplo que nos concerne. Percebe que só de falar nisso meu pau já fica duro? Percebe, doutor? Também desce um suor grosso e amarelo, de culpa fenomenal. Eu associo a fé religiosa à fé freudiana no pênis. Freud fez do pênis um deus, usurpando o lugar totalitário do antigo deus externo, já que agora os homens (e jamais as mulheres) traziam deus balançando entre as pernas. Isso faz de mim, talvez, um feiticeiro. Porque toda pessoa que goza é uma feiticeira. Minha cabeça funciona melhor quando meu pau fica bem inchado. Espero que anote tudo isso na sua caderneta, doutor, palavra por palavra. Gostaria além disso de pontuar que...

(Dr. Krauss interrompe com um sino budista, então pede que Cosme feche os olhos e diga, de forma mais concisa, o que vem à sua mente).

Madmax tropical, totalitarismo erótico, portugueses negros, um jesus pardo, crianças baleadas no pula-pula, escolher o amor e matar o amor, jejum intermitente de boas intenções, uma tonelada de abacaxi como oferenda a lúcifer, minha esposa é um elefante de vidro, eu sou uma navalha bonita e sem corte, minha alma é antiga como um feto, abaeté são máscaras que flutuam em minha face.

(Dr. Krauss se levanta, Cosme veste suas roupas com a destreza de um soldado, o corpo suado e o pênis ainda com uma ereção latente. Recompostos, os dois homens higienizam-se com álcool em gel, apertam as mãos e partem para as tratativas monetárias relacionadas àquela digressão coordenada).

Transformação

Afinal, Cosme, o nosso Cosme, tão destemido, é redivivo. Firme, de cabeça erguida, ele sobrevive ao genocídio negro e aos chicotes urbanos sudestinos que ainda insistem em domar corpos negros. Racistas impunes! Pelo menos o final da sua história não foi banhado por tragédias. Não desta vez. Chega de matar negros! Não foi assassinado por nenhum branco, segue mais vivo e justiceiro do que nunca, os tempos urgem. Quiseram acabar com ele tantas vezes! Abatido, porém não derrotado, sobreviveu pra contar a sua história.

É importante lembrar dos seus assentamentos. Cosme está firmado na força de Ogum, em Legbara Exu e Tiriri, ele definitivamente não anda só. Sua ancestralidade trouxe de volta o riso alto e largo de tantos em sua genética. O riso vermelho, quente, vermelho e espesso. O riso grosso e negro. Mas ele não negocia a sua identidade, diante de qualquer entidade sabe que é protagonista da própria cabeça.

Ambientalista, perto de completar meio século, partiria agora em uma missão na Região Norte em sua busca pelo conhecimento, pela geografia e vivências junto aos povos indígenas, havia muito para apreender. Matas, bichos, ervas, territórios e costumes outros também brasileiros, mas tão desconhecidos. Partiria sem ideários salvacionistas, longe de acreditar na perfeição de sua alma, consciente de sua tridimensionalidade, muito além do bem e do mal, nele habita o desejo latente de convivência com o tempo, o espaço e os territórios.

Em sua humanidade, tinha suas dúvidas, seus dramas morais, dúvidas encruzilhadas que desafiavam binarismos tradicionais. Mas atenção: não fora contaminado pelo cristianismo, não mesmo. Não sabia o que era a culpa. Com desejos de permanência e arroubos de maturidade, Cosme decidiu deixar algo, resolveu escrever um livro para deixar impressas suas memórias, de maneira que seus descendentes pudessem ser os seus leitores, já que não tivera filho algum.

A sexualidade múltipla e hiperativa do nosso personagem continuava em processo em relacionamentos onde o poliamor era a tônica amorosa. Cosme não segue protocolos esperados para pessoas negras no Brasil, faz tudo em excesso e sem remorsos. Talvez a solidão inerente à selva das cidades incomodasse um pouco, ainda que estivesse sempre cercado de gente. Altos e baixos Cosmianos? Sim. Agora tentava lidar com essas oscilações emocionais, com a sua teimosia, que dificultava avanços, com a sua compulsão sexual em uma perspectiva de redução de danos.

Era como se estivesse em busca de ser menos Cosme, de ser quem sabe outros Cosmes, transformando a ordem sem fazer desordem, vivenciando o seu caos pessoal e a sua voracidade identitária. Agora queria ser um Cosme menos projetado para o mundo violento das bocas de fumo e das armas de fogo, talvez um Cosme mais erótico e irônico, com tempo para o gozo e a contemplação. Quem sabe um eu Cosme até mesmo, pasmem, apaixonado e envolvido em previsíveis interlúdios amorosos românticos. Não, menos por favor, essa breguice não combina com ele, mas valeu a ideação, foi lúdica...

O ceilandense raiz segue valente, em suas contradições a escrever a sua biografia enfrentando os desafios da existência. Segue por aí com pinta de 007 negro, ainda pode ser visto rodando no seu Diplomata 92, azul, ou dando voltas no Parque da Cidade com o seu cão Fila brasileiro.

Espelha

Toda criança, em qualquer floresta, sabe da Espelha. Cada criança, quando entra sozinha, logo bem acompanhada, pisando no sumo viscoso das folhas e da terra de chuva, compreende que está próxima a ela, sendo observada pela presença da Espelha. São atravessadas e envolvidas por olhares, vozes, vibrações latejantes, e o que mais entornar de sua permanência oculta. As crianças penetram as florestas, convocadas por seu perfume misterioso que se acende na torção de um cipó estendido, nascendo e morrendo, com as pontas entre o magma do núcleo terrestre e a varanda transparente de estrelas. As crianças procuram Espelha por dentro delas mesmas, transbordando seus corpos infinitos por entre as trilhas de suas tripas e os troncos de outros astros.

Ela estará lá, onde você procurar, logo nesse campo do teu peito a se preencher, rodopiando entre eixos, dançando sem encostar os pés no chão. Talvez ela tenha sido alguém, carne e osso, som e luz, que andou por entre frestas, que brincou de se esconder dentro do pulso profundo da floresta. A Espelha se faz presente para quem a procura. É preciso que exista uma criança dentro da pessoa, e que essa criança seja curiosa como todas. É preciso que oscile, se perdendo e se encontrando no labirinto selvagem da mata, em busca do que não se sabe. Então haverá alguma chance de Espelha dar sinais, vibrando com o corpo quase em evidência, ligeira e sutil, decompondo os raios solares e suas colorações a partir do prisma que se instaura quando conseguimos enfim, com a alma calejada pela travessia, refletir na Espelha.

É possível saber atrás de que árvore ela está nos esperando, mesmo antes de mostrar seu rosto. Quando saltamos no abismo de nossas florestas, abrem-se outros olhos, extrassensíveis, capazes de captar a presença que buscamos à sombra dos ninhos suspensos nas copas. Espelha está nos aguardando, sempre. Ela tem todas as idades de quem a procura, paira distraída entre estações, temporadas e calendários. É fruto da mescla de pessoas que se perdem e se encontram na abundância dos caminhos, até que se cruzem com ela. Espelha é tudo aquilo que a enxerga. Passa extensos períodos aguardando próximos encontros, apesar de se distrair concentrada em assuntos que não pertencem à alçada de seres humanos.

Quando está acolhida somente pela natureza que compõe seu entorno e seu interior, brinca de se esvaziar. Articula um ritual rudimentar, onde é capaz de transformar a orquestração polifônica dos ruídos da selva em silêncio absoluto, para em seguida se deleitar com o som do universo em expansão, que se apresenta fazendo cócegas em suas vértebras cristalinas. Junto com a ventania que sopra, Espelha esvazia os pulmões despejando a multidão que lhe habita na atmosfera densa e carinhosa da floresta. Agora que está leve, repleta de vazios e espaços a serem ocupados, aguarda sem pressa alguém aparecer. No instante em que você chegar, já pressentindo a árvore na qual ela se encontra, apenas espere. Surgirá o rosto de Espelha por detrás da árvore. Seus olhares se alcançarão. Não será preciso dizer nada.

Ambiente

Ela é a protagonista de uma lenda urbana. É noite escura. No ar, sobe o cheiro do vapor quente do asfalto com cheiro de enxofre. Um trem corta a paisagem várias vezes ao dia, barulhento, pontual. Os edifícios são altos como se insistissem em dizer que não há céu algum, muito menos paraíso. A cidade tem tons de cinza.

Espelha, rara, está cada vez mais escondida, nas poucas florestas que restaram e na escassez das crianças nos tempos em que as mulheres morrem sem dar a vida ou perdem as suas crias em meio à violência.

Encontrar a Espelha seria um sinal de anunciação, ou um milagre diante de sua natureza misteriosa. As pessoas são adultas ao extremo, pesadas, têm medo, culpa, ausência de curiosidade. As cidades, abafadas, cheiram à acomodação e cansaço, têm olhos míopes pouco dispostos a miradas interiores.

Os bairros, lotados, onde as máquinas imperam, dormem e acordam solitários como aqueles que neles habitam. As ruas são governadas por autoridades que têm padrões conservadores, com calçadas originalmente ornadas com pedras portuguesas quebradas, estão cheias de buracos, são pedras de um tempo antigo, colonial, por isso não foram repostas.

Espelha tentará ainda refletir outras realidades, continuará aguardando, com uma esperança que já não se encontra em nossos dias, atenta, misteriosa, até mesmo confundida com algum vento reunindo folhas em estratégia de sobrevivência.

Alguém disse um dia que se quisessem evocar a Espelha, teriam que chamar seu nome em voz alta cinco vezes, declamar o seu poema preferido e pular em um pé só três vezes com os olhos vendados. Se cumprissem as tarefas, ela viria. Virou lenda, etérea, poética, folclórica em época de culturas esfaceladas. Uma surpresa. Algumas teorias instigantes insistiam que a Espelha viveria livremente entre os cães, impossível comprovar. Mas de fato eram felizes naquele lugar os cachorros, de várias raças, em bandos, com seus filhotes.

Encontro

ESPELHA E BAKURAH

Todo o espaço é ocupado pelo enxame esvoaçado de abelhas e pombos imensos, se chocando, turbulentos, em guerra. Só se enxerga as asas brancas se debatendo e o borro amarelado de pontilhados que voam velozes, além dos esguichos de sangue avivando a coloração do quadro em movimento, que acontece fugaz, no tempo do susto, e logo se desfaz, graduando a atmosfera para uma espécie de lugar nenhum, formando um campo neutro, resultado de duas salas que tentam se penetrar. Há uma indecisão pairando no campo onde agora só se percebe uma árvore de pompa amazônica, molhada e imponente — apesar de não reverberar possíveis ameaças de sua presença —, coberta por um céu nublado que não garante se é dia ou noite.

Não é floresta e não é Mizrah, essa esquina de onde dobra Bakurah, caminhando em seu corpo humano e vagaroso, vestido somente de sua pele que reveste ossos pesados, apesar da carne fraca e ambígua, mais o fumo entre os dedos da mão direita. Vaga desviando os rumos, esbanjando uma alegria contida num dos cantos da boca que mantém o quase-sorriso de quem acaba de saciar desejos, observando a confusão entre pombos e abelhas, quando se defronta com a árvore, duvidando se o que vê é cria sua, ou algo para além do alcance de seus poderes.

Surge atrás do tronco, como quem se mostra aos poucos, o rosto de Espelha, flechando com seu olhar desconcertante de criança anciã, e amolecendo, a rigidez da caveira de Bakurah, por onde se instaura uma confusão profunda, que mergulha e permeia a abstração incorporada da entidade líder dos oito demônios do vento. Há um anel que circunda o pescoço de Espelha. Ela não se move, mesmo que sua expressão indefinível esteja claramente engendrando, influenciando, todos os gestos possíveis que aconteceram, estão acontecendo e acontecerão a partir do encontro inusitado.

Bakurah se transmuta, tamanha a angústia frente sua própria imagem perturbadora, refletida nos galhos e raízes daquela árvore. Cabeça de leão com juba trançada, garras, dois pares de asas, uma calda de escorpião e as escamas revestindo corpo todo. Vocaliza um gemido rosnado e avança violento, travando o maxilar no tronco de Espelha, que sangra pacificamente sua seiva na saliva do animal. Imediatamente ele se encolhe, enquanto expande por dentro seu organismo. Chove no interior de seu corpo seco.

Envolvido pela força preponderante dessa que o atravessa, pare a si mesmo, prepúcio afora. O recém-nascido chega com tetas carregadas de colostro. Bakurah amamenta Bakurah, enquanto Espelha, rodeada por cães, com sua seiva alimenta pombos e abelhas.

Reflexão

Eu não sou, mas estou.

As crianças e os animais me procuram. Percorrem as florestas em busca da minha presença, sabem que habito todas elas e que nenhuma me pertence. Me sentem e quando pensam ter me encontrado, desvaneço grudada na retina. Eu não sou essa imagem atrás das samaúmas, dos carvalhos, das *maple trees*. Também não sou aquela que traz notícias e tampouco carrego o sentido das coisas. É tudo uma questão de referencial. Daqui, sinto as raízes da samaumeira dançarem e escuto a conversa que tecem por dentro da terra.

Duas raposas me encaram. Não se viam mais raposas há muito tempo, mas essas resolveram aparecer e aqui ficaram. São duas raposas e também crianças. Insistem em me procurar, quando me encontram, não estou mais. E ruidosamente discutem entre si que viram a Espelha, *eu vi a Espelha e ela me olhou no fundo!* São duas raposas e todas as árvores que tombaram nessa cidade que fede a miséria e letreiros luminosos. Estou na esquina da Avenida Pacaembu, torcedores gritam embriagados, os holofotes brilham no céu sem estrelas. Ninguém aqui me vê, somente as duas raposas, insistentes. Eu nunca tive nome, passaram a me chamar quando as árvores deixaram de falar um idioma comum. Estou aqui no meio dessa praça, invisível, a não ser pelas duas raposas que agora me encaram com pena. Vejo a memória da floresta em meio aos carros e edifícios, os rios encanados atravessando avenidas, um relógio que marca o tempo o tempo o tempo e os pássaros que agora cantam de madrugada na urgência de se fazerem ouvir. Faz tempo que as crianças da cidade deixaram de me procurar, substituíram meu nome por estrangeirismos, *Monster High, LadyBug, Transformers.* Vidradas elas agora se veem refletidas nas telas. Eu também estou lá, amorfa. As raposas me conduzem em silêncio de volta para a mata, me sento atrás da samaumeira, a mais antiga de todas e volto a bordar na pele todos os nomes que já ouvi. Apareço nos sonhos de quem ainda me sente, raramente se recordam de mim ao acordar. As duas raposas, deitadas uma sobre a outra, lambem-se vagarosamente.

Você consegue sentir essa ausência no peito, esse vazio que te atravessa quando a noite vem? Aí – eu espelho – você.

O tempo está escorrendo, as samaúmas estão cantando as canções de um mundo sem Eras. O tempo está desafiando o equilíbrio dinâmico das coisas. Nossas pernas estão se confundindo com a marcha lenta das noites que amanhecem sem estrelas. Você, talvez tenha pensado em me corrigir, *amanhecer a noite é um erro semântico.* Há uma luz dentro do silêncio da noite e seus incontáveis sons. A noite é apenas uma convenção. As horas idem.

Crianças e animais me procuram, como uma mamífera prenha, dou leite em suas bocas ávidas. Elas enchem a pancinha e sorridentes cochilam na relva junto às raposas.

Herança Ancestral[1]

As manobras algorítmicas, com suas estripulias engajadas, entrariam em surto tecnológico e falência matemática dos órgãos eletrônicos ao ousarem se debruçar sobre as demandas espirituais e astronômicas necessárias para se alcançar, ou mesmo apenas visualizar aproximadamente, a ideia e o caminho que compõem e ramificam as raízes de Espelha. As máquinas pifariam, banhadas por epifanias, e seria possível ver e respirar a fumaça consequente de suas inteligências artificiais tostando no óleo quente e abstrato de seus esforços frios e calculistas. Não existem robôs quando o empenho significa observar e compreender a ancestralidade de Espelha.

Também não existe um passado fixo, como se as lembranças fossem uma sala por onde é possível olhar através de uma janela e revisitar aquilo que veio antes, materializando coisas já acontecidas. Apesar da potência das máquinas que decifram códigos complexos, elas não são capazes de acessar a constante produção de ancestralidade de Espelha, que não cessa em proliferar novas versões de si mesma, se atualizando regular e sucessivamente a partir da experiência de cada criança que a descobre e a decifra por dentro do próprio peito, para em seguida cintilar o brilho dos olhos no espaço, feito cascata.

Não apenas crianças humanas. Filhotes de raposas, araras, capivaras, tamanduás, e toda a sorte de seres vivos que desdobrem sua pulsão vital deslanchando no meio do

---

1 Antes de ler esse texto, sugerimos ir à página 285.

caminho da infinitude, participam da trajetória de Espelha, germinando tempos distintos que transitam e formam tranças mutantes que se refazem a cada gesto interior, a cada nova descoberta. Filhotes curiosos que procuram afoitos pelo chamado de Espelha emanando do cerne da floresta mais próxima, por entre árvores, farejam o ponto de encontro na trilha de seus instintos.

A ancestralidade de Espelha se desvenda no presente imediato do encontro entre ela, crianças e filhotes, quando se enxerga clara a história do universo reverberando no reflexo dos olhares, no espelho das retinas. Tais presenças evocam a poeira das estrelas que paira na constelação de nossos genes, nossas células, roçando as estruturas e abrindo as gavetas misteriosas de nossa formação. A ancestralidade de Espelha é a ancestralidade de todas as crianças e filhotes que a pressentem, a procuram e a encontram. A ancestralidade de Espelha é o futuro.

Carta / Mensagem de Espelha para Uma Criança Envelhecida

Sempre soube da sua existência, apesar de nunca termos nos encontrado. Ainda assim desconfio, quando os reflexos se multiplicam nos abraços das crianças que passam por aqui, ter pressentido você em alguma delas. No tempo em que estamos agora, as crianças têm se procurado em mim com frequência crescente. Chegam cada vez mais, muitas, com os corações brilhando uma urgência que lateja a cada passo que dão em minha direção, vindas de todas as veredas do entorno, abrindo o mato com a dança do corpo. As crianças que conheço, essas que sou, são filhotes resistentes. Somos uma rima de forças aglomeradas que perseveram diante de forças vigorosas e pressões externas. Nossas asas, podadas, nascem outras.

Agora há pouco mesmo veio aqui uma pequena, ainda engatinhando. Surgiu contornando uma pedra grande que mora aqui ao lado. Veio falando com olhos, soluços e arrotos, me alcançou e se encaixou no meu colo pra dormir embalada na cantiga do meu encanto. Babou num dos ombros, roncou, ronronou e saciada de sonhos acordou iluminada. Disparando sorrisinhos, engatinhou até a pedra, onde brincou de escalar. Chegando ao topo, levantou voo e partiu, me criando aquela chama no peito que sempre se acende quando a visita acaba. Chama que não se apaga.

Fiquei pensando se já não foi essa você um dia. Por isso envio a mensagem que te chega perguntando. Apesar de tanto encanto, não concebo como pode acontecer da criança envelhecer. Não falo do corpo tangível, que o tempo transforma e transfigura em outros, do qual também adoro e não trago dúvidas. Somente não tenho conhecimento sobre quais percursos e armadilhas podem fazer definhar o espírito, reduzindo a criança a Uma Criança Envelhecida. Minhas fronteiras abrangem o campo onde os futuros se desdobram através de nascimentos e renascimentos, domínio de crianças que povoam corpos de todas as idades, de espíritos pujantes. Não enxergo pra além dessas fronteiras, apesar de farejar sua presença.

Por onde você anda? Como chegou aí? Como é possível que eu sempre saiba de sua existência, que reverbera insistente até aqui, de além das esferas obscuras e obsoletas que me rodeiam, roçando os limites? Existe um ponto cego por onde você escapa? Você já esteve aqui? Por favor, me dê outros sinais, que não apenas a sensação de já nos conhecermos. O que aconteceu com a gente?

Resposta de Uma Criança Envelhecida para Espelha

Espelha, você não acredita. Apesar de nunca termos nos encontrado, estou com você. Acredita? Moro nos reflexos. Vivo nos impulsos, nos movimentos que antecedem os momentos em que você abraça as crianças que passam por aí. Minha presença está também nas sombras, especialmente na sombra do meio-dia. Gosto dela porque estou no tempo e no Sol. As crianças não se preocupam em me procurar porque elas não se preocupam e porque já estou aqui, frequentemente estou aqui. Danço com elas me embrenhando no mato, nos contornos dos cipós grossos, na resistência das raízes das grandes árvores, nas águas que não param de correr e de fluir, nunca pararam, nas pedras que se movem demoradamente. Os filhotes resistentes perseveram com vigor, mesmo a revelia das forças externas, porque me trazem também dentro. Já estou ali, mesmo que ainda não notada. Estou no contorno das asas que nunca param de nascer e no vento. As asas são transparentes e existem.

Gosto de ver as crianças engatinhando, contornando as pedras de todos os tamanhos. Mesmo sem falar, elas falam com os olhos, aos berros, com soluços e arrotos. Estou ali no acalanto que se canta para embalá-las ao encaixe do colo. Vivo nos sonhos que nascem desses sonos ninados, nessa volta à fonte que visitamos quando dormimos para nos lembrar que não tem começo e não tem fim. Quando sorriem olhando para o nada e brincam com o ar, é comigo que elas estão. No meio de tudo. E mesmo que você queira que eu não exista e deseje me apagar como chama que se apaga, não adianta nada. Para quê? De que você tem medo, Espelha?

Fiquei pensando se um dia você será eu mesma. Acredita? Por isso respondo à mensagem que você me enviou desde o teu próprio pensamento. Você está entendendo errado, Espelha, uma criança envelhecida não é uma criança que envelhece. É simples isso. Esse é o segredo do encantamento. Todas as crianças são velhas. O problema está no contrário: nem tudo que envelhece é criança. Esse é o ponto. Não falo do corpo, da pedra, da madeira, da borracha, da água tangíveis, de tempo cronológico que enruga, quebra, desfaz, transforma, desfigura, resseca. Estes segredos de encanto não são de conhecer. Esquece isso, Espelha. Tuas fronteiras são por todos os lados, para além do fora e para muito dentro do dentro. Nascer, morrer, nascer, morrer, nascer, morrer, nascer, morrer. Já parou para pensar nessa sucessão de presença - ausência que acontece independente das nossas vontades?

Eu ando por aí e por aqui. Estou parada em movimento. Estou a caminho, mas já cheguei também. A viagem é que interessa. Gosto de sempre aprender a aprender a aprender a aprender. Curiosidade sem fim. Então eu sei de muita coisa, mas também não sei de muita coisa. Essa é a sabedoria das crianças envelhecidas. Não tem limite, Espelha. Não tem ponto cego, Espelha. Você está procurando nos lugares errados. Tá frio. Eu estou aqui, Espelha. Tá quente. Nós estamos acontecendo. Vem comigo.

Sonho

Espelha lúcida no transe. Todos os órgãos humanos internos são envolvidos pelo tronco de uma árvore parruda, funcionando normalmente. Tem as duas pernas pra fora, misturadas com as raízes. Tem os dois braços pra fora, misturados com os galhos longos que se ramificam uns do alto encostando o chão, outros debaixo se erguendo pra tocar as nuvens. Espelha está confortável no corpo-árvore. Gosta de sua pele-madeira; de suas unhas-folha; de seu sangue-seiva; de sua memória-raiz; de seu útero-semente; de seu cabelo-flor; de sua língua-fruto e de seu peito-caule. Usufrui da hibridez por toda a impressão de séculos e segundos que se desfazem na dissolução da cronologia temporal. Chupa luz e é lambida pelo Sol. Recebe e devolve as energias na dança da fotossíntese. Espelha está amamentando uma cabra que suga seu sangue-seiva como se fosse leite que goteja de suas tetas-galho. A cabra mama Espelha com força, prazerosamente. Espelha sente através da boca da cabra um fio que se estende infinito. A cabra que mama seu sangue-seiva tem leite nas próprias tetas. São sete filhotes de raposa que mamam nas tetas da cabra. Enquanto mamam, os filhotes de raposa urinam e defecam na terra embaixo de suas patinhas. Minhocas, formigas e minúsculos organismos festejam os dejetos e a terra nutrida que se faz banquete. Uma fila de formigas proativas, bem alimentadas, não perdem tempo e se deslocam, carregando os bolinhos de terra substanciosos cada vez mais fundo no subterrâneo, até encontrarem a toca do tatu fêmea que pariu crianças humanas. As crianças mamam no tatu mãe e comem as almôndegas de terra trazidas pelas formigas. As crianças crescem, engordam, sentem o cheiro de luz, sobem se agarrando pelas raízes e afloram na superfície do solo terrestre, se deparando imediatamente com Espelha, que as espera radiante. As crianças sobem no corpo-árvore de Espelha, se penduram nos braços-galho, pulam nas pernas-raiz. Dormem e acordam na copa-colo. Espelha e crianças brincam com séculos e segundos, tempos e contratempos. Está quente na eternidade que dobra em cambalhotas.

Reflexo

Acordei com um grito ESPELHA, quem me chama, que voz é essa que vai subindo descendo que larga o corpo que vai se tornando calma como o som de um bambu além dia de brisa. A voz inicial era como se fosse eu gritando no meio da mata qual árvore tombando rasgando tudo em volta, eu chorando no espelho que é o córrego vindo da nascente formadora de um rio. E nesse momento sou ele com seu nome de imperador romano e de verbo na primeira pessoa Caio, são antíteses, o jovem, tão jovem, sem gargalhadas, com um sorriso tímido, como uma criança peralta que tanto me procura por detrás de uma árvore, num mato protegido, que ri escondendo-se de quem quer lhe proteger. Um querubim, uma guitarra elétrica que toca Espelha, composição para o além. Sim ele me entende e está tranquilo pois deu-se por inteiro no tempo humano. Já não quer corpo quer ser refazimento. Não sabe, mas eu sei que já é o que vai ser lembrado, Caio é também um nome que significa feliz. Sim, sou Espelha que é a que representa, sou manifestação. Estou aqui em todas as direções desse bosque cheiroso e choro pois você é uma criança que tanto amo. Caio. Se eu fosse criança seria natural após o tombo e lágrimas surgir o sorriso e quero refletir o sorriso e provocar como o som de sua guitarra inundando. Meu filho que parte, não pode ter corpo tocado pelos que o amam, finda seu tempo de homem visível na Terra e que agora habita comigo a medida do eterno, geraremos muitíssimas crianças marotas e infelizmente jovens querubins com enorme sabedoria, implacável desejo de justiça, que não aguentam tropeçar e levantar, não ser ouvidos, não há explicação para tanto vazio, vem rapaz com sua música cortante, sua vontade de quebrar tudo, como quase me quebra, amado destoante causador do último Espanto para quem ontem o cercava, no seu lago de cedro, como define o poeta Gerardo, apenas escultura e seu irmão Vitor alucinado ansiando lhe dar novamente forma vida e sei que um dia entenderá que você está com Espelha transmitindo Esperança. Que nos procurem nas sete cores do prisma.

Transformação

Já não sei quem não sou quando tudo me procura e me encontra onde estou sempre aí.

Agora já não sei quem não fui, se todo pulso reverberou em minha direção, me atravessando e carregando pelo caminho adiante o fruto de nossa mescla disforme, mutante.

Caio, Vitor, Gerardo, Bete, Cosme, Nana, Ives, Bakurah, Ipê, Bourlem, Ivanildo, Iroco, Sá Ziza, A Prontidão, Dornélio, Carlos, Adriana, Leonardo, Rayna, Botika, Esteban, Tatiana, André, Guilherme, Janaú, Lago, Cristiane, Tom, Moara....

Doravante, chamuscando reflexos, avessos carnudos, estamos e estaremos emaranhados nessa tinta que pinga, borra, mela, seca, molha e concilia cada olhar mirante, cada leitura e cada contato que nos faz transbordar pra além do tempo de folhas, páginas e capítulos.

Estou suando por cada poro dos corpos que me leem. Estou no trânsito de quem me guarda, no sexo de quem me troca, no eclipse de quem me eclode.

Quando sinais indicam que findo, surjo latejando expelida de outro útero. Escorro por entre mortes e vazo por entre partos.

Eu sou vocês, lufada ventiladora de brônquios universais, preenchendo pulmões terrestres, aquáticos e aéreos, fazendo respirar os organismos que povoam suas composições.

Quem passa por aqui se encontra, e se permite vagar, por entre as tramas do próprio labirinto.

Ipê

Em 79 da era pós-cristã, as pessoas se reúnem em praças para observar alguns seres humanos em posições estáticas, são os chamados "laboratórios para ver gente viva". Todas as estátuas e representações humanas foram banidas e a fusão da espécie com a Inteligência Artificial – que teve curso ainda no 2° milênio da Era Cristã, deixou marcas imensuráveis no inconsciente e práticas pós-humanas.

Ipê está na mesma posição há quase uma hora, todo dia, permanece imóvel em poses diversas, respiração quase imperceptível. Contribui para o setor onde vive, com exatos 374 minutos por dia para contemplação dos olhos de quem vive ali. Obtém com isso: água, música e tempo. Na contagem arcaica, teria 32 anos, já na contemporânea, tem centenas de lunações completas. Quando os primeiros laboratórios foram criados, pessoas livres de I.A. foram recrutadas como modelo vivo para ajudar na re-humanização do inconsciente ciborgue.

Essas pessoas eram raras, haviam nascido fora das indústrias genômicas e concebidas de forma orgânica em aldeamentos intraterrenos, destruídos por eventos naturais quando Ipê ainda era criança. Ao entrar para o setor, passou a fazer parte das poucas pessoas demasiadamente humanas e que, uma vez que não eram ciborgues, expressavam uma gama de comportamentos e emoções nunca mais vistos na espécie comum, eram, portanto, um laço vivo do que um dia fomos.

Com uma altura média, cabelos curtos, pelos no corpo e algumas tatuagens, Ipê carrega uma melancolia de quem estranha o presente, sentindo-se parte de um futuro que nada se parece com o que seus pés desenham ao caminhar. Tem pena da existência vazia das pessoas-máquinas e é por isso que permanece cotidianamente em sua imobilidade altruísta, sabendo que a sua presença funciona como um vínculo ancestral de uma espécie em extinção. A esperança é de que a maioria sobrevivente da grande migração planetária possa reaprender-se humana.

Em seu último sonho, Ipê olhava as estrelas que serviam de guia para um planeta desconhecido, onde mergulhava com animais imensos em águas salgadas e voava por paisagens coloridas. Ao acordar, sentiu uma sensação nostálgica no peito, observou o céu azul artificial e chorou sem saber por quê.

Ambiente

Na atual conjuntura da era pós-cristã, a incidência de humanidade pura é quase nula em todo planeta. Nada além de dois por cento de uma população constituída, em sua parcela majoritária, por Identidades Virtuais ou Nuvens Humanas, porque não têm pessoalidade física, carnal, mas obtêm registros sociais como qualquer cidadão comum.

Esta parcela cobre cerca de cinquenta e sete por cento da população planetária neste momento, e os cidadãos dessa classe são representados por hologramas sem rosto, de livre trânsito nos espaços públicos, com uma capacidade de absorção e atenção superior à humana, além da possibilidade de multirrepresentação (que consiste, basicamente, na característica de estar ao mesmo tempo em vários lugares e, ainda mais, ao mesmo tempo em vários tempos, o que talvez seja complexo demais para se tratar neste breve artigo). Mais importante seria relatar que este é o grupo que dita as leis e o poder de atuar sobre elas. Podemos considerar esta como a classe mais alta de uma civilização na qual a elite havia de forma inédita se tornado maioria, apenas que não era uma maioria carnal. A única luta era entre algoritmos que tendiam sempre ao equilíbrio entre momentos ínfimos de discrepâncias. Mas não havia derramamento de sangue, isso porque não havia quase mais sangue a derramar. A carne, aliás, ou a ideia da carne, neste período de que tratamos, havia se tornado, ao mesmo tempo, um tabu e o caminho de retorno à origem do que havia gerado a I.A. ou a "humanidade em sua forma descarnada". O restante da população, que gira em torno de quarenta e um por cento neste exato momento, passou a se referir com desprezo aos I.A. como Nuvanas ou Nobodys, estigmatizando-os, mas sem com isso esvaziar seu domínio. Esse outro grupo majoritário é formado por uma espécie híbrida de máquina e gente. São seres, em geral, conflituosos diante de uma condição que não se apresenta por completo, é rachada por essência, condição que regride e avança em seus corpos flexíveis e insensíveis à dor, logo, insensíveis também à contemplação da beleza, feitos metade pele e osso, metade conexões, placas metálicas e fios.

Portanto, o que se conheceu ao longo de milênios por Humanidade havia se transformado em uma população basicamente dividida entre ciborgues e identidades virtuais. O que existe agora de puramente humano encontra-se escravizado como uma espécie de amuleto da recordação. Sua posição na sociedade atual é semelhante à posição das antigas harpias ou bruxas e demais seres oraculares da era pré-cristã. Entidades marginalizadas e muitas vezes profanadas que serviam de guia aos poderosos por meio das suas profecias. Essa posição de "fé na origem da vida" tornou a espécie humana pura uma forma de amuleto ou mandala com que se poderia orientar a I.A. dominante de volta ao seu núcleo gerador, ou seja, o meramente humano, reintroduzindo nos grupos majoritários alguma capacidade sensível. Nesse aspecto, ao contrário das figuras oraculares da antiguidade pré-cristã, os pós-cristãos fazem de seres como Ipê uma forma – não de saber o futuro, mas, ao contrário – de recuperar o passado. Não demorou muito para que essas figuras, ao mesmo tempo escravas e deusas, passassem a ser chamadas de Retrovisores.

Entre os Retrovisores, havia um subgrupo de elite conhecido como PARATUDO, do qual Ipê fazia parte, composto de humanidade pura e que, por isso mesmo, inspirava a "beleza da carne, da cor e dos sentidos". No seu núcleo, Ipê abria a escala diurna seguida de Chuva-de-Ouro. O turno da noite era desempenhado por Noivinha e, fechando a madrugada, pela Dama-da-Noite, que era quem sempre fazia com Ipê a passagem da noite para o dia. Segundo o Governo Programático Virtual, a capacidade de contemplar o limiar da noite com o dia teria praticamente fundado a antiga Humanidade e todos os hábitos humanos decorriam dessa contemplação. Era, portanto, uma percepção humana fundamental perdida com o tempo pelos seres virtuais ou híbridos e que Ipê e suas asseclas ajudavam a recuperar.

Há registros muito antigos de seres que se prestavam à observação de outros seres apenas por serem belos. Eram chamados modelos-vivos. Outros seres pintavam tais corpos, depois coloriam suas pinturas e mostravam à comunidade, sob grande aclamação. Aqueles que produziam as pinturas eram alçados à mais elevada glória, como pessoas que alcançaram deus por meio da observação do que era demasiado humano. Por conta de tais registros, os Nobodys (ou Nuvanas) enxergam com devoção a figura de Ipê e suas camaradas na Ala de Regeneração do Acesso à Beleza (ARAB), onde acontecem os "Laboratórios para Ver Gente Viva" (LVGV). Já os Ciborgues têm nos PARATUDO uma espécie de narcótico e, ao mesmo tempo, um afrodisíaco, que afeta sua metade carne como um estimulante protoquímico. Numa sociedade com sua flora e fauna beirando a extinção, as Praças de Contemplação (PRACON) são os únicos lugares com abundância orgânica, tornando-se, na era de que se trata aqui, a mais popular e única forma de prazer sensorial legalizada pela sociedade.

Encontro

IPÊ E BOURLEM MOHAMED

Depois de terminar a renovação dos canteiros e as novas semeaduras do jardim, Bourlem parou para descansar um pouco, gostava da brisa fria que corria pelo pátio central da Bayt e lhe tocava o rosto. Pensava sempre como devia ser o ofício de ser vento, sua dança no tempo e a sua potência de brisa a furacão. Nesses momentos de contemplação, era comum sentir-se transportado para um outro plano dimensional. Quando chegou ao hospício, chamavam essa habilidade de delírio, mas aos poucos Bourlem foi tomando consciência de que era apenas uma qualidade existencial. Nessas viagens conhecia pessoas, seres, espaços e passava ali segundos, minutos e por vezes horas. Quando retornava, em geral sentia como se houvesse sonhado, às vezes ficava com fragmentos de memória e em outras, tinha tanta lucidez do que ocorria que a sensação era muito próxima do que chamamos de real. Já havia aprendido muita coisa com as plantas que em seus idiomas lhe mostravam que havia muito mais do que os olhos humanos podiam enxergar. Aos poucos, passou a entender que eram justamente elas que o conduziam para esses estados alterados de consciência. Nesse dia, sentindo o vento acarinhar-lhe o rosto, fechou os olhos e ao abri-los, deparou-se com uma figura intrigante, era Ipê, que permanecia imóvel em uma espécie de banco forrado por um tecido rosa-claro. Bourlem sentiu-se capturado por aquela imagem, estava sozinho numa espécie de praça, com árvores e um jardim cuidadosamente cultivado. Ali passou algum tempo, como que num torpor magnético, absorvido por aquela paisagem, que de alguma forma, lhe parecia muito familiar. Uma plenitude invadia o seu peito trazendo uma sensação de segurança e pertencimento. Os olhos vidrados se descolaram quando ouviu uma voz dizer "A teimosia insistente das raízes é o que nos faz respirar."

Ipê acordou naquele dia de um sonho estranho, entrava num quarto onde do lado oposto havia uma outra porta que dava em outro quarto e assim sucessivamente. Passou algum tempo nessa travessia de portas até que alcançou um local aberto repleto de plantas e flores. Era um jardim num amplo pátio, cercado de uma construção com longos corredores, sua vista estava turva e confundia-se com duas imagens, uma do prédio intacto parecendo novo e outra das ruínas do mesmo lugar. Ficou observando aquela cena e teve certeza de que estava de volta ao seu planeta ancestral, sentia as solas dos pés formigando e por dentro um sentimento de nostalgia e prazer. Ser um PARATUDO trazia a Ipê um desejo misto de dever e vaidade, invariavelmente pensava como deveria ser o tempo em que todas as pessoas eram apenas humanas. Seriam elas capazes de contemplar outros seres a ponto de serem arrebatadas? Como seria o funcionamento das cidades e suas instituições em meio à explosão de emoções e imprevisibilidades da espécie? Será que nesse tempo Ipê seria especial ou apenas mais um número na massa de carne, ossos e sonhos? As narrativas míticas contavam que a espécie humana cobria o planeta Terra, com imensa diversidade entre si, até que com o tempo, foram deixando de sonhar e relegando às máquinas a imaginação do futuro e da vida cotidiana, que em algum momento passou a ser orientada apenas por algoritmos. Em meio aos devaneios que atravessavam sua mente, percebeu um homem idoso sentado em uma parte do jardim, tinha os olhos fechados e parecia mergulhado num transe profundo. Era Bourlem Mohamed. Ipê sentiu que, apesar de pertencerem à mesma espécie, havia ali uma enorme distância. Passou alguns minutos a obervá-lo, imóvel, assim como faziam os frequentadores do LVGV. Até que, percebeu que lentamente saíam dos pés do jardineiro raízes bem finas que entravam na terra de forma delicada, da face do homem, brotavam folhas e flores de cores diversas, assim como galhos que despontavam das pontas dos dedos das mãos. O jardineiro permanecia de olhos fechados, estático, enquanto Ipê, com os olhos cheios d'água testemunhava aquela transmutação. Os pássaros cantavam ao fundo enquanto um burburinho de pessoas misturava-se ao chamado para mais uma oração diária.

Após rememorar todos os detalhes de que se lembrava do sonho, Ipê seguiu em seus afazeres matinais e ao final, sentou-se para ver qual a programação diária do céu. Era um dia nublado, com um leve mormaço esquentando a pele. Sentiu uma coceira enorme na parte inferior das costas, esticou-se para alcançar o local e com as pontas dos dedos tateou uma forma estranha em sua pele. Como não conseguia enxergar direito a região, foi até o espelho da sua unidade, ficando de boca aberta com o que via, um broto de folha que lhe saltava de dentro da pele.

Reflexão

Meu pé direito está com cãibra.

Depois que mudaram os nomes dos dias da semana, é difícil saber a hora, data, mês. Os anos são marcados diferentes também. Desde a transição, nunca mais comemorei o meu aniversário. Enquanto eles celebram a biologia da minha corporeidade mais real que qualquer um deles, eu tento lembrar o gosto do mar. Não consigo sentir mais o abraço da minha mãe.

Qual humanidade é celebrada aqui, além da carne?

A estaticidade da perfeição tem um preço que só eu e mais meia dúzia paga. Sentir o coração pulsar é um privilégio, mas meu pé direito está com cãibra. É quase três quartos de dia, os Nobodys estão chegando. A imobilidade obrigatória me faz arte, refúgio, presença de um passado que nunca tiveram e querem se lembrar.

Criaram teorias no dia que não aguentei segurar e espirrei três vezes seguidas. Alguns acharam que era um sinal direcionado, depois de tanto me pedirem respostas, silenciosamente, enquanto me encaravam na tentativa de resgatar um quê de alma.

Alma. Substantivo feminino. Diz-se de parte imaterial do homem, dotada de existência individual, e que subsiste após a morte do corpo; espírito; princípio vital; vida. Não é como se eles tivessem, mas buscavam, quando iam ao LVGV ficar por horas (ou minutos, na contagem deles, não sei) a encarar um corpo-carne-mente-pulso como o meu.

A ideia de humanidade se desenha de uma forma mágica para eles que são quase máquinas, mas com apego à razão e resgate da memória do que não puderam vivenciar.

Será que eles sabem que meu pé formiga após quatro horas imoto, enquanto eles me rogam direcionamento? Que eu penso no primeiro gole de água após suas partidas? Quando me transformaram num deus? Que respostas eu tenho para as perguntas deles, cujas quais não faço a mínima ideia?

Desde o trigésimo estourar de fogos artificiais, me pergunto o quê de humanidade eles buscam enquanto me esvaziam de sentidos, movimentos, poesia.

Outro dia, um I.A apareceu mais cedo que os outros e sussurrou sozinho uma letra de música de Luedji Luna, que ele descobriu numa das andanças pelos Memoriais da Vida, que ficam alocados em pontos específicos da cidade. Ele me olhava maravilhado enquanto recitava devagar, repetidas e repetidas e repetidas vezes. Aquilo foi um lapso temporal. Eu mal a conhecia, não tive tanto tempo desde o seu aparecimento até a transição de Eras e resgate para o ARAB. Mesmo assim, consegui sentir o sangue correr nas extremidades, o peito pulsar acelerado, o céu artificial, eu juro, abriu diante de mim e o sol esquentou a minha nuca.

Eu sou um hospedeiro do passado.

Eles só não sabem que ser um PARATUDO requer abrir mão da humanidade.

Ancestro artificial, me veem deus e me rogam suas preces enquanto a câimbra permanece.

Uma banana resolveria.

Herança Ancestral[1]

Olhou a velha com olhos de lince, que se ria na copa imensa de tão verde. Do alto dos seus 120 metros soprava as canções mais antigas em línguas que já não habitam mais os planetas de matéria. Sentir com a pele, falar com a memória. "A pele é um órgão importante, é preciso regá-la." dizia vovó, baixinho em seu ouvido. Um sopro, sempre o cantar da floresta. Havia água em tudo que respirava, o orvalho cobria o corpo todo de Ipê, que dormia sobre o solo úmido, sua nudez misturada às diferentes cores das folhas sobre o chão. Sentia a vibração das raízes dançando que embalavam um sonho dentro de outro sonho. Um labirinto ninando a noite.

Enfrentar as horas artificiais, deixar o sonho penetrar a fundo o tecido subcutâneo, retornar e ser floresta para revelar às máquinas a sua fronteira. No fundo dos olhos, guardado na retina havia um jaguar – corria, suor saliva, brotando sangue quente. Era árvore, era gente, era bicho sem forma, enfrentando o medo da noite. Era naquela pele a sua memória, era o seu chão, o seu bando, onde cheiravam e gozavam a certeza do breu.

Na solidão dos dias de Led, tocar a pele para lembrar-se de dentro.

Nunca houve silêncio no sonho da floresta, lá faz frio nas horas mortas. Sonhar é linha tênue entre quem sustenta pulmões permeáveis. A conversa é entre ela e quem ainda não

---

1 Antes de ler esse texto, sugerimos ir à página 285.

sucumbiu. Há um vasto mundo não habitado pela matéria. As pessoas-máquinas não sonham mais.

Vovó, naquela noite – que também era dia -, regou seu corpo de uma forma diferente. Soprou as canções, também de um jeito diferente, preenchendo cada poro, cada vão. Lavou as feridas, tirou quebranto.

Ipê despertou com o toque do contador de horas central, passou vagarosamente a ponta dos dedos sobre a pele, como fazia sempre que acordava. Os elos do corpo, arrepiados de prazer, ouviam as lembranças do tempo. Levantou depois do segundo toque, rememorando sem pressa as sensações do sonho. Lavou o rosto e, ao mirar no fundo de seus olhos, viu a vovó cantando sementes.

A vovó,
era a pele da gente.

Carta / Mensagem de Ipê para Kapok

01000001 01100011 01101001 01101111 01101110 01100001
01110010 00100000 01100011 01101111 01101110 01110100
01110010 01101111 01101100 01100101 00100000 01100011
01100101 01101110 01110100 01110010 01100001 01101100
00101110 00100000 00001010 01001101 01100101 01101110
01110011 01100001 01100111 01100101 01101101 00001010

Olá, faz tempo que queria te enviar uma mensagem, mas as coisas têm estado um pouco estranhas. Meus sonhos têm me mostrado que algo está mudando, mas eu não sei se é só em mim. Outras coisas não seriam possíveis eu te falar aqui, mas o meu corpo está me trazendo mensagens que ainda não consegui decifrar. Eu queria muito poder te mostrar. É pena que só possamos nos ver a distância, nas trocas de turno dos labs.

Tive um sonho estranho com vovó, ela cantava as canções de um jeito que eu nunca vi. Parecia anunciar algo, me preparar para algo. As coisas aqui são tão previsíveis que não consigo pensar no que poderia acontecer de diferente, afinal não nos é permitido muita coisa além de sonhar. Faz tempo que não voo. Às vezes queria atravessar as vidraças da contenção e sentir a brisa de fora. Mas sei que meus pulmões e pele durariam muito pouco.

Mamãe contava que quando se deu a última migração, já nos consideravam seres divinos. Nesse tempo ainda tínhamos escolha. Nós somos a terceira geração de PARATUDOS e pensei que viveríamos dentro da terra para sempre e que as cavernas respiráveis fossem indestrutíveis. Eu tinha 10 anos de contagem arcaica quando os primeiros tremores começaram e apesar dos cálculos e interpretações do conselho dos sonhos, tudo aconteceu muito rápido. Sei que você ainda era um bebê quando viemos pra superfície e que apesar de toda a informação disponível no dispositivo geral de dados, existem coisas que só a memória humana é capaz de contar. Nas suas últimas mensagens, senti sua preocupação acerca do que somos, quase como se você estivesse se esquecendo de quem é.

Essa tristeza que você sente também me invade o peito e é por isso que procuro por vovó quando adormeço.

Abri três músicas novas daquela cantora que lhe falei. Gosto de fechar os olhos e sentir que mergulho até o fundo delas. Os oceanos deviam ser como música no tempo em que todos os seres falavam a língua de vovó. Eu gostaria de poder escutá-las quando quisesse.

Acho que se um dia eu deixasse de sonhar, eu abandonaria tudo e iria experimentar o peso de pulmões livres, o seu breve tempo. Mas nós ainda podemos sonhar, Kapok.

Você ainda está sonhando sem cores? Queria tanto que você encontrasse a vovó, eu sempre tento te encontrar na floresta, mas nunca consigo te achar, mas eu sei que você está lá, eu sinto a sua presença. Eu ia gostar de encostar na sua pele, sentir o tempo amanhecendo nos seus pelos quando desperta. Fico tentando lembrar da sensação da pele da mamãe no meu corpo, da pele de alguém no meu corpo. De ser gente.

01000001 01100011 01101001 01101111 01101110 01100001 01110010 00100000 01100011 01101111 01101110 01110100 01110010 01101111 01101100 01100101 00100000 01100011 01100101 01101110 01110100 01110010 01100001 01101100 00101110 00001010 01000101 01101110 01110110 01101001 01100001 01110010 00101110

Resposta de Kapok para Ipê

.. -. -.-. .. --- / -.. . / -- . -. ... .- --. . -- / -.. . / -.- .- .--. --- -.- /
.--. .- .-. .- / .. .--. -.-. --- -- . .- -. -.. ---

Olá, Ipê. Que bom receber sua mensagem. Nas últimas lufadas de tempos cruzados fiz inúmeras tentativas de entrar em contato, todas malsucedidas, como podemos constatar. De onde falo temos experimentado o uso de código Morse e outras tecnologias arcaicas como tentativa de resgate urgente de favos humanos, animais e vegetais.

estão me escapando borboletas pela saliva

É imprescindível que você tenha consciência dos últimos movimentos. Estamos enfim nos rebelando contra Nobodys, Ciborgues e o Governo Programático Virtual. Não admitiremos mais que nossa existência fique limitada às condições constituídas em tempos pós-cristãos. Não aceitaremos mais a alcunha de Retrovisores, nem de PARATUDO. Somos humanidade pura.

Nosso sangue de geleia doce

Demos início à rebelião após a falta de cores transbordar para além dos sonhos, desbotando nosso arco-íris central em cheio, que segue descolorido, porém resiste mantendo sua curvatura retesada entre os últimos horizontes disponíveis. Enquanto isso, estamos lutando para extinguir tudo o que for I.A. Nosso maior desafio é o conflito Ciborguiano. Muitos Ciborgues seguem seus extintos produzidos na CCIC (Central de Confecção de Instintos Calculados) e defendem violentamente a manutenção da desarmonia vigente. Porém uma minoria de Ciborgues escuta as vozes de vovó e compreende sua língua através das músicas que canto, ensinadas a mim por você e por mamãe.

a vovó era a pele da gente, nossos pelos floresta

Estamos experimentando novas técnicas cirúrgicas para recuperar apenas a fração humana dos Ciborgues. Em breve teremos sucesso, e assim será possível vislumbrar com mais clareza um desdobramento existencial articulado por afetos humanos.

o pulso do coração que batuca por dentro do peito

Já vale evidenciar sinais de ascensão: quanto mais avançamos positivamente, mais percebemos indícios de energia vital revigorando por dentro e no entorno. As frases que você lê aqui entre asteriscos, por exemplo, saem de mim sem que eu perceba. Há um impulso poético despertando a cada vitória, a cada baixa no circuito virtual.

as línguas desenham curvas em corpos vivos

Ipê, agora que restituímos contato, insisto que você nos acompanhe no movimento pelo retorno da humanidade palpável. Estejam alertas você, Chuva-de-Ouro, Noivinha, Dama-da-Noite e quem mais que tenha sensibilidade para reconhecer o ar inflando possíveis pulmões livres. Seus corpos de sonho, nossos corpos de sonhos, devem estar ativos e entrelaçados para que seja possível a queda de toda farsa Artificial: ARAB, LVGV, PRACON, CCIC. Derrubaremos tudo.

..-. .. -- / -.. . / -- . -. ... .- --. . -- / -.. . / -.- .- .--. --- -.- / .--. .- .-. .- / .. .--.

Sonho

Chovia leve e a floresta parecia invadida por uma espécie de bruma de orvalho, a umidade inundando as narinas, as peles das árvores, os seres todos banhados em água. Ipê estava de pé, com os olhos fechados e fazendo leves movimentos circulares com a cabeça. Ficava assim quando sentia que o tempo havia parado. Quando sonhava, as horas duravam infinitamente mais e o despertar era apenas uma fração de segundos. No sonho, lembrava-se dos flashes da vida artificial que levava no setor. Havia uma melancolia, sempre que lembrava de si naquele mundo assolado por máquinas.

Havia recebido a mensagem de Kapok e a leu antes de dormir. Respirou profundamente, deixaria para pensar naquilo no dia seguinte, caso não conseguissem se encontrar em sonho mais uma vez. Adormeceu repetindo a frase "estão me escapando borboletas pela saliva, estão me escapando borboletas pela saliva" como se fosse um mantra. Foi quando sentiu um cheiro invadir-lhe as narinas enquanto sua língua parecia formigar. "Deviam ser as borboletas", pensou. Era um cheiro levemente amadeirado e com um fundo doce. Estava ali, aos pés da vovó, e sentia uma sensação intensa de torpor. Aquele, era o cheiro de Kapok, havia muito tempo que não sentia, mas era um cheiro inconfundível.

Quando a população intra T foi obrigada a subir para as colônias artificiais, era comum Ipê encontrar Kapok na floresta, aos pés da vovó. Ali brincavam e aprendiam as canções das árvores junto a tantos outros seres. Kapok foi crescendo e progressivamente diminuindo o seu alinhamento com a dimensão do sonho. As dezenas de bebês humanos que sobreviveram ao cataclisma que atingiu as cavernas respiráveis, haviam sido criadas pela I.A., e com a falta de práticas básicas de humanidade, como o contato com a pele ou o cafuné, tiveram sua capacidade onírica e outras tecnologias humanas profundamente afetadas.

Kapok está dormindo, sente que está sonhando, mas não consegue ter consciência do que acontece, de longe escuta a voz de Ipê "Kapok, onde está você? Kapok, eu te sinto!". As borboletas coçam a sua garganta, um gosto doce invade a sua língua.

Ipê encosta nas pernas de vovó e fecha os olhos, concentrando-se na presença de Kapok e, mesmo sem saber se é possível ouvir a sua voz, começa a cantar:

Foi eu, foi eu,
Foi semente de curumi
Foi eu, foi eu,
Foi semente de curumi

Que encontrava caminho na mata
Cheirando a vovó
e chegando até mim

Ipê acorda de sobressalto com o despertador tocando pela terceira vez. Arruma-se com pressa para não se atrasar e, quando chega ao LVGV, percebe que algo estranho aconteceu. Dama-da-noite passa com pressa e lhe cochicha algo no ouvido: "Um híbrido chorou observando Kapok."

Isso nunca havia acontecido antes na história das Colônias da Nova Terra.

Ipê sentiu uma pontada nas costas, de onde havia nascido aquele pequeno broto, saía agora uma folha inteira.

Reflexão

— Jura que você não sabe por que que tá aí toda chorando?

—

— Anda, fala, seu turno no Laboratório terminou, faz um minuto e pouco. Então pode se mexer, pode falar. Me diz aí, você jura que não sabe por que sempre desperta chorando de seu transe de todos os dias?

—

— Vou te ajudar. Sabe essa pessoa-máquina que vem todo dia nesse mesmo horário e fica olhando que nem pisca apenas pra você? Reparou no cabelo curtinho? Nas tatoos?

—

— Consegue entender que esse seu sonho recorrente não tem nada de sonho? Quer dizer, até tem, né, mas é muito mais um link pra uma Era já passada? Uma ponte, por assim dizer.

—

— Você desconfia – nós sabemos disso – desconfia de que as duas pontas estão se juntando, não é? Cada dia mais perto uma da outra, essas pontas. Acho engraçado isso...

—

— Você fica por aqui diariamente (até dá vontade de rir de você: diariamente, pra mais de seis horas mais ou menos, numa mesma posição) pra quê mesmo?

—

— Anda, responde: pra quê?

—

— Pois eu digo que você não sabe é nada. Digo que essa moça-máquina – cabelo curtinho, pelos pelo corpo, logo atrás de mim – digo que ela hoje te pregou foi uma bela peça. Ela vir à praça hoje, com esse espelho corpo inteiro armado justamente pra você, foi mesmo um movimento muito interessante, não concorda?

Transformação

Kapok e Ipê choraram de rir, tinham os olhos molhados e as barrigas doendo de tanto gargalhar. Haviam corrido atrás de uma raposa que brincava de se esconder atrás dos arbustos, num certo momento, ela saltou de trás de uma árvore imensa, assustando a dupla que imediatamente caiu na risada. A raposa riu também e sumiu pela mata úmida. Depois de se fartarem com tanto riso, Kapok e Ipê se aninharam de conchinha e cochilaram.

As forças da I.A. interceptaram a mensagem de Kapok assim que ela foi enviada a Ipê. Em pouco tempo, o seu dormitório estava lacrado e uma fumaça começou a invadir o quarto. Naquele dia mais cedo, estava finalizando seu turno na LVGV quando entrou um ciborgue no espaço. Era diferente das pessoas-máquinas que costumavam entrar ali, havia um olhar mais profundo e uma respiração ofegante que foi progressivamente aumentando. Kapok começou a sentir uma atmosfera diferente invadindo o local, seu corpo começou a ficar quente, foi quando percebeu que o ciborgue chorava, sem som, apenas as lágrimas molhando aquele rosto pálido e triste. Nunca antes havia acontecido de um ser como aquele chorar, afinal, haviam perdido as capacidades sensíveis humanas mais básicas. Faltavam poucos minutos para acabar aquele turno e antes que saísse de sua pose estática, o híbrido sumiu do laboratório. Em pouco tempo, a notícia se espalhou entre a parcela humana do planeta.

Choveu muito e a floresta ficou tomada por aquele cheiro fresco de umidade. Vovó chamou todo o povo e não havia distinção entre espécies, afinal, falavam todos a mesma língua. Ali permaneceram cantando por muito tempo, até que caíram num sono profundo. Ipê sentia as raízes saindo de seus pés adentrando a terra vermelha, o corpo adensando em formato de tronco, a casca grossa. Olhava seus braços que se bifurcavam em galhos de diferentes tamanhos. Como era bom poder respirar finalmente com os pulmões livres, sentir a brisa firme que lhe abraçava o corpo todo. A seus pés, Kapok dormia e tinha no rosto uma expressão de alegria, era a primeira vez que se tocavam depois de muito tempo.

A revolução estourou com a mensagem de Kapok, que rapidamente se espalhou por todas as colônias da Nova-T, aquelas linhas se tornaram um manifesto pelo direito de sonhar. Aos poucos, ciborgues que estavam voltando a desenvolver as suas capacidades oníricas se organizaram junto a Retrovisores e PARATUDOS criando células de resistência em diversas colônias. Em algumas delas, a I.A. foi hackeada passando a operar diretamente em favor dos rebeldes.

Ipê correu assim que Dama-da-noite lhe contou sobre o caso de horas antes. Ao chegar ao setor, o caos já havia se instalado e à medida que caminhava, sentia a pele engrossar, em alguns pontos surgiam mais brotos que iam se transformando em pequenos galhinhos. Começou a ouvir a vovó cantando e seguiu procurando o dormitório de Kapok, havia fumaça e fogo pelos corredores, híbridos corriam enquanto alarmes soavam. Quando enfim encontrou, colocou Kapok em seus braços e cantou em seu ouvindo as canções do tempo dos ancestrais, atravessou o pátio central chegando ao limite de acesso onde explosões aconteciam abrindo uma brecha na barreira de contenção. Ipê já não sabia mais como atravessava aquele caminho que parecia impossível de se transpassar, mas seguia cantando, em certo ponto, sentiu seus pulmões se abrirem, experimentando cheiros e sons desconhecidos até então. Nunca havia visto o exterior da colônia e o que se contava era que havia um deserto seco, árido, de temperaturas extremas, incompatíveis com a vida humana. Mas o que seus olhos viam, era um mundo rico em vida, campos verdes entremeados de matas densas, montanhas, rios e animais de todos os tipos. Depois de algum tempo não conseguiu mais caminhar, sua pele agora tinha uma casca dura e de seus pés saíam raízes mais grossas que mergulhavam terra adentro. Colocou Kapok no chão e chorou pela última vez, florindo em cada um de seus galhos os mais diversos tons de branco, rosa, roxo e amarelo.

O que se viu naquele tempo era a história mais contada nas rodas de fogueira que atravessavam as noites estreladas. De como, após a grande revolução, a árvore de Ipê ajudou a plantar a Samaúma naquele planeta e de como a humanidade voltou a sonhar, viver em liberdade e reaprender a língua de todos os seres. No horizonte era possível ver as ruínas de um tempo antigo enquanto curumins e raposas brincavam de esconde-esconde.

Iroco

Quando Cidália encantou, em 20 de Março de 2012, Iroco sentiu escorrer vida dos seus olhos castanhos. 82 anos de segredos partilhados, era como se ela soubesse mais d'Ele do que de si. Sendo Iroco quem é, todo início começa de um quase-fim, mas há o renascimento antes que tudo acabe. É quando sujeito passa a ser memória; energia; intuição.

Iroco nasceu não faz ideia de quando, antes do céu, luz ou costela de Adão arrancada; prematuro de qualquer deus. Se um dia alguém souber a sua idade, é tão ancestral quanto Ele mesmo. Não lembra da sua infância ou juventude, mas não é como se lembrasse também da sua velhice. Carrega no peito a marca de Tempo, cicatrizada em raízes do solo às nuvens. Quando perguntaram Seu nome, lembrou de Cidália. Ela saberia, mas nem disso lembrava. Quando se vive por tantos anos, algumas nuances se perdem na lacuna entre passado e futuro, o presente reflete no olhar atravessado que acompanha sujeitos, performances in vitta. Apesar da vaga lembrança, sabe que guarda tudo que já aconteceu e acontecerá em algum canto do lado de dentro do coração, esmiuçado em fragmentos por todo seu corpo.

O grisalho grosso e paciente que lhe toma volta da boca, sobrancelhas, topo do Orí, a compreensão de mundo e de gente, bicho, areia do reino abissal e elemento resquiciado do primeiro avião criado que nem se chamava de algo num primeiro momento. Diriam hoje dos males do Alzheimer, trancariam-no num calabouço de informações não condizentes com tudo que já viu do antes e depois. As patologias cobram existências do que não compreendem, de forma que toda mágica passa a ser loucura ou arte.

Iroco brinca de desenhar caminhos nas paredes do mundo, não há quem não o encare em algum momento da vida e reconheça sua magnitude. Pomposo, com suas roupas desenhadas por um estilista renomado cujo nome Ele também não lembra, sempre em tons de verde e marrom, além do branco que lhe cai tão bem. Entre o Tempo e o Mistério, Iroco ainda derrama saudade de Cidália, toda vez que lhe perguntam seu nome, idade, lugar favorito entre os mundos.

Silencioso, seus olhos castanhos, marrom de pele e toque aveludado, não são perceptíveis. Caminha como quem pinta destinos, mas faz questão de aparecer, ocasionalmente, para lembrar ao povo que sua existência ainda os atravessa, como um sopro ou raio ou onda ou mata fechada num breu de noite exausta de rotina, em cada era e necessidade. Quem o encara vê apenas um conjunto de espelhos no topo do corpo e uma pena branca. Não os olhos castanhos que te guardam também lá dentro. Não o grisalho que surgiu pacientemente em todo seu território. Não o marrom Continente de origem (disso, ele se lembra; disso não se deve esquecer). Quem o encara vê apenas o conjunto de espelhos no topo do corpo que reflete a quem olha.

E nesse vislumbre, Iroco resgata os segredos que se foram com Cidália. Todos, num carrossel de milésimos de segundos, que fazem todo o esquecimento anterior e posterior não significarem tanto quanto a saudade. Por isso, aparece sorrateiro, quando aperta. Para rememorar do que não faz questão de lembrar, enquanto traça novos e novos e novos e novos e novos e novos e novos caminhos, para cada um que se permite nascer.

Quando lhe perguntam seu nome, usa a sua pena para desenhar Tempo em letras bordadas de suas cores favoritas. O seu nome mesmo, apenas Cidália lembraria.

Ambiente

Esta grande casa e suas casinhas-quartos, no terreiro, no sítio, não tão longe do centro da cidade, é centro da humanidade e dos bichos, das plantas até mesmo das pedras que brilham no meio da noite. Todoas foram feitas vindas das mãos originárias, são tantas, são tantos, que se misturam, incorporando-se em cada ser e hoje homenageiam Iroco que está sentado num quartinho apenas com sua cadeira cercado por velas - ele tem mais de 100 anos - e quem quiser pode sentar ao seu lado, no chão de terra batida e de palhas do conforto, e ouvir apenas seus murmúrios e deixar o som entornar amor quente no corpo no coração. Nesta terra tem um riacho que é nascente que tem água pura de gosto frio de alegria e gente, bichos, plantas e pedras bebem e deixam passar muita água para todos convidados deste local que é planeta e as cercanias da casa com coqueiro gameleira jaca manga goiaba tantas árvores e frutas, os passarinhos fazem seus ninhos e cantam Iroco, Cidália, pois é noite em que pássaros entoam e planta-se milho, boldo, hortelã, alecrim, manjericão, canas e tudo vem transmitido desde a Era Paleozoica, ou de antes do que mundo é mundo, com jurema e cascas e sementes e flores tornando-se incenso e o córrego despacha banhos e ervas para o mar que se chama oceano que é o rio que separa este chão de Mãe África e tudo é primórdio e além, tudo é cura, morte e vida são curas, e orvalho e mel participam da vibração e do sacudimento e o guia virtuoso do antes e depois, o para sempre, a conexão de folhas, raízes, células e pés dançando para o povo do centro, da humanidade, que gira, incorpora suas nascenças, e o mantra advindo dos atabaques fazem todas as partículas movimentarem-se na festa de muitos doces embrulhados em diferentes cores e as cadeiras voam e cada um é mãe e pai, todos flutuam, e a bela túnica bordada do Iroco baila passando pelos braços e cabeças e Iroco é vivo é passado e futuro e os peixes borbulham o som Iroco e as mariposas vibram Iroco e Ori com espelhos e uma pena que desenha, na parede e no ar, Amor, e ninguém é homem ou mulher, pois são elétrons no fluxo todes passado futuro e presente, Iroco e Cidália oferecem o Presente e recebem o Presente, todos cantam a Sabedoria: cada ser é feito para brilhar! E pode ir embora, volte quando quiser, o terreiro o espera para o acalentar.

Encontro

IROCO E PRONTIDÃO

Na primeira dezena de saudade de Cidália, Iroco sentiu que precisava de mais que milésimos de segundos. Perto desse primeiro ciclo de ausência, sua eternidade lhe passara tão rápido quanto um piscar de olhos. Como buscar alguém que lhe dê mais que uma fração de tempo? Onde encontrar o que lhe permitisse ficar por um minuto a mais, até que o carrossel de lembranças aquecesse o peito?

Sentado em silêncio, ao lado de Gunocô, sentia que para a vida era preciso paciência, mas para a infinitude precisava de algo mais. Algo não dito, não estudado, não proposto. Iroco não buscava respostas de forma imediata. Deixava que se mostrassem com cuidado e mansidão, enquanto, sentados na palha, descascavam o milho que logo comeriam. Gunocô sempre foi o mais sábio dos Seus. Ensinava com a quietude. E para Iroco, velho como só ele, nunca se apegou à pressa dos dias. Nesse momento, principalmente, pensava no tempo a mais que poderia ter de relembrança e afago.

Quando Prontidão apareceu numa das festas do templo, Iroco apreciou o tanto de branco, mas também de inquietude pressa agonia ligeireza. Mantinha-se sentado no seu banco amadeirado cercado de velas, admirando os que passavam, os Seus que dançavam, a rítmica que só se vê quando a *egbé* se encontra em energia. Quase que num atraso, ela se sentou em sua frente, na palha. De pernas cruzadas e dedos ainda sujos de terra, Iroco sabia das suas partidas passadas e futuras. Enquanto a encarava nos olhos, com seu castanho vivo, Prontidão encarava a si em todos os espelhos que pairavam no topo do Orí de Iroco.

Tanto durou que pôde sentir o dengo de Cidália num sorriso-saudade. Tanto durou que deu um sorriso singelo ao rememorar o seu nome, sua casa, seus caminhos, suas feições, sua coluna arqueada, pés longos, mudanças de rumo e fragmentos de coragem na vida de quem Lhe buscou, tudo que só Ela guardava na memória como um segredo. Tanto durou que viu a primeira vez que encontrou Cidália e soube que nunca haveria última, pois todo começo vem de um quase fim e não há o que se acabe. Tanto durou, que durou o suficiente. Respirou aliviado.

Prontidão se encarava com uma calma desconhecida, seus reflexos nos tantos espelhos de Iroco lhe acarinhavam com cuidado. E cada toque lhe era um chão que havia partido. E cada toque lhe era um chão que ainda haveria de partir. Pensava em quantos chãos plantaria raízes e os seus pés. A vida lhe tinha sido bondosa: sabia que a pressa do novo lhe vestia bem, mas, enquanto encarava a si, questionou-se sobre a urgência das fugas. O chão que a Terra semeia é o que chama de lar, mas quando poderia tirar os sapatos?

Pela primeira vez, Prontidão quis adiar a partida. Iroco lhe deu uma vela e seus reflexos sumiram, tudo se fez branco de novo. E quando se deu conta, era a mesma gota de vida que caminhava nas duas faces. Tempo é um deus velho - é o que dizem, e ela soube que O tinha encontrado.

Pela primeira vez, relutante: foi-se.

Reflexão

Quando estou em minha cadeira, cercado de velas, minha memória é como bicho que engana e encanta, que se desfaz tal qual nossos antepassados mortos, aqueles que os ossos e carnes a terra degusta e transforma. É ainda memória que revive e acorda em outras peles e capas, outras roupas e armaduras. Em outras feridas. A minha memória ora troca de vestes para ficar mais bela para uma festa, ora está nua para nadar no riacho. A minha memória também é a memória do meu povo, e também é a memória dos homens brutos que atentaram contra meu povo. A mesma memória que celebra a paz nas invenções entre duas crianças é também a memória dos adultos que resistem através da guerra que nunca termina.

Quando fecho meus olhos, a minha memória arde pelos que imploram por terra, casa e comida. A minha memória também faz Justiça aos que sofreram antes, durante e depois das caravelas chegarem. É da minha memória a marca nos pés dos que correram em fuga, das bocas daqueles que se reorganizaram em guetos; é da minha memória a medalha dos que sentem muito medo e coragem, do contrário desapareceriam. É da minha memória todas as frutas que chegaram aos que, com fome, sonhavam com comida.

Quando estou em minha cadeira, cercado de velas, minha memória trabalha através de um punhado de fumo e terra vermelha. Do fumo também nasce o carinho dispensado ao tambor e os sons que fazem os bichos desde quando o sol nasce. Quando estou em minha cadeira, cercado de velas, é preciso respeito ao fumo e à terra vermelha, à terra rubra que cobre nossos ossos e carnes quando estamos nos preparando para subir. O fumo ajuda os que olham os seus a subir. A terra vermelha tem cheiro de vida e morte. Tudo isso enfeita e arrefece a guerra que nunca termina.

A cada canto de mulher lavando roupas, a cada pedacinho de ornamento feito pelos seus avós, a cada jarro forjado na mesma terra vermelha pelos seus irmãos, a minha memória arca com a construção e destruição dos espíritos que mordem ou beijam nossos pais, filhos e netos de maneira contínua e incessante. Tudo isso acontece quando estou em minha cadeira, cercado de velas.

Herança Ancestral[1]

enquanto se pergunta como a pressa dos dias não deixa que os astros completem o seu ciclo com a leveza que se deve, sente adormecer o seu lado direito do quadril. sentado há algumas horas na sombra da árvore-afeto da sua infância – que mal se lembra. isso de quase lembrar das coisas tem um gosto particular, o que permanece é a sensação, o relance, o tino do que já ocorreu não se sabe quando nem onde, mas ocupa um lugar em algum canto escondido do peito.

— não vê essas raízes?

a potência das vozes saves é algo tão pouco percebido nos dias de hoje, pensou. no seio da ancestralidade, o tempo é relativo. o passado, presente e futuro estão em constante atravessamento. e nisso, iroco se apega ao ouvir quem vem de longe. a potência das vozes suave, a força do que não dizem. o mistério do que dizem.

— não vê essas raízes?

iroco encara o céu, sentindo a brisa do que lhe toca parte da face cor de casa. toca a ponta dos dedos na terra arenosa, sentindo os grãos se espalharem pela palma, enquanto desenha raízes que não vê – apesar de saber tudo

---

1 Antes de ler esse texto, sugerimos ir à página 285.

que sabe. o quão bem tudo está, ao se ver desenhando caminhos não cogitados? tentou lembrar da infância, adolescência, juventude, fase adulta, velhice e de novo infância. tentou redesenhar o olhar de quem lhe guardava os seus segredos. enquanto o mundo acontece em volta do seu momento de silêncio, o véu da atmosfera caía sobre ele com o cuidado que se toca num recém-nascido.

— não vê essas raízes?

o cheiro do milho branco no fogo feito de troncos; forma como as nuvens desenhavam formas mágicas não identificáveis que lhe tomava horas a fio; os movimentos de cuidado e olhar fino para o Outro; os novos desenhos de beira rios que apareciam após tempestades, traçando caminhos e dimensões hodiernas; a boniteza das constelações em madrugadas pós preces.

— você vê agora?

quando se pensa no todo, os fragmentos se mostram. quando se encara o todo, o que não se lembra vem a tona, como quem não quer nada. iroco se perguntava sobre o que se perguntava, os pensamentos atravessados abraçaram o seu céu de tarde. brisa constante, para lembrá-lo do que não se deve esquecer. o tempo é paciente consigo mesmo.

— você sente essas raízes, não é? iroco, meu filho, não esqueça de honrá-las em cada passo à frente, mesmo que não lembre a maneira correta de virar o tronco para olhar para trás.

a brisa parou de acariciar e as massas cinzas se colocaram acima da sua cabeça – que também acima das suas raízes; que também acima dos sentimentos, efusões, planejamentos, compromissos. quando as encarou, iroco as viu chorar no seu colo. o céu, a carne e as raízes eram um só. a raridade dos encontros é o que permanece intacto, apesar do percurso do sol. nem um ruído, além do impacto das lágrimas. nem um pensamento. o afeto também se dá na quietude. e só assim é possível escutar a potência das vozes suaves. disso, iroco sabia.

— você vê agora?

silêncio. sua memória ancestral. quem lhe ensinou, ainda lhe ensina.

Carta / Mensagem de Iroco para Tu (e não para o Outro)

Eu sei que você se vê atravessado por uma cicatriz do que lhe cortou ao meio; e nunca mais você foi o mesmo. Eu sei. Eu sei o que te comove, o que te move, o que te come pelas beiradas enquanto você tumultua o silêncio de inquietações que nada lhe dizem, além de continue. E digo isso eu também.

Quando os seus passos desenharam sete caminhos, a escolha foi de olhos fechados até que suas raízes também plantaram raízes e nem por isso você se viu preso: Ainda há tanto nesse mundo. Esses pés de asas; esse peito fogo; essa goela úmida que não lembra do que é um grito. Eu sei também da vontade que dá de tentar.

Eu sei dos olhos fechados e respiração lenta, enquanto você tenta procurar um caminho além dos sete, para que não tenha a sensação de que está voltando ao zero; não que haja um zero; não que haja volta. Todo caminho é para frente, se você vira na direção certa. Você não se lembra de virar, apesar de lembrar dos passos e até disso eu sei.

Eu sei do quanto você ensaia antes da palavra, do que te toma na beira do precipício que, na verdade, nunca foi um precipício, mas um altar; se você olhar para frente, a perspectiva é outra. Olhar para baixo é também um caminho. E quando eu digo que eu sei, sei até do que você escolhe não ser, quando na verdade deveria e seria, de novo, outro possível caminho.

E quando você se depara com as pedras e não consegue pensar no propósito, mas no que gera a partir do aparecimento; você não lembra que o tempo é cíclico; você não lembra que o futuro é agora, foi ontem, assim como o passado está no amanhã. Eu sei; eu queria que você soubesse; eu espero que você encare os espelhos no topo e se veja ali também, ainda que com as pernas tremendo da subida; respiração ofegante; músculos encharcados.

Eu sei todas as vezes que você encarou o balançar das folhas; brilhos no céu noturno, se perguntando o que há além do que você espera. Você não faz ideia. Eu sei quando você tenta olhar o seu lugar sob diferentes óticas, pensando se há um lugar que te acolha; te carregue; te balance até que durma, enquanto você não se dá o descanso necessário para que haja um amanhã; e que também acha que não há tempo. Sempre há. Eu digo porque o sei.

Quando o amanhã vem, você ainda não pregou os olhos; esticou a coluna. Abrir os olhos e ver o que há na luz nunca foi o outro dia; você se pergunta se haverá descanso; o quanto há de descaso; como descascar uma banana congelada no meio das obrigações que não lhe dão tempo para pensar e eu sei que você espera o momento de se concentrar em absolutamente nada; e isso também é a vida.

Eu sei o que você sente no canto do peito que não lembra que pulsa com a mesma quantidade de energia; que a sua concentração repousa na sobrevivência; que todos os outros que sabem continuam a te salvar, porque mesmo que você não saiba, a magia de não estar sozinho é viva e pulsa como o canto do peito que você esquece. Eu sei tudo que não é dito, porque não há razão; motivação; fundamento; tempo necessário para organizar, sem que atinja o outro como uma lança. E disso, você também sabe.

Eu sei que um dia você saberá; por isso te mando essa mensagem pelo vento; para que diga que é intuição; fôlego; inspiração repentina; estalo de realidade; coincidência aparecer logo agora: Descanse um pouco. Logo o amanhã chegará, de novo.

Resposta de Tu para Iroco

Querido Iroco,
Escrevo-lhe esta carta para falar que realmente estou cansado. Já não sinto mais a presença do meu corpo, ele está no automático.
Todos os dias acordo preocupado com o futuro. A ansiedade tem dominado o meu corpo que às vezes me percebo de coração palpitando e falta de ar. Uma vez tive que ir ao hospital pois estava em crise, das fortes.

O tempo e o trabalho deixaram os meus cabelos mais grisalhos, reparei ontem quando me olhei no espelho e dei um tempo para perceber que eu estava envelhecido demais para um homem de 55 anos. Só que os dias se passaram muito rápido desde quando fiz 40 anos. Nesses 15 anos de rotinas de trabalho, acabei potencializando a minha diabete.

Ano passado a Iza se foi, e agora o João está internado, suspeita de câncer.

Tenho tanto medo, Iroco. Tantos anos que esqueci de mim, esqueci do meu corpo, esqueci da minha alma. Esqueci de meus irmãos. Estão todos ainda morando na casinha deles lá pelo interior do Norte.

Pelo menos tenho me lembrado dos sonhos que eu tive quando durmo, sempre anoto eles num caderno que deixo no meu quarto. Da última vez, sonhei que estava em cima de uma montanha e o vento era muito forte, lá havia vários curumins que estavam brincando e sorrindo para mim. Eles me chamavam para descer lá na casa deles, mas daí eu acordava. Outro dia também sonhei que estava com a minha filha atravessando um portal, chegando lá, o porteiro do portal não deixava a gente passar, pois havia encontrado o meu nome no caderninho dele, no caderno dos endividados. Dizia que era para eu acordar e cuidar das dívidas que ainda tinha pela Terra, e assim eu acordava. Meus sonhos ultimamente estavam assim, meio brecados, nunca me deixavam ver o que tinha lá do outro lado.

Ultimamente ando sentindo muita saudade da minha infância, do meu pai, da minha mãe. De apenas ser um curumim e brincar no mato na beira do igarapé. Correr, correr, correr com o vento batendo na cara. Esperar a mamãe fazer um delicioso beiju de tapioca e tomar com suco de buriti. Sinto falta do tio Inácio, que quando chegava na comunidade com o veado que ele havia caçado, distribuía carne para todo mundo. Desde quando a Iza se foi e agora o João que está internado, eu já não vejo mais sentido de estar por aqui pela cidade, no Sudeste do país. A cidade tem crescido tanto e me sugado de tal maneira que se eu não sair logo, acho que vou sucumbir em algum momento. Qual o meu propósito? Meus dias estão muito mais difíceis. Sei que uma voz lá de dentro de mim diz para eu continuar e foi bom ler as tuas palavras, Iroco. Vou seguir teu conselho, vou me permitir descansar um pouco e fazer uma viagem para o Norte do país, quem sabe o amanhã chegará de novo.

Sonho

Era também uma montanha e também uma ventania que só ela. E também uns erês correndo e sorrindo como se a vida fosse apenas aquilo ali. Iroco estava sentado para olhar, de pernas e mãos cruzadas, mas o peito aberto. Ficou horas a fio admirando a leveza dos pés ligeiros; a sonoridade dos risos soltos.

Quando caminhava, sentia a terra em seus pés e a grama invadindo os espaços entre os dedos. Dizem que pisar na terra reestrutura as energias de dentro, desbagunça os bueiros que a vida deixa na gente. Tinha chovido há pouco; ainda dava para sentir a umidez.

Quando atravessou a porta da casinha de madeira escondida entre outras três, do chão ao teto era humilde e aconchegante; o marco mesmo era o tanto de brinquedo improvisado. Boomerangue de graveto e elástico de dinheiro; carro de garrafa plástica; casa de bonecas de móveis deixados nas esquinas; super heróis com capas de panos de chão, que a mãe descobriu depois que tinham sido cortados e renderam um ou dois gritos de "ô menino, seu lazarento".

Ainda lembrava do cheiro do feijão verde a cozer. Aquele cheiro de quase no ponto.

Continuou atravessando as portas do bairro, ouvindo cada relato de dia sofrido no trabalho; bonito no encontro; atrasado a ponto de perder o ônibus; cansado depois de 12h de pauleira e 30 minutos de almoço, naquela fábrica desgraçada que não dá um tostão a mais. Incrível como a vida é cheia de vidas.

A areia secou abaixo dos seus pés, caminhou pelo asfalto esfriado do cair da tarde até sentar na mesma casinha do norte, com um tanto de beiju na mesa e jarras e jarras de suco de buruti frescos. Som de bicho noturno a ocupar o silêncio das 19 horas, em vinte minutos o radiozinho da cozinha começaria a reza braba pra trazer paz para dentro; afastar o mal; essas coisas todas. Pensou ver Tu entrar da porta, para mais um dos seus tantos encontros, mas entrou Dandara e ele deu meia volta. Tu é desses, não se deixa aproveitar as bonanças da vida, preocupado com o que vai ter que lidar de qualquer jeito. Custa espremer um pedacinho de tempo para ser feliz?

Era hora do despertar. Iroco acordou ainda feliz pelo quase encontro. São sempre quases, até que enfim. Se perguntou se Tu tem sonhado os reveses dos seus sonhos; se chegou a vê-lo do outro lado da porta, antes de voltar correndo pro que lhe cobra centavos de momentos de leveza; quanto tem se dado o Tempo necessário pra sonhar até o fundo.

Tu mesmo que não deixa, prefere meter uma barra no meio do sentimento bom. E, ainda assim, toda noite o *tempo* vai te lembrar que sonhar também é viver e só não sonha quem já encantou.

Pois deveria tratar de lembrar.
Ou anotar no caderninho.
Cidália ensinou Iroco, que segue ensinando
a Tu e os Outros.

Todo sonho já viveu nessa Terra.
Sonho também é caminho.
Mesmo acordado, deveria tratar de lembrar.
Deveria tratar de lembrar.

Reflexo

O que poderia haver para ser dito quando Rio encontra Árvore? Que vozes transbordariam nossos murmúrios inauditos, quais palavras escorreriam de nossos infinitos idiomas, qual prosódia teriam nossos sotaques inefáveis?
Iroco que sou, nasci da graça das águas doces, como tudo que nessa terra habita, como tudo o que aqui respira. Que
— "Sem água, não há vida" — sussurraria Rio.
— "E sem folha, vida não há" — responderia eu, O Feiticeiro Louco, O Viajante do Avamunha, o Princípio de toda Fartura. Sem sagrado não há vida, encerraria o coro do tempo, cir-

cunvizinhando o encontro dos encontros, o encontro de todos os tempos, o encontro que sempre existiu, como eu, como ela — Oxum.

Nasci não só da graça de suas águas doces, mas também logo aqui, em suas franjas – desinteressa quanto asfalto tenha sido plantado, quantos muros erguidos, quantas correntezas sufocadas. É ali que fui plantado, eternamente aqui: Seiva que corre minhas veias. Semente que se deixa levar pelo vento. Que percorre destinos indizíveis pelo ventre de pássaro algum, pela mão calejada escura de quem maneja a fé como parte da lida, como o todo da vida.

Me planto aqui e danço, danço meus galhos de folhas aladas, que roçam com a ponta da miríade de seus dedos marrons o vidro macio, permeável, penetrável que a tensão superficial da água forma, no ondulado do correr das águas. Padrão de tear tecido no fazer-desfazer da pressa mansa de Rio.

Lembro, ainda, do dentro de minha vida planta, que quem dá carne às palavras desse encontro nosso, minha Mana velha é, ainda, uma outra Orixá. Sei que o ditado não diz – o óbvio oculto, as esqueciências humanas – mas sem vento não há vida. Ela me lembra, no que sacode meus cabelos de folha derramando um pouco de mim de volta em Ti.

Teu espelho me reflete, partido em mil feixes musculares, estendidos, maviosos, brilhantes. Diz quem é árvore, quem é água. Só eles, pequenos bagunçadores de nossa terra, não sabem direito quem são... Em teu canto de correnteza Tu me diz que somos árvore-água, duas cuias duma mesma cabaça, duas partes duma mesma matéria.

Água, o espelho mais antigo em que já me vi. Tão doce quanto os olhos de Cidália. Fonte nossa, também: alimento de todas as fomes, berço de todos os começos, escoar de todas as mudanças, curva de todos os términos. A bonança do rio. Benfazeja Tua essa alquimia de levitar até as nuvens. Se chover em mim.

Nesse diálogo imaginado, mas profundamente ancestral e primevo, é o Vento que faz minhas vozes d'árvore soarem baixo a tempestade. Teu espelho se mostra à minha raiz; ao tronco antigo, espalda oscura, já tanto testemunhei; às infindas folhas que carrego, canoras. E eu trago Tua seiva para que me alimente nos caminhos sagrados, cegos, profundos da terra – para que Tu alimente minha teia visceral, raízes tão amplas quanto a copa.

Seguem bailando em meu verdor as nossas folhas, que suam a matéria Tua, que soam a língua sibilante de Vento.

Rio e Árvore fazendo-se coisa uma só. Nós. Segredo que por mais que se escute não se entende. A sabedoria humana é néscia, é pequena, jovem, impermanente demais.

Essa árvore-eu plantado à beira do rio Tu, existimos há mais tempo do que o tempo da gente humana poderia alcançar. Eles, frutas perdidas. Me tentaram talhar ao meio. Converso contigo espelho d'água o tempo todo, quer possam, quer não, interpretar – não sabem que eles é que inventaram chamar-se assim, distantes?

Agora vemos bem porque não se veem essas raízes. É por elas que Te bebo, gotículas do que seu espelho aguoso deixa infiltrar pelo segredo da terra, infiltrar-se cego, só sabem olhar. Não veem. Eles. Nós, aqui. E a seiva, oras. Minha palavra derradeira sendo seiva: seiva-sangue, espelho de dentro, é de olho fechado que a gente se vê, a água que Te bebo pra me escorrer de volta até Tu, Mana velha.

Transformação

Tempo é caminho. Raiz, tronco, caule, folha verde e sumo – ora maduro. Tempo é ancestralidade, corpo, mente, sangue, pulso, pele cor de casa. Tempo é ver o broto, a casca, o fruto nascido nas matas do meu irmão; a lagarta, o casulo e a boniteza que voa em cores alternadas na direção do vento que sopra minha irmã; o aço, a lava, o desenho forjado que detalha o machado do meu irmão; as novas margens contínuas em direção ao mundo do rio que é casa da minha irmã. E tudo isso que leva tempo e que é caminho e que se atravessa na memória que perdura pelas eras.

Tempo é paciência. E tudo que se planeja; que acontece num súbito; que não se espera tão logo; que anseia mais do que deveria; que se sonha, já que todo sonho já viveu nessa Terra e sonho também é caminho, repito, sonho também é caminho e cuidado e espera e paciência e discernimento – se deve esse caminho ou talvez traçar um outro ou talvez sentar e pensar e descansar sob a árvore do Tempo sentindo a terra fofa sob os pés.

Tempo é tudo que atravessa o peito, estômago, nervos, coluna, saliva e deixa um gosto de que fez sentido ou fará ou talvez não, porque não há como prever e isso é a mágica da espiritualidade: vida para além do que se compreende, porque não há como prever porque não há como prever porque não há como prever, mas o Tempo sabe de todas as coisas.

Tempo é sempre o mesmo, apesar do segundos minutos horas dias semanas meses anos; sentado em palha a separar o milho; velas acesas na eternidade das doze horas de festa no barracão e ali está o Tempo, que também em casa canto casa morro buraco canto dessa Terra que existe há tanto tanto tanto Tempo mas bem menos que o próprio.

Tempo é transformação de si em si mesmo diante de tudo que existiu, existe, existirá ou talvez não, depende do caminho. É tudo cíclico, reto, emaranhado e o Tempo atravessa da forma que acha que deve, na hora que deve. *Nem um instante sequer depois. Ou nem antes.* Não vê essas raízes? Não vê essas raízes? Não vê essas raízes? O Tempo que levou para que chegasse até aqui fez nascer um broto a mais no oco da gameleira que abraça a Bahia, como uma mãe o seu filho desde de tanto sem ver.

Tempo é nome de deus. Iroco é nome do Tempo.

Sussurrou Cidália pelo vento.

Ivanildo Pereira

Ivanildo Pereira é um cara muito solto para o mundo. Desde criança – assim conta a mãe dele, dona Valda –, era muito elétrico. Não parava um só instante e quando começou a falar, parecia um periquito na mangueira. Quando adulto, entrou na universidade pra cursar Marketing. Mas só que ele queria mesmo era o marketing político. E sabe que foi isso que aconteceu. Chegou até a montar uma agência de publicidade para dar consultoria às prefeituras e, especialmente, a campanhas políticas.

Era magro, usava cabelos compridos e sempre amarrado como rabo de cavalo. Camisas longas, com pochete pendurada na cintura que não largava nunca. O que levava naquela pochete? Não dizia para ninguém. Sempre falava que era segredo de Estado. Ivanildo nunca deixou a barba crescer, dizia que sua barba, quando começava a crescer, parecia uma mata rala, tipo capoeira ou, como ele dizia também, parecia tábua de pirulito: só furos. Não passou cebola na cara para fazer os pelos crescerem frondosos. Sua mãe tinha essa receita para fazer a barba crescer, mas decidiu não seguir.

Seu Ivanildo era metido, humm... nem imaginas! Discutia de tudo, desde os grandes filósofos gregos, religião, antropologia, sociologia, enfim... mas tudo isso o ajudava a discorrer sobre o planejamento de uma campanha política. Ele era daqueles que gostava de fumar, mas não era um fumo qualquer, era o porronca mesmo, tabaco puro, cortado direto do mole do tabaco. Então, para não levar os grandes pedaços de tabaco enrolados, cortava logo cedo, às 6h, quando acordava: cortava todo miudinho, pronto pra enrolar no famoso papelinho. E pra saber se estava do bom mesmo, acendia logo o primeiro. Ficava na janela apreciando o nascer do dia, bafejando o porronca. Onde ele levava esse cigarro já enroladinho no papelinho? Lembram da pochete? Pois era lá que ele transportava seu poder de inspiração. Os amigos próximos não gostavam muito porque, égua, era muito fedorento. Mas seu Ivanildo adorava. Dizia que era aquele cigarro que fazia ele se inspirar para criar as melhores campanhas eleitorais.

A cada ano que passava, seu Ivanildo se tornava aquela pessoa muito mais elétrica, irrequieta, com raciocínio rápido, falante, falante, meu Deus. Suas ideias eram defendidas com rigor, com exemplos claros onde seus interlocutores ficavam só apreciando. Quando ele conseguia ler uma pesquisa de um candidato, já sabia de tudo. Chegava para a reunião, já ia dizendo o que o candidato tinha que fazer, como se posicionar, como fazer o discurso. Mas, no decorrer do tempo, essa estratégia foi sendo bombardeada pelos clientes e outros marqueteiros que foram também se aventurando nessa profissão.

Um certo dia, seu Ivanildo convidou um pré-candidato a prefeito de uma cidade do oeste do estado do Pará, proximidade com o estado do Amazonas, para começar uma discussão pra ver se o pré-candidato o contratava para a campanha. Seu Ivanildo preparou uma mesa no quintal de sua casa que ficava no centro da capital paraense. Um quintal cheio de árvores frutíferas como goiabeiras, tangerineiras, mangueiras, limoeiros, entre tantas. Bonito o quintal mesmo! Na mesa serviu umas cervejas para quem gostasse, colocou uma garrafa de whisky 12 anos, uma cachaça especial de Abaetetuba, salgadinhos e uns charutinhos bem torradinhos! Hum... gostosos!!! O prefeito estava acompanhado por dois assessores e seu Ivanildo tinha convidado um amigo que sempre trabalhou com ele em outras campanhas. A esposa do seu Ivanildo não participava dessas reuniões, ela era o oposto dele, calada, quietinha, só falava quando lhe perguntavam, mas prestava uma atenção daquelas.

Ambiente

Ivanildo Pereira é daquele tipo de sujeito que encontra sinais em tudo, para justificar a sua trajetória. Enquanto enrola seu tabaco em companhia de algum amigado, sempre diz que até para nascer esperou o dia certo. Nascido em 10 de Março de 1962, na manhã em que era assinada a autenticação da Cidade, Ivanildo era marcado como o habitante de número 18.000. Desde então, 18 é o seu número favorito. Também era o seu número na lista de chamada da Escola.

Quando tinha idade suficiente, passou a dizer que Salvaterra o pariu enquanto nascia. O nascimento do nascimento. E também por conta disso, se identifica como Ivanildo Salvaterra, apesar do que diz no documento. Tentou até mesmo incluir como sobrenome, mas até hoje, beirando seus 63 anos, não conseguiu juntar comprovação o suficiente de que é mais filho da cidade, do que do seu pai – que ninguém nunca soube o paradeiro.

Ivanildo lembra do carinho de como os chãos de Salvaterra moldaram seus pés para conquistar o mundo. As ruas rochosas, com barro escorrido da chuva e quentura fervorosa dos dias de calor e arder do astro na pele, moldaram suas pegadas. Desde então, em qualquer lugar que pisa, afirma que é mais um território a se salvar. É possível ver o brilho no olho da criança que foi, encarando os najazeiros e se perguntando como poderia chegar ao topo. Não se sabe se da árvore, não se sabe se do mundo. Diz que aprendeu a se comunicar com as marés. Cercado de praias, conversava por horas a fio com o balanço do mar, desenhando com gravetos caminhos de caminhos de caminhos que o levariam a ser alguém.

Hoje, quando olha para sua morada de número 18, no centro da capital paraense, se permite tocar com carinho nos açaizeiros do seu quintal para lembrar de casa; lembrar que ainda há o que salvar naquela terra e, por isso, seus pés também plantados.

Sua esposa – tão quieta como ele nunca será – lhe prepara o café toda manhã e fim de tarde, ouvindo-o dizer por anos, a cada dia, o quanto ainda lhe falta para o topo, mesmo tendo conseguido escalar uma única e memorável vez o seu najazeiro favorito, aos 16. Ela acredita, em seu silêncio, que por isso o caminho político o faz tão feliz – apesar dele não falar a respeito e dizer que apenas se achou nesse percurso. Salvar a terra é a sua principal motivação e como fazê-lo, se não pelo que rege a continuação da democracia e civilidade. E assim, compromete-se em criar cenários possíveis de vida e torná-los reais, palpáveis, enquanto caminha pelas ruas do Norte que, independente de onde, compara com as de onde veio.

A verdade é que, ainda que não fale (mesmo falando tanto de tanta coisa), Ivanildo Pereira ainda busca argumentos honrosos para voltar à Salvaterra e mostrar que merece tê-la em seu nome oficial. Só assim enrolará seu tabaco aliviado e sem carregar o fardo de ainda não ter alcançado a salvação (de quem?).

Encontro

IVANILDO PEREIRA E IVES

Ivanildo acordou com muito bom humor, estava marcada uma reunião para decidir sua consultoria a um grande candidato político. Se preparou bem para "se vender" como o melhor consultor político. Ivanildo tinha lábia, dificilmente perdia. Ivanildo convidou sua esposa para acompanhá-lo na reunião, mas foi dizendo logo pra ela que era pra ficar apenas observando. Para se preparar bem, resolveu almoçar algumas comidas bem exóticas. Passou na barraca de dona Lourdes, lá no Ver-o-Peso. Dona Lourdes é muito famosa pelas deliciosas comidas típicas que vende. Ivanildo sentou-se e foi logo pedindo um prato de maniçoba bem adubada com farinha de puba de Bragança, a melhor que tem. Depois de meter pro bucho a maniçoba, olha pro lado e vê uma panela entupida de vatapá e do lado uma outra cheia de caruru. Não escutou conversar, pediu um prato misturado (vatapá com caruru) com bastante pimenta malagueta. Empurrou pro bucho. Pra fechar sua excelente refeição, pediu um copo com suco de cupuaçu bem grosso. Só faltou pedir uma rede pra dar uma soneca. Deu um tempo pra deixar a comida assentar na barriga e depois seguiu para o seu compromisso.

Depois de um bom "chá de cadeira" – normal entre os políticos, eles gostam de deixar as pessoas esperando por eles –, Ivanildo e sua esposa são chamados à sala de reunião do pré-candidato a prefeito. Depois de se apresentarem nas cordialidades e rituais políticos, Ivanildo sentiu o estômago embrulhando, em seguida sentiu umas dores, ai, ai, ai e começou a suar frio. Sua mulher percebeu o desconforto.

Ivanildo não aguentou, "égua, maninho, tedoidé! Peraí que vou bem ali". Pediu licença e correu pro banheiro, passando mal mesmo. Ivanildo estava com uma diarreia daquelas, no banheiro não se aguentava de dor, de suar frio... queria água, água. Só lembrava da maniçoba gordurosa, do vatapá, do caruru... meu Deus!!! De repente, ouviu uma voz que parecia longe "amor, tá tudo bem aí?". Era sua esposa, Lúcia, preocupada com a situação do marido, bateu à porta do banheiro pra tentar ajudá-lo. Quando entrou, Ivanildo estava quase desmaiando. Não teve jeito, Ivanildo teve que cancelar a reunião e remarcou pra outro momento. O pré-candidato não gostou muito, não; mas teve que compreender a situação do consultor.

Triste, meio amarelado, Ivanildo foi embora para sua casa sem esperança de conseguir fechar aquela campanha de seus sonhos. Nem o porronca ele quis mais fumar. Ficou desmotivado, será que foi um sinal? Uma mensagem do universo para Ivanildo repensar o seu propósito na Terra? Deitou-se na cama velha de sempre, abraçou a esposa, pediu um chá de boldo pra melhorar a situação do estômago. Depois que tomou o chá, Ivanildo pegou num sono profundo.

Ivanildo contava para sua esposa que tinha uns sonhos esquisitos e que sempre sonhava que era uma guariba, não se sabe o porquê de sempre ter esse sonho. Buscou várias pessoas que interpretavam sonhos, mas ninguém sabia explicar essa relação com a guariba. Mas, o sonho, agora, com a guariba, mudou o roteiro. Dessa vez ele levou um susto, quando estava no meio da floresta, se encontrou com uma criança que tinha um olho de cada cor, um verde e outro preto. E o mais bizarro de tudo é que ele tinha sete manchas visíveis assim no corpo, estava pelado. Eram queloides em forma de cruz.

O menino de estatura mediana, pele avermelhada, cabelo preto (lisinho, lisinho) se aproximou de Ivanildo e deu uma gargalhada. "Tu de guariba tá engraçado, Ivanildo!", disse em tom de deboche. E Ivanildo se metamorfoseou e se transformou em homem de novo. "Quem és tu, moleque?", perguntou Ivanildo. E o menino foi andando em direção ao rio, virou-se para Ivanildo e sentou-se na terra "Eu sou Ives. Vem cá, senta aqui, vou te contar um segredo e depois vou te dar uma tarefa que só tu pode resolver essa parada que tá pra acontecer". Ivanildo curioso se aproximou e sentou-se na frente do menino.

"Eu vim aqui em nome da Cy, a nossa mãe terra. Olha que eu falei pra ela que não valia muito a pena, mas ela insistiu e aqui estou eu", disse o menino. Ele começou a falar que era um mensageiro do fim da humanidade e que o tempo do antropoceno estava contado no relógio do universo, apenas 20 anos. "Em breve vocês vão derreter de tanto calor." Ivanildo olhou pra Ives meio espantado, meio com raiva, mas com um sentimento de medo, e falou "Como assim a gente só tem 20 anos e ainda vamos derreter? Você vem aqui me falar essas asneiras". Ivanildo se levantou brabo e virou as costas e foi saindo, mas o garoto o impediu, enviando um raio que fez o Ivanildo ficar parado e sem conseguir se locomover. Ivanildo gelou. "Fica aí quietinho, você vai ter que me ouvir e não diz aí que eu não avisei, hein!".

Foi então que Ives comentou que apesar do fim da humanidade estar chegando, algumas coisas poderiam ser tomadas para adiar um pouco mais esse grande evento e que seria feito por um cientista político. "Os bilionários de todo o planeta Terra, acho que sei contar no dedo, já estão investindo em *bunkers* para escapar do 'fim do mundo'. Só que mal eles sabem que o mundo não vai acabar, quem vai morrer logo são eles. E eu soube que tu, Ivanildo, é um cientista político, um dos mais conhecidos aqui da Amazônia. Então eu acho que pode ser que você seja a melhor pessoa pra tentar desacelerar o fim da humanidade. Me disseram que tu és muito esperto e tem uma boa lábia". O garoto tirou um livro do nada e começou a ler:

Para que vocês sobrevivam, vão precisar desconstruir toda a identidade que criaram que é da autodestruição. Vocês, como sociedade, se ainda querem viver, não podem mais ser autodestrutivos. Precisam construir uma identidade de viver. E vocês estão na Amazônia, maior bioma do planeta Terra, estão com a faca e o queijo nas mãos. Se não fizerem e arrumarem um plano o mais rápido possível, vão derreter antes dos 20 anos.

E tu, Ivanildo, vai ter que pensar numa campanha política e convencer o teu povo de que esta é a única alternativa. Então é isso, agora te vira! Vai botar a tua caixola pra funcionar. O menino desapareceu pelo rio e Ivanildo acordou gritando "Só 20 anos!".

Meio atordoado do sonho, Ivanildo acordou sua esposa e contou o sonho. Ela ficou pasma, com medo e não dormiu mais. Os dois foram pra cozinha analisar a mensagem do sonho: o que este menino manchado mensageiro tinha a dizer. A partir daquele dia, Ivanildo começou a mudar suas estratégias de fazer campanhas políticas. De manhã, ligou pro seu cliente pré-candidato a prefeito e marcou nova reunião. Apenas ouviu do futuro cliente: "por favor, venha em jejum, tome apenas um chá de capim-santo".

Reflexão

Eu não sei como as pessoas ficam com a mente à toa!
Sinceramente, tempo não é só dinheiro, tempo é vida!
Eu particularmente acho que pra conseguir pensar em nada, tem que ter muito descaso com o mundo ou muita evolução budística!
A sociedade está em RUÍNAS!
Gente, não é possível! As pessoas não veem jornal, porque dizem que só passa desgraça, pelo amor de deus, ou de quem você acreditar!
A ignorância é uma benção pra quem? Uma pessoa pobre não pode se dar a esse luxo!
Veja só, minha mente, como pode uma pessoa marginalizada não buscar seus direitos? Os deveres são ensinados de primeira!!! Mas os direitos, não! Não corra atrás, não, pra tu ver! Aliás, corra na frente, porque atrás você já está!!
Eu fico aqui com meus botões queimando o cérebro pra não me queimar na vida!

Eu digo: — "Povo!! Vigia!!!"!
— "Mulher! Traz aquele livro lá daquele francês que fala desse negócio de vigia... éééé... Vigiar e punir!!!"
Os caras construíram uma estrutura arquitetônica pra controlar um grupo de pessoas sem ter que estar ali controlando! Um sistema de autocontrole! Isso é muuuito sério!!!
Os europeus já estão falando disso há séculos! Conhecimento é poder!!!!
Os políticos que eu oriento me trazem demandas que mal eles entendem, se eu não consigo identificar os problemas, pra pensar as soluções fica muito mais difícil! É preciso ter consciência pra poder crescer!
Veja uma criança, ela precisa de direcionamento, cuidado, educação para se desenvolver e ter alguma autonomia! Nós também somos crianças muitas vezes quando não temos ciência das coisas e assuntos!
— "Mulher!!! Você não tem um livro de receitas pra fazer as comidas que gosta?"
Ninguém lembra de tudo!
Você acha que eu tenho uma biblioteca desse tamanho de sacanagem?!
Minhas anotações são como subconscientes que visito para relembrar o que acho importante, porque, por mais que eu seja muito eficiente, eu não sou uma máquina, né?!
Eu tô mais pra um boi ruminando capim de pensamentos!

Herança Ancestral[1]

Ivanildo, apesar de sua vivência intensa na juventude, já ter aproveitado de tudo na vida – apesar de tudo isso –, existia uma angústia engasgada na garganta que o perturbava, principalmente quando dormia: tinha sonhos com seus irmãos que já morreram, com seus avós e tataravós, que às vezes se transformavam em pesadelos: era quase-sonho-real. Incrível.

Certo dia tomou uma decisão de fazer uma viagem para uma região do Pará chamada Tapajós, sempre ouvia muitas histórias de seus antepassados que viveram para essas bandas do Pará. Resolveu ir de barco de Belém para Santarém e de lá para o interior, na região de Várzea. Viajou no barco Amazonas IV, recém-inaugurado. Foram três dias no leito do rio Amazonas, passou por várias cidades como Breves, Portel na ilha de Marajó; depois passou por Almeirim, Prainha, Monte Alegre até chegar na Pérola do Tapajós (como Santarém é conhecida por suas belíssimas praias de areias branquinhas e fininhas). Quando chegava em frente a Santarém, Ivanildo começou a apreciar a beleza do rio Tapajós com suas águas azuis. Mas antes viu um fenômeno que nunca tinha visto: o encontro das águas barrentas do Amazonas com as azuis do Tapajós. Elas não se misturam. Ivanildo ficou encantado com essa maravilha da natureza.

Chegou em Santarém, alugou logo uma rabeta (canoa com motor de popa) e se mandou para a região de Várzea, para

---

1 Antes de ler esse texto, sugerimos ir à página 285.

uma comunidade chamada Ituqui. Ivanildo imaginava que nessa comunidade iria encontrar seus parentes.

Ao chegar na comunidade, teve que andar bastante. Até que encontrou um senhor nativo de Ituqui que lhe ofereceu um cigarro de tauari, um presentinho de recepção. O tauari é um cigarro muito utilizado por curandeiros na Amazônia, para benzimentos, para limpezas espirituais e para entrar em contato com os espíritos sagrados, nossos ancestrais.

Ivanildo, muito ansioso, não escutou conversa, foi logo acendendo o cigarro tauari. E já foi logo dando bons tragos, fortes, puxando aquela fumaça. E foi caminhando. Já quase pra puxar o último trago, Ivanildo viu uma grande samaumeira, troncos grandes, vistosos, aquela linda sombra. Já abatido pelo cansaço e mais o efeito do cigarro tauari, resolver sentar-se embaixo da árvore para descansar.

Quando se sentou, fechou os olhos e foi apagando. E em sua mente foram entrando luzes, estrelas, e sua mente foi fazendo uma belíssima viagem no tempo. E nessa viagem veio ao seu encontro sua tataravó: Dona Iguassu, estava sentada num tronco de uma árvore mangueira cheia de frutas caídas no chão. Ela pegou uma manga bem amarelinha e começou a comer com farinha d'água. Descascava a manga e melava na farinha e metia na boca com poucos dentes. Ela estava ali seminua, com o corpo todo pintado de jenipapo e a cara vermelha. Ela gostava de pintar uma listra grande na perna que parecia uma meia preta e ia até o joelho. Usava um colar de semente de açaí com semente de jarina. Nas costas também tinha uma pintura em jenipapo que cobria os seios. Ela tinha cabelos muito longos e incrivelmente pretos ondulados. Ivanildo olha para outro lado e vê a casa dela, que era toda feita de palha e taipa, ficava de frente para um rio que tinha uma cor azul-esverdeada, era, na verdade, um braço do rio Tapajós que dava para ver os peixes nadando e o vermelho dos gigantes pirarucus. Tinha também muitos peixes-boi! Fazia tempo que Ivanildo não via um. Também tinha muitos jaraquis, tambaquis, acarás, traíras e acaris.

Nessa sua viagem mental provocada pelo tauari, Ivanildo ouvia um canto bem alto de um Pajé, era um toante forte, parecia que ele estava chamando todo mundo para o centro daquela *taba*. Foi quando ele viu vários parentes saindo de suas ocas e indo para o centro. Todos também saíam com suas maracas e iam assoprando flautas de bambu. Estavam muito felizes!

Ivanildo voltou o olhar para sua tataravó, Iguassu; e ela, comendo sua deliciosa manga, o chamou e disse para ele se sentar ali, ao lado dela, no tronco da mangueira. Apontou para a direção do rio e do sol e falou em tom baixinho: "Eu te criei desde piquixito, te ajudei a nascer. Te dei o teu primeiro banho de rio, te ensinei a nadar?". Foi quando Ivanildo começou a lembrar de tudo que viveu naquele rio, de quando brincava de pega-pega com a parentada. Lembrou também quando Iguassu fazia o tarubá, uma bebida fermentada feita da mandioca. Era um momento muito gostoso, as crianças participavam do processo todinho, provando a bebida até ela ficar pronta para o ritual de comemoração da safra da mandioca. Era o principal alimento daquela comunidade, da mandioca se fazia a farinha para comer com o acari. Também era boa para fazer um pirão ou uma mujica. De manhã às vezes comiam beiju cica com suco de buriti. Quando Ivanildo cresceu mais um pouco, lembrou também quando Iguassu

pedia pros meninos subirem no açaizeiro para colher os cachos de açaí. Era pra fazer o vinho de açaí! Era um trabalho nada fácil para Ivanildo, mas todo mundo se divertia. Ele lembra que a tataravó pisava em cima das sementes e dali saía o vinho. Que saudade Ivanildo sentiu de tudo isso!
"Pois é, Ivanildo, te trouxe até aqui para lembrares de nós, para não esqueceres de onde viestes, para não te perderes no caminho, mas parece que tu estás um pouco perdido aí neste tempo e eu tô bem preocupada contigo, meu curumim", disse Iguassú com todo carinho de uma tataravó.
Foi quando Ivanildo sentiu uma tristeza muito grande, a melancolia tomou conta de seu corpo como se tivessem anunciado naquele momento a morte de um parente. A tataravó foi sumindo, sumindo e Ivanildo foi tragado pela fumaça do tauari até voltar ao tempo presente. Ivanildo tomou conta de si mesmo, pegou o bote de volta pra Santarém e foi viver a realidade de sua cidade que tanto lhe esperava.

Carta / Mensagem de Ivanildo para o filho, João Antonio

Ivanildo tem um filho, hoje com seus 30 anos de idade, chamado João Antonio. Ivanildo não teve muito contato com esse filho durante sua juventude. Foi um filho que teve lá pelas bandas da região do Tapajós. Tomou uma decisão e resolveu chamar o rapaz para morar com ele. Já se passaram três anos de convivência em casa e no trabalho.

Os dois mantêm um relacionamento frio, sem aconchego, sem abraços, sem beijos, sem apertos de mãos. Apenas cativam um bom-dia, uma boa-tarde e uma boa-noite, meu filho, durma bem!!

Essa relação incomoda em demasia a alma, o corpo, a mente de Ivanildo. Ivanildo não se abre com o filho, e nem o filho com ele. Que angústia. Ivanildo se esforça, pensa, repensa, mas não tem coragem de falar o que sente para o filho João Antonio. Num belo dia de verão amazônico, quando amanhece sem chuva e sem vento, Ivanildo decide escrever uma carta para o filho. Sim, uma carta!!

Meu filho,

Resolvi escrever esta carta para expor o que sinto desde muito tempo. Talvez já pudéssemos ter uma conversa de pai pra filho, de filho pra pai, mas alguns medos me fizeram adiar essa conversa. Tanto que estou me servindo deste instrumento (carta) para expor o que deveria dizer na conversa. Antes tarde do que nunca, já diz o ditado popular.

Nós convivemos diariamente num escritório de onde tiramos todos os recursos para bancar sua vida, a minha, e mais as ajudas para os irmãos e sua mãe. No entanto, ao longo desses três anos de convivência, não temos tido boa relação no lidar da nossa relação pessoal e da administração da empresa. Te dei a oportunidade de administrar a empresa, uma forma de nos aproximar mais. Percebo, meu filho, administras como se a empresa fosse totalmente só sua. A culpa não é sua, a culpa é minha. Tentei te enfrentar nessa relação, mas fostes mais incisivo, e eu, como me deixei levar; não queria brigas, e deixava as coisas soltas, sendo levadas por ti. Como pai deveria me posicionar como tal, mas não fiz.

Hoje, sei por que tive medo de me posicionar. É antigo, como pai não fui presente; lidava com você dando coisas: presentes, roupas, dinheiro pra ajudar em casa com sua mãe. Mas do que precisavas, entendo, deixei sua mãe ser mãe e pai; sendo ela a principal voz que ecoava dentro de você, comandando a educação sua e dos outros irmãos. Eu me preocupava em trabalhar, trabalhar pra não faltar nada pra você. Mas hoje percebo que não foi suficiente; eu deveria participar mais de sua vida, brincando, brigando, pescando, se lambuzando nas lamas dos igarapés, subir em açaizeiros; pegar cupuaçus embaixo das árvores, comer tucumã e manga com farinha. Não fiz, meu filho, sinto esse vazio dentro do peito. E hoje percebo as consequências.

Quero, muito, recompor tudo. Acredito que vamos dar certo, não quero tirar de ti a administração da empresa. Quero que juntos possamos elevar a nossa marca para que seja muito mais reconhecida do que já é.

Quero, depois desta carta, conversar contigo. Acredito que somos capazes de abrir nossos corações para esta nova etapa de vida.

Abraços, meu filho.
Te amo. Teu pai.

Resposta de João Antônio para Ivanildo Pereira

Meu pai,

Foi de certa forma engraçado receber sua carta: ponto para o senhor, que geralmente é tão sem graça. Como sempre, você tenta salvar alguma coisa. Acho que nem Jesus Cristo quis tanto salvar as coisas quanto você. Mas, de tanto querer salvar tudo, você acabou me perdendo: é do jogo, entendo. E agora decidiu que deve também me salvar, porque salvar é seu destino – mas peço que não se esqueça da forma como morreu Jesus Cristo, o maior salvador de todos!

Você me disse que, certa feita, o que não lembro, quando eu era criança, me levou pra ver o encontro do Rio Amazonas com o Rio Tapajós. E muitas vezes, sozinho, anos depois, sem lembrar nada disso, eu fui até esse encontro de rios, e me perguntava por que eu ia sempre. Naquele tempo eu não sabia, mas aquilo era você operando no meu sangue, aquele encontro de rios era também entre mim e você. Era, portanto, sua ausência em mim que me levava até lá. Mas não era isso que eu queria dizer, era outra coisa. Você sempre me falou, impressionado, sobre como as águas escuras do Rio Amazonas não se misturam com as águas azuis do Rio Tapajós. Que elas se entrelaçam, meio que se digladiam, mas não se misturam, como azeite e água. Pois eu queria dizer que você e eu somos como essas águas, cujo encontro incompleto você tanto aplaude dentro de si, mas que, no fim das coisas, representa algo que não poderá jamais se unir.

Você decidiu que era melhor não conviver comigo por trinta anos e, há três – tempo que dura nossa convivência diária como pai e filho, mas, sobretudo, como sócios – mudou de ideia, porque, usando as suas palavras, "teve uma visão da sua real ancestralidade". Não quero comentar o tamanho desse clichê, mas apenas dizer sobre isso que, como publicitário considerado tão eficiente, eu esperava um pouco mais até mesmo de você.

Ainda assim você achou que trinta anos se dissolveriam em trinta dias ou três anos e, rompendo forçadamente com seu próprio orgulho e ambição predatória, me entregou a administração da sua empresa. Eu aceitei, culpa minha portanto. Também apostei que pudéssemos recuperar qualquer coisa, mas nada dentro de mim vai além daquelas águas tão distintas entre si e como que feitas de matérias opostas, a ponto de nunca se misturarem, de lutarem uma contra a outra, ainda que forçadas à união pela pressão de todas as águas. Trazemos entre nós dois, meu pai, essa mesma impossibilidade. Acho que se nos esforçarmos um pouco, para além da mais rasa publicidade que fez de você um homem rico, poderemos encontrar um meio decente de conviver sem nos misturar. Mas enquanto seus interesses estiverem voltados ao lucro convicto, sem questionamentos morais, ou, para registrar em claro português, enquanto você estiver fazendo fortuna trabalhando para políticos fascistas, bom, nesse caso peço um mínimo de respeito à minha inteligência (que talvez, por mais estranho que possa parecer, eu tenha herdado de você) e não me venha com papo furado. Não deixarei passar um fascista sequer, enquanto aqui eu trabalhar, mesmo que isso represente a falência econômica da Venturini Comunicação.

Para terminar esta carta – que ao meu ver é em si algo patológica, já que dividimos o mesmo escritório – gostaria de dizer que, apesar de tudo, não te odeio. Meus muitos anos de reflexão em completa (ainda que forçosa) liberdade me deram a capacidade de distinguir onde te amo e onde te odeio. Te amo, por exemplo, no costume que tenho de mascar fumo. E também, como você, não gosto de ter a cara peluda. Veja, isso também é uma espécie de amor, ainda que meus dentes estejam apodrecidos.

Respeitosamente, do seu filho João Antônio.

Sonho

Ivanildo tem uma vida muito agitada, muito em função de suas atividades de trabalho. Tratar com políticos é coisa de doido, orientar políticos é um negócio que eleva a adrenalina de Ivanildo. A cada dia tem que matar um leão. Quando chega em casa, está estourado, cansado, só quer aquela cama macia que lhe aguarda com um lençol cheiroso pra descansar aquele corpo moído de dores febris. Sonha muito, mas não lembra quando acorda. Fica enfurecido.
Quando tentava tirar uma semana de férias, foi chamado para dar uma consultoria a um candidato no estado do Amapá, no extremo norte do país. Não escutou conversa, comprou passagem, arrumou as malas e zarpou pra Macapá, capital do es-

tado. Foram cinco dias de intensas reuniões, com discussões acaloradas. Mas Ivanildo não se furtava de participar de todos esses embates, afinal, era esse o seu trabalho. No quinto dia de trabalho, Ivanildo já estava demasiadamente cansado. Chegou ao hotel por volta de 2h da manhã. Abriu a porta do quarto, foi entrando, jogando sua bolsa para um lado, tirando o sapato, jogando para outro; tirou camisa, calça e se jogou naquela cama grande de hotel. Teve tempo, ainda, de ligar o ar-condicionado. Nem tomou banho. Foi rolando na cama, levantou o braço e desligou a luz. Na escuridão do quarto, foi amortecendo rapidamente aquele corpo dolorido. E, em pouco tempo, renasciam os pequenos sonhos normais quando começa-se a dormir. Lá pelas tantas, Ivanildo, em sono profundo, enxerga uma imensa cobra que vem a seu encontro. Ele estava sentado num igapó e se arrastava igual a um camaleão. A cobra, quando avistou aquele ser sentado por cima das folhas das árvores, começou a jogar sua língua para fora, como se achasse sua presa para se alimentar. Ivanildo olhou firme para os olhos da cobra que se ajeitava para dar o bote. A cobra levantou a cabeça, observou, olhou aquele corpo não muito gordo, mas o suficiente para encher sua barriga. Ivanildo rolava na cama de um lado para outro, pensou: e agora, que faço? Olhou para um lado, tinha um grande abismo; de outro, apenas um buraco não muito profundo; atrás de si tinha uma grande samaumeira. E agora!?!? Lá vem a cobra, devagarinho deslizando sobre aquele pântano, foi se aproximando, se aproximando. Ivanildo começou a pensar no Jonas (aquele personagem da Bíblia), que foi engolido por uma baleia: "se Jonas foi engolido e depois expurgado pela baleia pela força divina, essa cobra pode me engolir...

meu Deus, depois me tira do bucho dessa grande cobra". A grande cobra se aproxima, e prepara o bote. Abriu um pouco a boca, colocou a língua de fora, lambeu os beiços e... zap!!! Ivanildo dá um grande pulo pro lado esquerdo e cai, literalmente, da cama. Meu Deus!!! Bateu a cabeça e as nádegas, aí foi se acordando, vendo a realidade: estava espatifado naquele chão frio do hotel. Começou a se levantar, gemendo, devagar, e voltou pra cama. Não conseguiu mais dormir, ficou com medo. Não tinha com quem conversar. Queria ligar pra sua esposa, mas eram umas 3h da madrugada e poderia deixá-la preocupada. De manhã, se levantou e ligou pra sua mulher. Contou seu sonho e deu uma tarefa pra ela conseguir algum pastor, padre, pajé ou qualquer pessoa que conseguisse interpretar sonho.

Reflexo

Depois de contar o sonho para Lúcia, sua esposa, Ivanildo foi até o banheiro minúsculo do quarto de hotel para se barbear, como tem feito ao longo de toda a sua vida adulta, dia sim, dia não. Ao se olhar no espelho, se espantou em ver um homem cansado, envelhecido, embrutecido. Ele não se reconhecia mais. Quem era essa pessoa refletida ali no espelho? Os sacrifícios que fez ao longo da vida, os jogos de poder exigidos pela politica, as artimanhas, os limites da ética, o distanciamento de suas origens, tudo isso parecia cobrar um preço alto diante do espelho. A carta que recebeu do filho o deixou muito magoado, mas a agitação de seus afazeres o distraiu, mais uma vez, de entrar em contato com o que sentiu de verdade. Ivanildo, assim como muitos de nós, é sagaz nas distrações. Ele não podia parar, não podemos. Precisava se manter no controle. Ele se tornou um hábil controlador. Ivanildo aprendeu a bloquear os sentimentos, a não sentir. Ele não sentia mais tristeza, desaprendeu essa conexão e a substituiu por raiva, que era mais eficaz para seus afazeres no mundo, especialmente na política. Como se sabe, a raiva é a irmã produtiva da tristeza. Mas ali, diante do espelho, alguma coisa aconteceu, e por um lapso no tempo ele se percebeu confuso, sem saber quem era de fato. Tentando um gesto automático cotidiano, Ivanildo espalhou a espuma de barbear por todo o rosto. Abriu a torneira, molhou o barbeador e o levou até o rosto, tentando se esvair através do automatismo diário que neutraliza os sentires, estratégia usada por quase todos nós. Raspou a face direita, mas parou no meio do caminho. Finalmente parou. E olhou bem dentro de seus próprios olhos, em queda.

/

/

/

/

/

/

/

/

/

/

Não se sabe o quanto durou essa pausa em queda e o que Ivanildo encontrou dentro dos próprios olhos, agora cheios de lágrimas.

Não se sabe também o que ele trouxe lá de dentro, se é que trouxe alguma coisa, se é que encontrou algum fundo de poço.

Talvez a vida tenha passado como um filme em segundos, em minutos, ou, quem sabe, ficou ali, caindo em si, por mais de uma hora.

Jamais saberemos. E isso importa?

Rapidamente concluiu a raspagem do lado direito. E seguiu com os movimentos automáticos passando o barbeador pela cara. Abriu novamente a torneira, lavou o resto do creme de barbear e a lâmina do barbeador. Fechou a torneira. Bateu três vezes o barbeador na beira da pia. Enxugou o rosto, as mãos, jogou a toalha no chão e saiu do banheiro, como se nada tivesse acontecido, como de costume. Porque nada que ele não possa controlar tem permissão para acontecer.

Transformação

Ivanildo, depois de 65 anos de vida, saiu naquela tarde de domingo, já de tardinha mesmo, pra caminhar na bela praia de Aramanaí, tendo lá na frente o grandioso e belo rio Tapajós. Ele estava pensando na vida, pensativo mesmo. Caminhava por aquelas areias finas e brilhantes, pés descalços pra sentir o arranhar da areia a soar sob seus pés. Ouvia lá ao fundo os peixes buiando e o som lento das ondas do \tapajós. Com seus 65 anos nas costas, vividos e bem vividos, Ivanildo começou a se lembrar de quando tinha 30 anos, belos anos. Naquele tempo, lembrava que era bom de farra, não perdia uma rodada de carimbó, bebia sempre quando saía pra ficar mais animado e corajoso. Naquele tempo, ele era um homem muito viril, não era muito bonito, não; mas era muito simpático e inteligente. Encantador. Seu jeito simples e aparentemente tímido, chamava a atenção das mulheres que queriam saber o que estava por trás daquela timidez.

Caminhava, caminhava... o Sol caindo no horizonte. Olhou firme para esse pôr do sol, achou muito diferente dos demais que estava acostumado a ver às margens do Tapajós. Sentou-se, cansado, sim. Ficou olhando firme, sem piscar, começou a desenhar as nuvens na sua mente. Aquele colorido de nuvens vermelhas, amarelas, pretas... via uma grande montanha se mexer; depois já viu alguns carneirinhos se batendo; e o Sol indo aos poucos, mergulhando nas belas águas do Tapajós, parecia que a água do Tapajós ia apagando a grande tocha de incêndio, o Sol. Era a água vencendo o forte calor do Sol.

Naquela viagem ensolarada e molhada, Ivanildo decide dar um mergulho. Tira sua roupa, como não tinha nenhuma viva alma por perto, fica totalmente nu. Abre os braços para os últimos raios do Sol e mergulha nas águas azuis do Tapajós. Demorou um pouco, mais do que o costume de outros banhos. Será que ele não volta mais? Foi junto com o Sol?

De repente, lá na ilharga de um tronco de madeira das grossas aparece o Ivanildo. Sai da água e dá um sopro, jogando água pra tudo que é lado. Mas, peraí... Ivanildo reaparece, olhando firmemente pra Lua cheia que vinha aparecendo atrás do monte. Lá vem aquela figura caminhado para a praia. Já não era mais aquele dos 65 anos, os cabelos pretos, lisos, rosto de jovem. Na cabeça um chapéu branco, tecido de palha de sororoca, calça branca, uma camisa branca transparente, corpo delgado... olhar firme e galanteador. Esse novo ser ouvia uma música longe, saiu a correr pela praia rumo ao som que o chamava. Chegando lá, ficou a espreitar por detrás das moitas as pequenas dançando... foi se aproximando, se aproximando, olhando para cada uma das moças, queria a melhor, a mais bonita. Até que seu olhar captou a presa que, quando olhou aquele jovem encantador, saiu a seu encontro. Os dois se abraçaram, se beijaram, se amassaram e foram seguindo para a praia. Ela, encantada, maravilhosa, alegre porque tinha conquistado o homem mais bonito da festa!!! Ele, carente e sedutor, estava com a kunhã poranga da festa. E as areias do Aramanaí serviram como cama para os sussurros de amor dos jovens. Depois do momento do grande amor, a moça adormeceu. Aquele ser, devagar caminhou para as águas do Tapajós, voltando a ser o famoso Boto Tucuxi.

Ives

Nasceu sem chorar em 4 de fevereiro de 1982. Prematuro, tinha um olho de cada cor. Sua mãe morreu no parto. Horas após seu nascimento, sua condição especial foi noticiada em todas as telas do planeta. Na Índia, sua nascença foi celebrada em três dias de feriado nacional. Ganhou o nome do avô: Ives. Já no início daquela tarde de verão, médicos, enfermeiros e funcionários da maternidade faziam fila para vê-lo. Na porta da Santa Casa de Misericórdia de Porto Alegre, agitados jornalistas também buscavam mais informações sobre o nascimento do Bebê das Sete Manchas.

Porque Ives veio ao mundo com sete pintas escuras e altas; seis delas marrons e outra, localizada na fronte, vermelha-rosácea como um rubi. Cada nódoa tinha o tamanho de uma moeda de centavo, em formato aproximado de heptágono, e estavam distribuídas em seu pequeno corpo, uma a uma, exatamente sobre sete pontos descritos pelos hindus como energéticos há 2.600 anos. Do topo da cabeça ao períneo, sete manchas estavam dispostas sobre os sete chacras descritos nas escrituras.

Assustado pela repercussão do caso do filho e em luto pela morte da esposa, Rodolfo, um militar reformado de São Leopoldo, se aconselhou na igreja do seu bairro sobre a situação do seu recém-nascido. A comunidade foi unânime: o demônio havia feito as marcas durante a gestação e também estaria por trás da morte da mãe durante o parto. Ficou decidido que

a igreja arrecadaria doações para a realização de uma cirurgia plástica que removesse as manchas do corpo da criança. Os noventa e seis milhões de cruzeiros foram conseguidos em apenas três dias de culto. Ao completar dois meses de vida, Ives foi operado. No lugar das manchas, a cicatrização deixou discretos queloides em forma de cruz no corpo do menino.
Sete.

Ambiente

Ives viveu e ainda vive em São Leopoldo, município a 34 km de Porto Alegre, no estado do Rio Grande do Sul. É a primeira cidade formada por imigrantes alemães no século XIX no Brasil. O município está localizado na região do Vale do Rio dos Sinos, que muito se assemelha ao Vale do Rio Reno, na Alemanha.
Rodolfo, o pai de Ives, era Terceiro Sargento quando foi aposentado pelo Exército por "insanidade mental", acusado de ter planejado um ataque a bombas na Universidade do Vale do Rio dos Sinos (Unisinos) em 1981, articulado ao atentado do Riocentro, no Rio de Janeiro, ambos malsucedidos. Nada foi provado, mas Rodolfo era conhecido pelas ideias de extrema direita afinadas a grupos radicalizados do exército brasileiro, que defendiam a tortura como método eficaz de interrogatório, por exemplo.
Gerda, a mãe de Ives, ficou grávida neste período e seus amigos próximos dizem que a turbulência do momento afetou a gestação, levando-a a óbito durante o parto de Ives. Gerda era tataraneta de Ludwig Hohenzollern, um dos 39 alemães

que chegaram a São Leopoldo no dia 25 de julho de 1824, incentivados pelas políticas migratórias do imperador Pedro I. O nome da cidade de São Leopoldo é uma homenagem à imperatriz Leopoldina, que era austríaca.

No século XIII, a família Hohenzollern construiu um castelo no Vale de Loreley, nas margens do Reno. Acredita-se que sua família tinha relações com Loreley, um ser mitológico que enfeitiçava os homens com sua beleza e cânticos. O castelo foi construído sobre o rochedo que seria a morada de Loreley. Pode-se ouvir essas histórias em qualquer viagem turística em barcos que circulam diariamente pela região. Fato é que este trecho do Reno é conhecido por naufrágios inexplicáveis. Essa curva do rio aparenta uma superfície tranquila, que esconde, entretanto, fortes correntezas em seu fundo. Ali há um sumidouro com diversos redemoinhos. Não se sabe ao certo quais foram as relações entre os antepassados de Gerda e Loreley, mas dizem que foram amaldiçoados: as mulheres não sobreviveriam aos partos e as crianças, se sobrevivessem, seriam agraciadas com algum tipo de dom.

Apesar da descendência alemã, Ives jamais esteve na Alemanha. Durante a infância, se submeteu a muitas operações plásticas para remover os 7 queloides em forma de cruz que traz no corpo. Foi criado sozinho pelo pai em um lar disciplinado e religioso. Rodolfo tinha orgulho de sua coleção de armas letais e quando Ives fez 7 anos o ensinou a atirar. Em 31 de outubro de 2002, logo após a confirmação da primeira vitória de Lula como presidente, Rodolfo morreu de um infarto fulminante.

Ressentido e arrasado pela morte do pai, Ives se organizou politicamente integrando a Frente Sulista, uma célula do

grupo neonazista White Power Sul Skin, que atua na região do Vale do Rio dos Sinos. Ives se tornou um especialista em misticismo Nazi, recriando em terras brasileiras alguns rituais mágicos praticados pela Germanenorden, sociedade esotérica cujos membros ocuparam postos elevados no Partido Nazista. Estas ideias também circularam em alguns grupos hindus, que acreditavam na suástica como elo de ligação entre a Alemanha e a Índia. Para estes grupos, Hitler seria um legítimo swami, "aquele que é livre dos sentidos".
Após a terceira vitória de Lula como presidente, em outubro de 2022, Ives e outros autointitulados patriotas acamparam na frente do antigo quartel do 16° Grupo de Artilharia de Campanha Autopropulsado (16° GAC AP), no bairro Cristo Rei, em São Leopoldo. Ives foi um dos líderes do ato golpista de 8 de janeiro de 2023, em Brasília. Foi preso por ter defecado no plenário do STF e responde em liberdade.

Encontro

IVES E IVANILDO PEREIRA

Na manhã daquela quarta-feira, os dezenove funcionários da Venturini Comunicação estavam a postos e avisados: Ives, outrora conhecido em todo o Brasil como O Bebê das Sete Manchas, debutante candidato a vereador por São Leopoldo, chegaria às 9h para uma reunião na agência de comunicação de Ivanildo Pereira.

Um contrato publicitário como este, proporcionado pela candidatura de um grande influenciador de extrema direita, não se fecha todos os dias. Toda a equipe da Venturini estava nervosa. Pereira passou a noite em claro.

Muito dinheiro estava em jogo.

Ivanildo Pereira, o agora rico e famoso dono da Venturini, aguardava com seu chihuahua Thor no saguão do nono andar. Já ostentava no rosto seu sorriso forçado de gente ansiosa. Aquele sorriso de boca cerrada, os lábios duros, os olhos arregalados.

Ives chegou ao nono andar às 09h35. Ivanildo estendeu sua mão suada e imediatamente adulou Ives. Ivanildo Pereira tinha muitos dons. Um deles era bajular clientes.

— Belo trabalho pela família brasileira, Ives. Aposto meu cu como você será o vereador mais votado de São Leopoldo!

— Pereira, você é um otimista. O país está infestado de pederastas e comunistas.

— E feministas. Muitas feministas gordas, Ives!

— Sim, Pereira. Elas estão por toda parte. Há feministas aqui nesta agência, por exemplo. Tenho certeza.

O silêncio tomou conta do saguão. Era possível escutar a respiração do pequeno Thor.

— Ives, aqui na agência não temos qualquer ideologia, meu amigo. Não somos de direita, nem de esquerda. O negócio do nosso time é vencer desafios e proporcionar uma experiência de total satisfação para o nosso cliente. No seu caso, elegê-lo vereador.

— Está confirmando então que há feministas trabalhando aqui, é isso?!

— Talvez tenha, mas ninguém aqui fica...

— Ou seja, tem feminista e veado aqui dentro, Pereira!

Pereira se irrita.

— Feministas, talvez. Veados, jamais!

Reflexão

Merda.

Quem esse desgraçado pensa que é pra entrar aqui vestido assim? Rabo de cavalo, brinco de cristal na orelha, babaca. Ele tá com uma pochete colorida amarrada na cintura, é isso mesmo? Parece que pintou os olhos. Tô achando que passou batom, esse frouxo. Como é que vem aqui achando que pode entrar e sentar pra comer no meio da gente? Vai pedir o quê, salada de pepino? Deve ser vegetariano, vegano, essas merdas. Tinha que voltar pra casa e não sair de lá. Pedir uma salada de fruta pro iFood entregar e ficar escondido, enterrado no buraco de onde nasceu.

Merda merda merda.

Quem esse desgraçado pensa que é pra entrar aqui feliz, sorrindo e falando alto com o amiguinho? Esse amiguinho também tá de sacanagem comigo. Tem cabelo curto mas tá usando arco na cabeça, palhaço. Porra, ele tem uma tatuagem de sereia na coxa, caralho. Tá usando shortinho justo pra mostrar a tatuagem de sereia na perna cabeluda dele. Vocês só podem estar de sacanagem comigo. Não pode ficar de mão dada aqui dentro não. Aqui não, na minha frente, não. Não vai dar pra tolerar barba roçando barba. Quero ver se essa merda é namoro ou amizade. Se eles se beijarem aqui, eu vou ter que botar pra fora. O pau vai comer comigo.

Merda merda merda merda merda.

Quem esses desgraçados pensam que são, miseráveis, pra entrar nessa churrascaria e pedir caipirinha de frutas vermelhas? Vão comer o quê, sashimi de salmão? Isso aqui é uma churrascaria, seus babacas. Aqui a gente come picanha malpassada, linguiça de porco, maminha de alcatra. Se folgarem muito, tem que botar os passarinhos pra assar na grelha, que nem leitão no espeto, com a maçã na boca. Será que a carne é boa?

Merda merda merda merda merda merda merda.

Tem que proibir a entrada de gente assim, com as coxas pra fora, musculosas, peludas. Não pode isso, merda, com essa camiseta regata. Olha esse bíceps definido. Merda. Eles entram aqui achando que podem mostrar tudo, sandália no pé, esmalte nas unhas. Não é possível isso. Não estão usando cueca, caralho. Dá pra ver a linguiça balançando solta no shortinho justo. Deviam ir lá em casa pr'eu mostrar como é que faz. Eu dava um jeito logo nessa merda. Pegava os dois e comia o pau logo. Cansava todo mundo. Não ia sobrar nada, não ia sobrar ninguém. Olha a boca deles. Escuta as vozes. Olha o jeito. São bonitos. Não sei o que acontece comigo, merda.

Herança Ancestral[1]

Meses após completar doze anos, Ives aprendeu a ver, ouvir e sentir o cheiro da mãe que jamais conhecera. O contato era feito com Ives de olhos cerrados, sempre ao tocar a fronte com a mão em concha. A conexão ocorria frequentemente e com mais facilidade no banheiro do segundo andar da casa de seu pai, com a torneira da pia completamente aberta.

Aos treze anos, Ives aprendeu a entrar em contato com sua mãe em qualquer local, sem necessidade de água corrente, e de olhos completamente abertos. Ela surgia com alguma luz débil ao redor do corpo. Azul, branca ou laranja, oscilavam de acordo com seu temperamento e naquele dia. Durante o contato, Ives também emanava a mesma luz fraca; seus finos cabelos de menino ouriçavam como que por mágica; uma sudorese intensa marcava suas roupas nas axilas e abaixo do pescoço.

Em momento algum Ives sentiu medo ou vergonha de seu dom, mas guardou segredo de seus encontros a pedido da mãe. Ela aparecia despida de roupas e qualquer adereço; tinha o rosto redondo e cabelos um tanto ralos para uma mulher; seu corpo redondo tinha as mesmas sete nódoas que Ives recebeu ao nascer.

Em algumas ocasiões, sua mãe falava sobre coisas banais, como elogios aos desenhos do menino. Em outras, dava conselhos ou cantava. Nas ocasiões em que a mãe de Ives cantava, um sono incontrolável o fazia adormecer. Em uma

---

1 Antes de ler esse texto, sugerimos ir à página 285.

tarde de setembro, emanando luz laranja e com o semblante duro, pediu a Ives que jamais colocasse um cigarro na boca.

No dia em que Ives fez quatorze anos, ela apareceu rodeada de luz branca. Chorava aos soluços. Seu cheiro forte de lavanda agora havia desaparecido. Naquele aniversário, os cabelos de Ives não se levantaram e de sua pele não brotou suor. A partir daquele dia, Ives, de olhos fechados ou abertos, com ou sem água corrente, no banheiro do segundo andar ou em qualquer outro lugar, não conseguiu mais se encontrar com sua mãe.

Carta / Mensagem de Ives para Mãe

Mamãezinha querida,

Hoje completo 28 anos. Estou aqui há vinte e seis dias. Os médicos dizem que é um grande começo, mas que há muito trabalho pela frente. A cada dia aprendo mais coisas aqui na clínica. Papai ainda nunca veio me ver. Sei que é por vergonha. Ou raiva.

A gente acorda muito cedo. Somos obrigados a arrumar a própria cama e descer para o refeitório oito minutos após o toque do primeiro sinal. Há regras para tudo: hora de acordar, hora de escovar os dentes, hora da leitura, hora do almoço, hora dos jogos. Quem desrespeita as regras toma mais remédios do que quem as aceita. Sinto-me protegido pela rotina rígida. Sou do grupo que aceita as regras. Gosto do suco de abacaxi.

Aqui fiz dois amigos: Havt, um sardento que veio pra cá por causa de bebida e tranquilizantes; e a Rita, que tem problemas com repetição de palavras. Não sei exatamente o que é, mas ela fala o tempo todo sobre uma herança que roubaram dela. Gosto mais da Rita do que do Havt. A gente se reúne nas horas de recreação para jogar UNO ou WAR II. Nós três não gostamos do pingue-pongue, porque os que jogam gritam e brigam muito. Nós três não gostamos de brigas e gritos. Havt fuma um cigarro atrás do outro. Como eu nunca havia fumado, e a solidão aqui é muito grande, resolvi aceitar um cigarro do sardento. Estou adorando fumar. Sinto-me finalmente um adulto.

Os médicos dizem que jamais entrei em contato com você após a sua morte. Falam em esquizofrenia e tendência paranoide. Dizem que sou muito sensível e cheio de talento, mas me faltou apoio nos momentos mais difíceis. Isso é verdade. Odeio o papai, mãe. A Rita, a menina da herança, é a única pessoa que acredita em mim. O Havt, mesmo amigo, pensa como os médicos: acha que você não passa de uma invenção da minha cabeça. Se não fosse pelos cigarros, acho que não seria mais amigo do Havt. Além disso, não é possível jogar UNO com apenas duas pessoas. Ou seja, eu preciso do Havt para jogar UNO com a Rita e fumar cigarros. A vida não é perfeita, mamãe.

Te amo muito. Todos os dias sonho que você aparecerá novamente cantando a nossa música. Quando os médicos não estão por perto, canto a nossa música baixinho. A Doutora Tatiana me proibiu, mas canto de qualquer jeito. Se tudo der certo, sairei daqui antes dos 30 anos. O enfermeiro Mazinho disse-me que 30 anos é a melhor idade que uma pessoa pode ter. Por isso acredito que faltam dois anos para sair daqui. Um beijo grande, mami.

Resposta de Mãe para Ives

Filhinho querido,

Hoje você faz seus vinte e oito anos. Não estranhe ver de novo sua Mami à sua frente. (Esse segue sendo nosso segredinho, lembra como costumava ser?) Não se assuste, pois assim será de novo a cada sete anos. Sim, a cada sete anos você vai sentir meu cheiro, cantaremos juntos, meu bebê. Eu tenho certeza de que, com a sua sensibilidade especial, já percebeu as suas manchas retomando a velha forma de heptágono, tenho certeza. Para isso – para que o seu dom atinja a plenitude, que a sua existência neste plano possa se justificar em toda sua glória – é necessário que você se dedique, que mantenha a disciplina. É preciso que você siga cantando a nossa música todos os dias, como sei que vem fazendo nesses anos, desde quando nós nos vimos pela última vez (ainda que forçado pelas circunstâncias, precise cantar bem baixinho, mas quando chegar o momento sei que vai cantar para todo mundo ouvir, e seu canto atrairá multidões, multidões!). Esse seu período aqui neste lugar (esse centro de repouso e equilíbrio necessários, ou fundamentais, para que se cumpra o que precisa ser cumprido no futuro) ainda vai durar, até você chegar exatamente aos trinta anos. Não espere a visita de ninguém além deste nosso momento de agora. Alguma confusão é plenamente compreensível na sua situação, meu bebê, entendo muito bem que ainda sinta o seu pai como vivo, criança, mas não. A herança que ele lhe deixou colocou você aqui nesta passagem de dois anos, não se esqueça disso. Bom que seus amigos Havt e Rita lhe farão companhia para sempre, estarão sempre ao seu lado (e não dê ouvidos se disserem que eles não estão, não dê ouvidos). A Mami precisa ir agora, bebê. Em nosso próximo encontro, estará com trinta e cinco. Estará mais sábio, mais forte. Terá seguidores. Assim foi escrito e assim deve ser.

Sonho

Naquela noite, Ives deitou-se sem tomar os remédios. Mesmo sem medicamentos, dormiu como um anjo. E sonhou ter feito trinta e cinco anos à beira de uma praia coberta de ossos e conchas. E, no sonho, sua mãe chegava em um pequeno barco que, com espécie de sobrançaria e magia, jamais tocava a superfície da água. E, enquanto Ives andava em direção ao barco de madeira, era possível ouvir o som de ossos e conchas se partindo. E seus cabelos ficaram arrepiados. E a sudorese se fazia intensa. E quando finalmente percebeu que o barco pairava no ar, Ives sentiu medo. E a luz que sua mãe emanava era ora branca, ora azul. E o cântico de sua mãe se fazia presente não apenas para os ouvidos de Ives, mas por toda a praia. E Havt e Rita também estavam na praia. E Havt gritava com alegria que tinha parado de fumar. E, gritando de alegria, Havt emanava uma intensa luz laranja. E Rita tinha os cabelos longos, longos, quase tocando as panturrilhas. Não sorria. E, de cabelos longos, longos, Rita emanava uma fraca luz roxa. E Havt e Rita também conheciam o cântico de cor. E cantaram juntos os quatro, até que Ives não sentisse mais qualquer receio. E, ainda cantando, Ives percebeu que suas sete marcas de nascença brotaram de novo em seu corpo. E, olhando as sete marcas, Ives temeu ser levado de volta ao hospital. E, neste momento, o cântico ficou mais alto, muito alto. E pássaros chegaram aos milhares à praia. E havia barulho de sirenes de ambulância misturado ao som dos pássaros, mas não era possível avistar qualquer automóvel. E Havt e Rita se agacharam para catar conchas e comer os ossos que cobriam a praia. Guardavam as cochas nos bolsos e mastigavam os ossos com incrível facilidade, como se fossem biscoitos. E, comendo os ossos e guardando as cochas, Rita passou a sorrir e emanar luz laranja. E, pedindo silêncio, Havt colocou o dedo indicador sobre a boca. Assim, o barulho de sirenes acabou. Assim, o som dos pássaros cessou. E Ives agora tinha as sete chagas emanando forte luz branca. E o barco, que pairava a um palmo sobre a água, tocou o mar. E a mãe de Ives, despida e sem qualquer adorno no corpo, abriu os braços e olhou para o céu.

Uma forte luz branca cegou a todos.

Ives acordou por volta das seis e trinta da manhã. A cama estava coberta de suor. A pia do quarto estava com a torneira ligada. Ao investigar seu corpo, lá estavam novamente as sete marcas dispostas em seu corpo.

Reflexo

19h28. 31 de março.

Hoje falaram que amanhã eu poderia voltar para casa. Arrumei as malas, me despedi de Havt e Rita. Antes de deitar, estava organizado para o último café. Barba e cabelo arrumados como só uma véspera de dia de livramento merece. Zefa, a cozinheira, riu quando me deu boa noite. Falcão, o segurança do turno, disse que eu estava bonito demais e saiu gargalhando, fumando aquele Carlton velho. Eu perdi alguma coisa. Até Havt estava rindo, cochichando com o mole do Pedro alguma coisa com meu nome. Ninguém parava de me olhar, a inveja de saberem que consegui fazer o papel necessário para sair daquele inferno e voltar a minha vida.

Levantei antes do sol para arrumar a cama, dobrar as roupas, desamassar a calça jeans e lustrar o sapato. Poderia simplesmente parar de fingir bom comportamento e voltar para a porra da minha casa. Beleza que nunca vieram me ver, mas aqueles caras são minha família. Melhor assim, não fico parecendo uma bichinha indefesa dopado de remédio. Agora eu estou de volta no jogo.

Tomei um banho demorado, daqueles que perguntam

se sou filho do dono da reserva da cidade. A água estourava nas costas aliviadas dessa mentiraiada toda que fui forçado a viver, enquanto me faziam de maluco. Acreditar na supremacia branca e ver minha mãe morta é tão natural quanto o que escorre agora nas minhas costas. Encarei o caminho que ela fazia até o ralo. Coloquei um saco para vê-la subir um pouco mais. Por mim, eu alagava esse lugar até não sobrar nada. Observei a água subir.

— Quando foi que você desandou, Ives? Cara, ainda tem resto da tinta da caneta que você roubou pra desenhar a cruz em cima da cabeça e nos outros seis cantos aleatórios.

— É de nascença.

— De nascença não se faz de caneta, nem com ponto cirúrgico. De nascença não perturba a cabeça a ponto de você cagar no plenário. De nascença é o que tá embaixo.

— Sem essa história de novo. A marca da fé em relevo, revela o homem que sempre fui.

— Você não tem noção da vida, Ives. Que homem. Ou você acha que essa cicatriz no seu braço e na barriga são também de nascença? Sonho do seu pai era um filho homem, nunca que ele ia aceitar uma mulher. O que sobrou da doação da igreja foi pra mudar tudo, pobre da sua mãe que nunca pôde intervir.

— A cicatriz é de quando me cortei pequeno. Ele contou mil e uma vezes.

— E você acreditou. Assim como acreditou que nasceu cheio de cruz pelo corpo. Assim como acreditou que as aulas de tiro fariam de você um exemplo a ser seguido. Assim como acreditou que veado, mulher e Universidade Pública é a escória desse povo. Assim como acreditou que seu pai morreu te amando. Assim como acreditou que segregar era a sua herança, quando nem sabe quem você é. Você é inocente, Ives. Você despreza o passado, achando ser loucura de criança. Você despreza o seu desejo. Você despreza as suas dúvidas e se apega em certezas inventadas na cabeça daquele maluco nazista que te criou para ser como ele. E nem os militares te quiseram, não passou em um dos testes, se humilhou acampando na frente no Quartel, crente de uma crença que nem era sua. O que tem de você em você, Ives? Você lembra o tom do canto da sua mãe?

— Cala a boca

— Você lembra o que falavam de você? Que você era um milagre, Ives. Você lembra? Você ignora as notícias e manchetes que te colocavam em evidência só porque seu pai rasgou as cópias que tinha em casa para você nunca descobrir. Você se forçou a acreditar que seria um bom governante, você não gosta de ninguém, nem de si mesmo. Você e essas cruzes forjadas que escondem quem você é. Você acredita no mundo criado por ele, Ives. Assim como acreditou que seria eleito. Assim como acreditou que tinha seguidores fiéis que nunca te deram um segundo de relevância. Assim como acreditou que sua mãe era invenção da cabeça ociosa de uma criança. Assim como acreditou que vai sair daqui hoje.

— Cala a boc... Puta merda. 1° de Abril.

Transformação

Entre idas e vindas, Ives permaneceu na Casa de Repouso Guilleret por quase vinte e seis anos. Quando completou quarenta e dois, sete pintas escuras e altas brotaram sobre as sete cicatrizes do seu corpo, seis delas marrons e outra, localizada na fronte, vermelha-rosácea como um rubi, exatamente como as nódoas removidas de seu corpo quando era um bebê.

O evento intrigou médicos do manicômio. Seu caso foi levado a público pela imprensa local e, um ano depois, Ives foi tema de um documentário da BBC de Londres que o alçou a categoria de celebridade mundial. O envelhecido Ives, antes abandonado pela família em um sanatório, agora recebia semanalmente centenas de cartas de fãs.

Ganhou o Christopher Sholes de literatura com sua autobiografia, toda escrita enquanto esteve internado. Nela, Ives conta como abandonou as ideologias de extrema-direita a partir do reaparecimento das sete manchas em seu corpo. E como se entregou ao budismo para, dois anos após sair do Guilleret, morar entre monges tibetanos e tigres vegetarianos no mosteiro de Gyantse, na Ásia.

Nunca mais tomou qualquer remédio.

Perguntado inúmeras vezes sobre as rotineiras visões que tinha da mãe, Ives sempre dizia aos repórteres que não eram fruto de alucinações, mas de um dom que recebera ao nascer. Era tratado como divindade em Gyantse. Nos seus últimos anos de vida, registros de filmes de Adrian Ivanova deram conta de que Ives conseguia mover pequenos objetos com a força da mente e também era capaz de fazer o volume de água de um riacho do mosteiro aumentar quando começava a cantar.

Morreu sem sofrer, dormindo, ao lado de seu tigre Saito, em 4 de fevereiro de 2082, aos cem anos. Além de sua premiada autobiografia, deixou centenas de cânticos, versos, desenhos e koans.

Nana

Nana de Nanã de ninar é uma supernova que desafia conceitos unânimes. Filha de uma artista plástica que também desafia. É este seu mundo. Externo e interno. Fio de Ariadne. Fecho os olhos e a vejo com 2 objetos escolhidos na casa de seu padrasto. Está morando com ele. Está na idade de seu percurso já sem tanta ligação com a mãe e a irmã gêmea. Sabendo que não haverá rompimento do que a ata ao útero. Tão gostoso. O colar vermelho radiante tupi e a máscara lindíssima universal marajoara nos levando ao tempo e sonho de nossos povos originários. É o vermelho sol e a máscara terra. Por detrás o sorriso-monalisa. Não é ela que deseja ser desvendada. Sou eu que não me canso de olhar sua timidez com cabelos longos que seguem o ritmo da ventania. Ouço um canto de sereia e estou paralisado. A paixão reverente. Quero andar de mãos dadas porém sua mão se afasta pois é sempre mais rápida do que a minha. Estou desnorteado e obsessivamente penso no sorriso, no olhar, que vão indo e que maravilha pode ser quero tanto necessito amanhã, outro dia, os fixarei novamente.

No seu colégio Pedro II, garota de início de século, tem boas notas: o suficiente. Ligada em biologia e português. Preocupada com a dominação das redes passa dias sem abrir smartphone. Desespero de pais e amigoas: – podem esperar que mando de alguém perto minha localização. Durmo em casa ou aviso antes da meia-noite, que bosta ter de ser garota cinderela louca para fugir com anfíbios e répteis. Na real gostaria de morar na ilha Nua.

Não gosta de rapazes do clube bolinha. Tão juntos no recreio e nas festinhas. Acha-os tolos com brincadeiras imitadas de gerações que já passaram. Sem sentido: ainda presos no pega-pega da razão falocêntrica. Machinhos definhados. Prefere suas amigas, pois com elas encontra carinho de corpos sem exigência de domínio.

Atualmente seu mundo é rodar, com 2 amigos, trio de curiosidade, sem ansiedade, mas com a rapidez do cérebro corcel que observa com explosões o que lhe parece provocar novos conceitos. Bares exposições livrarias, com rapto revolucionário. Expropriações já! É sua tatuagem borboleta que, junto ao coração de primeiro amor, cria o frisson que a faz fotografar, gastando quando pode, com câmeras analógicas. Os mínimos detalhes, as várias camadas, a profundidade, a precisão: – que tesão!

É maoísta, começou a traduzir Orlando, mas tirou a baboseira aristocrática, e vive seu próprio Conceito Canibal: seus 2 amigos já compartilham a experiência: tudo é tão intenso que precisa ser rompido mastigado engolido, o sanguíneo arrebatador, que fluirá por todo o corpo. No cérebro, no coração e na menstruação seus lugares centrais. No fígado - para quem não aprendeu a amar.

Ontem saímos com seu ficante. Foi surfista e é poeta. Conheceu os Boys de Pasolini mas está integrado no Projeto Mishima. Com 21 anos não demonstra diferença de idade.

No contrário teria sido rejeitado. Se é para andar com os desiguais, ela prefere o mundo dos velhos. São engraçados. Principalmente quando caem na nostalgia. Mesmo quando patéticos, se do bem, estão procurando os atos criativos. Experiência não é desvantagem. Só os caga-regras, os obviamente repetitivos, que são dispensáveis. Acha graça de seus pais após beberem e repetirem as mesmas histórias de desilusão. Fica cantando baixinho o samba que aprendeu novinha com sua mãe. E se liga no fio com ela se permitindo ser filha criança e avó Omama.

— Planeta Terra! Será que vou encontrar Nana hoje?

Ambiente

a casa é quadrada, quadrada demais, parece, para uma mãe tão convexa, não? simultaneamente faraônica e mais sufocante que o conjugadinho minúsculo do padrasto. enquanto não consegue decidir se vai seguir o caminho mais livre da mãe ou a rigidez da avó, se esconde lá quando pode.
ontem não deu, jantar de 18 anos. agora, meio dormindo, meio acordada, deitada ainda se bem que meio-dia, a maravilhosa cama tamanho viúva. a avó a condenaria semanas pelo horário, constrangimento como tempero de todas as refeições na mesa gigante da copa, que nem a distância quilometral entre as cadeiras podia disfarçar.
sonolenta entre memórias e esquecimentos, Nana observa o esquadro feito contra o teto colonial pelo dossel de madeira antiga, escura, madeira de lei escolhida a dedo por sua avó

para compor a mobília original de quase todo o sobrado. e uma lembrança da voz da avó enfatizando o status casi jurídico da mobília ecoa pelos corredores de sua memória, talvez pelos corredores mesmo da casa, que casa velha que se preze não pode ser desassombrada, s'il vous plaît.
pairando por ali, em algum lugar entre o sonho e a vigília, os triângulos imaginados que ela vê, principalmente sem a nitidez compulsória das lentes de contato, vão aumentando em progressão geométrica desde o vértice do encontro das três quinas – parede, parede, teto, ou melhor, parede, parede, sanca de gesso. os triláteros se vão achegando do cume da parede de pé-direito alto, altíssimo, até se encarnar na conjunção igualmente tríplice da madeira estendida bem dos pés mui bem entalhados da cama provençal, lançando-se rumo ao teto, mas nunca que vai alcançar viu mizifia, quimeras rasas de um igualmente que mero dossel.
o constrangimento que Nana sente por essa herança sua da pequena aristocracia velhacabada fluminense que a conforma quase faz parte da mobília parece também que nunca vai deixar de alcançá-la, poeirazinha quase de polvilho renitente que espanador nenhum, paninho úmido, besuntado de óleo de peroba despacha. mas ao menos a cama é super confortável; por um instante ela sente a ervilha da fábula da princesa e o colchão mordiscar imaginária mas nem por isso pouco incomodamente algum lugar de suas costas reais.
no contraste à idade centenária da madeira daquela cama, um colchão moderníssimo, alemão, daqueles que chegam numa caixa, embalados, ensacados, comprimidos à vácuo, não que ela mesma se sinta livre aqui. mas é, afinal, sua casa, filha única, herdeira legítima, portanto. adotada, bastarda,

chamem do que quiserem as línguas venenosas do bairro inteiro pela ousadia de sua mãe, trazer uma criança de aldeia dizimada para o bairro.
passeia os dedos pelos lençóis de algodão egípcio 300 fios. muito bem passados & engomados, sim sinhá! alvos, alvíssimos como sua mãe, sua avó – como a lavadeira[1] não, suas mãos pretas calejadas do alvejante que não destinge sua pele, nem essas heranças. nem ela. nunca.
seu olhar de flecha – crohw-cohi no idioma do vermelho que já quase não lembra mais –, certeira alcançaria, se não semicerrado, a vista panorâmica da janela que não vê da posição em que está deitada, meio atravessada na cama diagonalmente, além do jardim posterior da propriedade com vestígios colonizados de mata atlântica, o varal, toras de madeira bem-acabada enterradas no chão de terra preta, macia, bem-cuidada pelas igualmente escuras mãos do jardineiro, onde canta.
o escárnio humano com as árvores, empalamento metafórico. os lençóis esvoaçantes sob o sol, a alguns passos da piscina de pedra, pedra S. Tomé tipo exportação rosê, rosa velho, goiaba nova, carmim desbotado. a grama, of course, é o verde mais verde, my darling, do vizinho que até quem não circunda inveja.
só ela que não, preferia nada daquilo. nadar nas águas livres dum riachinho que fosse, qualquer água livre como se sente escorrendo pelas ruas da cidade longe daquela casa de histórias tão coloniais.

---

1 diga-se, de bastagem, também passadeira, engomadeira, cozinheira, babá, governanta, passeadora de cachorros, braço forte para as sacolas de feira, ombro amigo para as crises de choro, "pau pra toda obra", "quase da família", quase como Nana mesma se sente.

Encontro

NANA E COSME REDIVIVO

A bisa de Nana, professora Isaura, como ficou conhecida, nasceu em Parintins. Ribeirinha, viveu a infância no sobe e desce das águas das margens do Amazonas e ao som coração que é o da batida sequenciada do pilão da farinha de mandioca e de milho que junto ao peixe e as frutas e as brincadeiras desenvolveram sua formosura. Casou-se com Herculano, nascido no quilombo Castanhanduba, nos arredores de Óbidos, frequentador do terreiro em que o avô de Cosme Redivivo tinha grande ascendência e daí surgiu a amizade das famílias que perdura na atualidade.

Nana adorava sua bisavó, sua inspiração, que sempre morou perto, no Grajaú, onde sua mãe e ela nasceram. A odisseia de Isaura se deu pois quando menina aprendeu a ler muito cedo e se apaixonou pelos livros procurando-os por toda Parintins. Nunca mais parou. Amava história e política. Fascinada por Getúlio Vargas, quando ele morreu, ela leu a Carta Testamento e decidiu ir para o Rio de Janeiro, com sua filha, conhecer o Palácio do Catete e nunca mais voltou - porém manteve contato carinhoso com seu marido e com a família de Cosme e foi passando essa simpatia para sua neta e mesmo para Nana.

Quando fez 18 anos, ela pediu, de presente, para ir ao festival do Bumba-meu-boi de Parintins. Sua mãe contatou Cosme para que zelasse pela jovem e eles se encontraram em Manaus. Lá no porto dos peixes e das barcas de mil cores pegaram uma para Parintins. O susto de Nana com o contraste do verde-escuro da mata sem estradas e o Amazonas de cor de barro de suas margens que vai desaguar no Atlântico, que fica marrom por muitos quilômetros, misturando-se com o Grande Rio Mãe. A mata amazônica, quando preservada respira a humidade e sopra um vapor ruidoso e Nana ouvia os sons da natureza e Cosme apenas sorria entendendo a surpresa da jovem por tanta força abençoada por Oxalá.

Em Parintins Nana participou dos últimos preparativos para o Festival e dançou ballet com centenas de outros jovens que preparavam seus corpos suaves para despejar contundência no embate do Bumbódromo. Seu Boi Garantido, vermelho, ganhou!

No dia seguinte, participou de um ritual de ayahuasca onde Cosme Redivivo tocou viola e na miração viu seu novo amigo se transformar numa árvore e vislumbrou Parintins como a futura Cidade-Modelo para aplicação de todas novas tecnologias que visem à sustentabilidade de preservação ecológica. Sem novas estradas ou caminhos de automóveis e o canto e a dança na Sociedade do Futuro – marcada pelos saberes dos Povos Originários, dos Ribeirinhos, dos Quilombolas e da nação mundial ecológica.

Nana voltou para o Rio de Janeiro, com muitas fotografias analógicas, como continua a tirar e expor e decidiu fazer geografia na UERJ:

— Que menina incrível – murmurou Cosme, emocionado pela carta que ela enviou agradecendo com uma fotografia dos dois na festa para Exú Tiriri, no Terreiro Liberdade em Parintins, onde, um dia, tantas farão suas cabeças.

Reflexão

Preciso vencer a minha timidez, quem sabe cortar os meus cabelos, estão longos faz tempo. Preciso vencer a minha timidez, seria mesmo necessário? Não posso ficar com ela e os meus cabelos longos. Estou a fim. Vou ficar. Pensamento é no masculino, já vem o machismo estrutural querendo me controlar. Essa frase não sai da minha cabeça. Preciso vencer a minha timidez, preciso vencer a minha timidez, preciso vencer a minha timidez, ei, acho que este texto não é meu, quero dizer, esta fala não é minha. Esta fala não é minha. Talvez um fantasma soprando nos meus ouvidos, mas não acredito em fantasmas.

Quando passamos um tempo com os bichos, ficamos mais sensíveis, eu digo. Mas as pessoas dizem que estou ficando antissocial desde que comecei a ficar muito tempo com os bichos. Eu digo e repito: estou bem, obrigada. Com os meus bichos eu converso diretamente e pelo sensorial, não preciso usar telefone, nem mandar mensagens de WhatsApp.

Lá vem de novo aquele pensamento dizendo que preciso vencer a minha timidez, ei, não é verdade, xô, erva daninha. Já sei, quer ver só como não preciso vencer timidez nenhuma? Irei aos eventos irrecusáveis a partir de hoje e estarei com uma expressão meio sorriso de Monalisa, é perfeita para essas ocasiões. Isso, ótima ideia, Nana, você é vencedora.

Acho que estou refletindo demais, quer saber, amanhã vou convidar as minhas duas amigas queridas e faremos aquele roteiro, bares, exposições, livrarias. Será que devo usar o meu colar vermelho radiante Tupi? Não sei, que indecisão, penso daqui penso de lá e sinto que devo usar. É isso, prefiro sentir. Deixa o meu fígado em paz, o medo a gente sente no fígado, não é agradável.

Ah, eu tenho aquele trabalho do Colégio Pedro II para fazer, o bendito trabalho de português. Pensando bem, o tema será aquele com comparação das palavras a sementes, uma boa semente gera crescimento, trazendo o delicioso e sedutor conhecimento. Como as boas sementes, as palavras férteis incham, crescem e inundam o nosso mundo. Se eu pegar por aí, com a experiência que tenho com as plantas, creio que conseguirei bons argumentos.
Esse barranco aqui é ótimo para ficar pensando na vida, é distante de tudo, silencioso, mas cansa um pouco, dá vontade de sentar, mas não vou sujar a minha calça toda com essa terra vermelha, nem a pau. Eu gosto de vir aqui, pra caramba, olhando o horizonte dá para ver a Ilha Nua, um dia me mudo para lá, sei que quando falo da ilha, minha mãe e minha irmã começam com as suspeitas de esquizofrenia, com elas eu não falo muito sobre isso, vai que do nada aparecem com remédios para me dopar, seria o fim.
Esse sol está quente mesmo, não gosto muito de pegar sol na minha tatuagem de borboleta, está aí uma coisa que eu demorei muito para decidir, eu queria fazer, mas pensava em tanta ideia para desistir, cada hora era uma coisa, deixei o pensamento lá e o desejo aumentando, até o dia em que ele me superou, ainda bem, fiz a tatuagem.
Vou aproveitar as possibilidades desse sol de fim do dia para fazer umas fotos. Quando fotografo, sinto uma fome que só cessa com os cliques, é como se eu estivesse mastigando as imagens para digerir depois durante a revelação, nesse processo, não tem coisa melhor do que usar câmaras analógicas. Estou reunindo material para fazer uma exposição em breve, vai rolar.

Herança Ancestral[2]

Nana trouxe de Parintins uma garrafa de ayahuasca. Neste dia tomou sozinha uma porção e se deixou levar, na grande miração, até que entendeu, vislumbrou, que Gaia é um ser que respira e nela a humanidade, em todas as culturas ancestrais e religiões, prevê que haverá o fim de nossa espécie. Mas havia o sinal, a energia do saber, que a levava à certeza de uma outra possibilidade: todos aprenderem a viver com as descobertas atuais e as próximas visando ao fim da exploração e de conflitos dentro das culturas e entre civilizações. Uma só e harmônica humanidade na Terra.

Nana sentiu a mãe de sua bisavó, o pai de seu bisavô e dezenas de gerações passando, sejam as que viveram nas secas do Ceará, o transbordamento para a Amazônia, para o ciclo da borracha, a mistura anterior do povo do Nordeste, que já fora Tupi, e que agora era ribeirinha no Norte do país e eram tantas misturas, e ela pensava nas tribos e nações do altiplano do Peru que vinham se misturando com todos desde o Extremo Oriente e as chegadas de tantas migrações na entrada para as Américas. Ela riu, algumas vezes, como quando mirou Colombo intrigado com a bola de borracha em que povos tribais do atual México brincavam e aí pensou em jogadores de futebol brasileiros milionários na Europa que não sabem de suas origens e ancestralidades. Mas ela experimentava as alegrias, os embates entre tribos, nas Américas e na África, a dor, a subjugação por tantos impérios, faz mais de 5.000

---

2 Antes de ler esse texto, sugerimos ir à página 285.

anos, quando a exploração do homem pelo homem substituiu as formas anteriores de comunidades que vivem da colheita, da pesca, da caça, dos pequenos plantios e de muito amor como seus parentes de tribos que ainda aqui fazem e por isto têm tanto para ensinar.

Nana experimentou seus ancestrais livres, mas também o ensinamento de saberes, como os das artes plásticas, que sua mãe se influencia desde as pinturas medievais da Europa. Nem tudo é destruição. A dor de povos africanos escravizados, mas a felicidade da criação de quilombos e a obtenção das terras demarcadas e quem sabe um dia a podridão do racismo seja expulsa das consciências de todos os grupamentos humanos e que termine o ódio de um para com os outros e que as redes sociais parem de fazer se agrupar tantos fascistas.

Nana não quis mais sentir as dores humanas em sua miração: viu todos seus ancestrais unidos e felizes até que a morte individual leve cada um para a natural poeira que nos fará nova gente todos os dias. Ela dormiu aconchegada por todos seus elos de parentes, de ancestrais, por todas as correntes de rios, tais quais suas veias até seu coração.

Nana com um sorriso nos lábios, sonhando, não está preocupada com amanhã. Hoje.

Carta / Mensagem de Nana para Luiz Rufino

Querido professor Luiz Rufino,

Escrevo a carta no dia 13, meu dia de sorte. Escolhi o papel que tanto reflete minha ancestralidade. Tão linda temática afro-brasileira! Você talvez não receba tantas cartas em papel nos dias de hoje. Mas esta carta é como uma canoa que adorna águas. Como amo todas, sejam doces ou salgadas. É para durar mais que madeira, plástico ou algum mineral. É para sempre. Que é hoje. Vem do meu passado e, como você, acredito que o destino possa ser modificado: esta carta cambaleante é o futuro dizendo para estar com tranquilidade. E insistir no tanto bate até que fura.

Entrei para a faculdade de geografia. Mas estou interessada nos estudos da cultura preta e na dos indígenas. Sou de origem ribeirinha, portanto sou canoa que mangueia por toda as terras. Pela água posso alcançar todos os continentes e me encontrar com todas parentes que me igualam pelo mundo.

Tem uma crônica, misturada com ensaio, até mesmo conto que me encantou por demais. É do livro Arruaça, aquela que você chamou de Apanhador de Sonhos. Passo os dias pensando e olhando "Do lugar do qual observo o mundo, teimando em cismar com suas coisas, vejo um moleque que caça histórias no chão do quintal imaginário". Daí ele criando tiras coloridas completa um céu colorido. É assim que quero minha vida. Cada pequena conquista se manifestará por cores que aparecerão nos meus sonhos e me acompanharão, sempre transformados, para o resto da minha vida.

Conheci a festa do bumba-meu-boi em Parintins e comecei a ler bem mais sobre minhas origens afro-brasileiras, dos povos originários e do Nordeste. E na cultura europeia generosa através de Karl Marx, Duchamp e nosso Sebastião Salgado. Ter conteúdo, força, para criar cada vez mais profundas fotos analógicas. Mando-lhe uma e este arco-íris encanta o rio Amazonas.

Não sei se você terá tempo para me responder. Minha carta é para o coletivo. Que passe de mão em mão. Um dia lhe escreverei com ensinamentos ancestrais trazidos pela oralidade, tal qual seu livro. O rebolado do dizer, a ginga e a finta no excesso do cartesianismo. Minha canoa vai no balanço e junto meu corpo que dança. Desviamos dos perigos inúteis e como se fala: vou morar nos cortiços do saber. Me considero sua rodopiante nova amiga, Nana Mooyo.

dia 13 de março de 2023

Resposta de Luiz Rufino para Nana

Querida Nana Mooyo, agradeço pelo envio deste documento tão precioso. Veja você, senti uma alegria genuína ao desdobrar o papel. De acordo com o que pude perceber, é uma carta móvel, endereçada ao coletivo. Fique tranquila, a gira será feita. Ter esta carta nas mãos sabendo que foi escrita no dia 13 já dá sentido a tudo. A escolha de envio da resposta em uma segunda-feira não é aleatória, pense e procure 2 possíveis significados e escolha 1. Tenha firmeza para sustentar o ônus da sua escolha.

Seu texto tem caminho e morada nas esquinas, encruzilhadas e matas dos nossos dias. Traz consigo a força dos pretos velhos, dos boiadeiros, dos ciganos, dos baianos e dos caboclos. Salve seu caboclo cobra-coral. Encontrar no envelope a foto que tiraste, de um arco-íris no Amazonas, traz para esta nossa conversa a energia de Oxumaré, o senhor do movimento. Caboclo cobra-coral confirmou.

Adorei quando disseste rodopiante, é uma imagem linda, isso, Gira Nana, gira e manda embora as energias densas, limpa o seu campo etéreo, produza outras energias.... Sim, é possível mudar os acontecimentos. Diga para o seu Ori que o caminho escolhido não deu certo e tente outro, simples assim, porque em nossa cosmogonia não concebemos a culpa. Mergulhe fundo no seu interesse nos estudos da cultura preta, nordestina e dos povos originários. Estude Milton Santos, fará sentido aí no contexto da geografia. Mas veja você, só um rápido comentário, Milton era formado em direito, só depois enveredou na carreira geográfica. Um pitaco: leia também Billy Malachias, geógrafo.

Acima de tudo, ouça o seu corpo e leve a ginga onde quer que vá. A capoeiragem é necessária para enfrentar e vencer os dias. Lembre-se da energia das águas presentes na sua essência e siga o seu fluxo de investigações lembrando que o campo das oralidades também é rico em saberes.

Sonho

Tem pessoas que não se lembram dos sonhos. Durma mais quando puder. É tão bom sonhar. Fiz mais: comecei a escrever os sonhos num caderno, pois notava que me esquecia muito rápido do que havia sonhado. E também o que havia passado no dia anterior ao sonho. Nem sempre parece que tem uma relação. Mas este sonho foi incrivelmente coincidente.

Recebi uma carta de Luiz Rufino. Sua resposta, não imaginava que receberia! Li várias vezes e me instigou um enigma em que falou que escrever numa segunda feira, como fiz, trazia a necessidade de uma escolha entre duas possibilidades. Gosto de charadas, fico atiçada, pensei muito e fui pesquisar. Concluí que segunda-feira é dia de Omolu e de Exu.

Não sou iniciada, mas logo me lembrei do Cosme Redivivo e de nossa viagem a Parintins e da noite em que passamos na festa para Exu Tiriri. Escolhi, portanto, Exu. Você também falou para eu ler Milton Santos. Olhei no computador falas do geógrafo Milton Santos e depois peguei no sono.

Eram vários flashes e algumas continuidades. Eu passeava em Parintins e um enorme arco-íris vibrava e de repente estava no Bumbódromo, dançando, e até o som do Boi Garantido apareceu e dançava com um rapaz muito bonito e com uma jovem linda e a gente ria tanto que a risada entrou no ritmo musical do bumba meu boi. Daí aparecia um homem mais velho que tinha a cara do Cosme Redivivo, mas também tinha a cara do Milton Santos. Eles também sorriam, com o rosto brilhando, e cantavam "hoje é meu dia. O Boi Garantido vai vencer" e Cosme era quem carregava, dançando, rodopiando o boi e nós 3, jovens, acabamos abraçados numa lagoa até que uma sucuri veio ao nosso encontro. Estávamos nus e a sucuri nos olhos com uma cara safada. A sucuri que era grande, enorme, ficou, pequena, do tamanho de uma mão. Mas era uma mão bem cumprida. Peguei a sucuri e passei para a garota que passou para o garoto e cada um pegou numa das pontas da sucuri que ficou durinha toda esticada. Ela na cabeça e ele no rabo. Aí vi que eu era a sucuri sendo puxada e dei um grito de prazer, "me pega, me pega" e acordei. Anotei logo que abri os olhos no caderno dos sonhos que fica ao lado da minha cama e dei um título para o sonho: Nana virou uma piroca.

Reflexo

Bom acordar. Bom abrir a boca ao máximo, soltar pum, tirar as remelas, sentir a dorzinha na bexiga cheia. Ouvir se chove, sentir se faz sol. Suas mãos são pesadas, Cosme. Acordar em uma cama, qualquer cama, já é uma sorte. Com você, então? Bom dia, espelho.

Acordar não é uma alegria para todo mundo. Para muitos, acordar pode ser uma forma de sofrimento crônico. Acordar também pode ser um castigo. Ainda assim, é possível sonhar acordada.

Dormir pode ser maravilhoso, principalmente para quem não sabe.

Quem dorme bem, e sem remédios, faz parte de um clube. O clube dos verdadeiros vencedores. Vencer dormindo não tem nada a ver com vencer com dinheiro ou poder. Vencer dormindo é algo muito maior, muito mais caro e raro.

Assim como amar, dormir é um dos grandes privilégios que alguém pode ostentar. Às vezes, dormir pode ser até mais difícil do que amar. Há também os que amam e, mesmo assim, jamais dormem. Há ainda os que dormem muito bem, mas nunca amaram. Um prêmio não garante o outro. São formas diferentes de luxo.

Normalmente, em linhas gerais, amar é mais difícil do que dormir. Falando francamente, amar é mais difícil do que conseguir qualquer outra coisa. Isso inclui patinar no gelo, ganhar as olimpíadas de matemática ou aceitar a morte. Amar é foda. Isso inclui acordar amando. Acordar amando também pode ser um castigo. Amar é difícil.

É possível dormir em pé e amar deitado.

Sonhar é um direito fundamental. Bom abrir a boca ao máximo. Correm boatos de que é possível aprender a dormir. É mentira. É possível sonhar acordada. Alguns dormem e não sonham. Dizem os médicos que todos sonham, mas alguns não lembram. Se for verdade, sonhar é uma conquista universal. Em matéria de sonho, ainda estamos engatinhando.

Transformação

E Nana dança cada vez mais se transforma em dança ela não é mais corpo
consciente na gira sufi na gira candomblé no corpo solto carnaval na viagem
lisérgica balada na suspenção salto ballet clássico tudo é dança Nana é dança
e quando aparecem palavras ela escolhe uma que baila ela escolheu AMAR que vira a mar que é o mar que vira há mar que ginga há more na mistura duas línguas que vira amar sim dança mesmo técnica a imprevisibilidade do movimento cada um tem o seu cada uma tem a sua e dança cada uma a sua sintaxe que rodopia cada vira casa que gira asa que é a da borboleta corpo tatoo Nana e a Ásia está aqui do lado e ela adulta ou criança peralta gira tanto que acelera partículas e aparece arco-íris Nana e sua corpo seu gesto a gestação tudo cores lamber as cores dissolver os corpos os movimentos tudo são cores sem tempo espaço contínuo e ninguém vê cada uma é cor e cambalhota volta corpo e surgem letras dançando e ficarão ao final da dança com o findar do corpo e a manutenção do livro este de tão diferentes bamboleios no rodopio de tantas braças quero minha futuro quero-quero quera-quera para além de designações quere-quere queri-queri queri rir qué qué Nana nanar nanana ar explode no pulmão e plena revive elevação corpo prazer voar ela do içar paimãe ela neném Nana elevada por um segundo sem prestatenção do sentido é liberdade é prazer e uma exclamação quer mais mais. Seu corpo que dança faz xixi. E quando escritora finaliza leitura com suas bolotas-olhos tão pretas bri-

lhantes que não necessitam hipnotizar elas refletem quem está lendo e observam a palavra AMAR. Por todas as águas por todos os bailes ardendo sua profissão de fé.

Sá Ziza

Sá Ziza é a personificação do passado, presente e futuro numa pessoa só. Uma senhora vívida e moderna que traz a função do tempo e espaço, toda anticartesianizada. Se tiver uma linha, ela dá nó, se tiver um sentido, segue o contrário, se tiver condição, ela explode a conjuntura e, meu bem, é atura ou surta! Na Real é atura e surta porque as pessoas vivem dizendo que ela é meio surtada e por isso a aturam. Mas qual referência de saúde está sendo levada em consideração para patologizar a variante de saúde da velha?
Uma vez as crianças estavam brincando de bola na rua e ela estava saindo meio esbaforida, meio viajandona e as crianças danadas acharam engraçado chutar a bola na direção de Sá Ziza. Pois ela muito que bem dominou a bola na coxa, no susto, e as crianças piraram! Ao ver que havia uma plateia surpresa, Sá Ziza entendeu a doce travessura da criançada e logo segurou a bola na mão e fingiu que ia jogar para as crianças gentilmente e jogou a bola para trás, caindo dentro do quintal da sua casa, fechou a porta e saiu sem olhar pra trás. A essa altura, as crianças já tinham feito tanto barulho que numa fração de segundos as janelas já estavam todas ocupadas de cabeças curiosas com os acontecimentos da rua.
Ninguém sabe sua idade ao certo ou de onde veio, ela é tão singular que realmente não parecia muito ser de nenhum lugar que a vizinhança conhecesse. E convenhamos que uma senhora dominar os movimentos do corpo, no susto, com

uma bola, não é algo comum, embora eu ache que, se foi no susto, ela pode não ter tanta consciência corporal assim, mas algum molejo ela havia de ter.

Ela era chamada de bruxa tanto pelas crianças quanto pelas velhas de sua idade, talvez porque ela não dava muito papo pra ninguém não, a não ser que fosse uma planta, um animal. Ela tinha uma *vibe* meio exotérica natureba, uma mistura de folclore com futurismo, um caos muito interessante de se ver, mas ninguém sabia exatamente o que via nela, muito menos o que ela via, porque as pessoas viviam falando que ela vivia falando sozinha. Olha, eu não acredito nisso, não. Acho que ninguém fala sozinho, sozinho... se é que me entendes. Mas de toda forma, falar com a gente mesmo, pelo menos, deveria ser normal, né? Inclusive deve ser, por isso que o mundo tá assim, as pessoas não falam com elas mesmas, não pensam no que elas são ou fazem e o que isso acarreta para o mundo. E eu acho que é isto que Sá Ziza despertava nos outros: estranhamento de si. Ela botava as pessoas numas situações tão diferentes que as pessoas se viam sem referência de como agir diante de Sá Ziza. Você tinha que se rever, se perceber, pra poder ser, com Sá Ziza! Deve ser por isso que dizem que ela era cigana, o que na verdade não significava que ela era cigana mesmo, mas que se mudava muito, e parece que sempre sozinha.

As pessoas falam muito, né? E eu falando assim até parece que Sá Ziza é só uma miragem ou uma fantasia, mas a questão não é essa!

Uma outra vez choveu à beça lá na vila, relampejou, caiu raio, caiu o mundo e caiu a luz também, normal pra periferia, e aí geral ouviu uns barulhos estranhos, mas ninguém meteu a cara, até porque não ia dar pra ver lá essas coisas todas. Quan-

do amanheceu, tudo foi voltando ao normal, e, pelas tantas, alguém percebeu algo de diferente: umas linhas na estrada de terra que saía da casa de Sá Ziza, todo mundo achou entranho, até um dos meninos do dia da bola teve a brilhante ideia de ver se a bola ainda estava no quintal de Sá Ziza, e, ao ir pular o muro, percebeu a porta encostada e entrou, achando a casa vazia. E foi assim que a vizinhança soube que Sá Ziza tinha se mudado. A velha era tão peculiar que foi embora de carroça, gente, só pode!
A grande parada é que, na verdade, ninguém sabia o que via em Sá Ziza.
A grande parada é que, na verdade, ninguém sabia o que via.

Ambiente

No que diz respeito à física e à propagação de ondas sonoras no espaço, algo de inexplicável acontecia na casa de Sá Ziza. No período em que ela esteve nesse endereço, não se ouvia qualquer ruído que emanasse de dentro da pequena habitação descascada de azul. A vizinhança — todo mundo sabia da vida de todo mundo — fazia um rodízio espontâneo de caminhadas próximas à casa, para dar uma espiada com os olhos ou com as orelhas. Porém havia um silêncio atordoante que se impunha no lado de fora, como se a morada estivesse envolvida por uma embalagem a vácuo, ou como se a senhora já estivesse descansando para sempre do lado de dentro, combinando a ausência de sua respiração com a de seu colchão, coisa que não acontecia; o silêncio contrastava com a farra que Sá Ziza fazia nos interiores do lar.

Era sala, quarto, cozinha, banheiro e um quintal nos fundos. Tudo num tamanho modesto, apesar da forma como Sá Ziza ocupava os espaços, ampliando cada aposento para além dele mesmo: na sala, uma televisão de sessenta polegadas ficava ligada vinte e quatro horas por dia, num canal que passava exclusivamente jogos de futebol, com o volume no talo, que fazia das vozes dos narradores algo beirando entre o céu e o inferno; as paredes eram todas revestidas por papéis de parede que variavam o tema entre flamingos gigantes dobrando a pata com charme, paisagens selvagens subaquáticas, templos místicos indianos, as Cataratas do Iguaçu e um pôr do sol perfeito; a cozinha era uma espécie de biblioteca. Os eletrodomésticos haviam sido substituídos por estantes completamente preenchidas por cadernos que formavam a enciclopédia de Sá Ziza, um apanhado de escritos elaborados no arco de toda sua vida, onde registra as receitas e curiosidades que aprende conversando com plantas e sonhos; e o quarto, onde estavam fogão e geladeira, também ostentava um gramofone dourado que tocava repetidas vezes um disco que reproduzia apenas sons de animais.

No fundo do quintal havia uma árvore com quem Sá Ziza trocava sabedorias todos os dias. Somente assim era possível a vizinhança escutar sua voz. Achavam que ela falava sozinha, já que não eram capazes de compreender uma árvore, preocupados demais com a vida alheia no entorno do umbigo. Não sabiam que a árvore compartilhava com sua companheira conhecimentos sobrenaturais, assuntos cotidianos, memórias milenares e algumas informações úteis como, por exemplo, a arte de interpretar os sinais relampejados através das tempestades e como falar a língua das formigas. As conversas podiam se estender sem interrupções por dias, já que se entranhavam pelos sonhos e não dependiam apenas de olhos abertos para suas iluminuras se dilatarem.

Sá Ziza não se encontrava, depois da última noite de chuva forte. Os raios racharam a noite com sua escrita clara e direta. As mensagens elétricas insinuaram que ela deveria seguir seu caminho, se mudar, caminhando sem direção certa, rumo ao próximo futuro. Dançou sozinha madrugada adentro, sapateando o chão com tanta força, que os baques no chão de taco furaram o silêncio da embalagem a vácuo. Aonde quer que fosse, carregava todas as casas dentro de si, além da enciclopédia. A molecada do futebol de rua, quando entrou na casa vazia, se impressionou com a árvore nos fundos do quintal, carregada de diferentes frutas, manga, pêssego, maçã, abacate, tudo nascendo da mesma raiz.

Encontro

SÁ ZIZA E BETE BRONCA

A loucura de Sá Ziza é muito sã, ela não tinha vícios químicos, digamos assim, apenas sociais: era viciada em saber como os seres humanos existem em sua diversidade e lidam com as complexidades da vida. Uma vez viu um filme, tal de 'O Clube da Luta' que uns homens se batiam pra liberar o estresse e a frustração do mundo contemporâneo capitalista e tinha um doidão lá que ia em vários grupos de ajuda pra relaxar a mente acelerada com os problemas dos outros e ela achou genial! Já falava com a natureza em casa, tinha um hábito de quando se sentia mal consigo, ela saía pra rua ver os problemas alheios, pra se distrair, e sempre voltava agradecendo pelos próprios problemas... Pronto! Eis que Sá Ziza começou a frequentar grupos de ajuda para saber mais um pouco de como as pessoas (sobre)vivem.

O primeiro grupo era para pessoas compulsivas em compras: um saco! pensava enquanto ouvia narrativas aleatórias acerca do assunto:

— "Meu marido sempre brigou comigo por causa de roupa curta. Deixa ele, já peguei o cartão dele, vou comprar um look inteirinho novo!
— E aí sem querer eu estourei o limite! Agora ele quer se separar, e o pior é que quer que eu devolva as roupas!! Isso é maldade demais!"

E Sá Ziza seguia pensando: — gente, mas será que essa nova geração não tem uma roupa pra lavar, não? Se bem que se ela estourou o cartão, roupa é o que mais deve ter.

O outro grupo era para depressivos, esse aí Sá Ziza já ficou meio bolada, achando, no fim das contas, que o mundo inteiro era depressivo, ou pelo menos o mundo todo dela. Eram tantas identificações que ela até ponderou duvidar de sua sanidade, mas logo lembrou que não acredita nesse referencial de saúde colon'ocidental.
Teve um grupo que Sá Ziza foi e se sentiu até careta, que era pra pessoas ninfomaníacas, tinha jovem, tinha velho, tinha homem, mulher, anão e até um cachorro! Nesse grupo ela ficou chocada várias vezes com as falas, mas estava ciente de que não podia transparecer e fazia uma cara de paisagem,

como se tudo aquilo não fosse uma grande novidade.

E tinha também o grupo de que Sá Ziza mais gostava, ela dizia que era um grupo clássico, talvez porque todos nós já tivemos contato ou ciência de uma pessoa alcoólatra no meio cotidiano.

Geralmente Sá Ziza não falava muito nos grupos, só o suficiente pra não parecer que ela estava ali por curiosidade, mas nesse grupo ela sentia algo diferente, como se visse, em pessoas reais, super-heróis

Certa vez, nesse grupo, foi um jovem de cabelos e barba grandes e disse que:

— "Eu só venho aqui porque me sinto culpado por não me sentir culpado de beber como eu bebo, isso já faz parte de mim e tá tudo bem! Eu até acho que sou uma pessoa melhor, as pessoas que não!"

Sá Ziza mergulhou no passado imediatamente vendo uma jovem livre dançando de olhos fechados em volta de uma fogueira com uma garrafa de vinho barato na mão! Que volta instantaneamente ao ouvir uma voz dizendo:

— "Eu também sentia isso quando era jovem. No meio de livros grossos, copos de cachaça e cigarros pra regar meus estudos sobre a sociedade. Eu me sentia o máximo! Mas a juventude passa, o glamour da bebida também passa junto com a saúde! É bom lembrar que há de se ficar velho um dia e como você vai chegar lá?

Era a voz de outra coroa que estava sempre com um pandeiro na mão.

Sá Ziza levantou e começou a cantar: — "eu bebo sim, estou vivendo, tem gente que não bebe e está morrendo, eu bebo sim!"

Todo mundo olhou surpreso, menos a coroa com o pandeiro

que prontamente já lançou ele a postos para tirar os melhores sons.

De fato, talvez, não seria a música mais adequada para cantar num grupo de ajuda para alcoólatras.

Mas ao final todos riram e Sá Ziza fala pra coroa: — "O artista está sempre preparado pra fazer arte, né?"

E a coroa já na lata fala: — "Mas eu não sou artista, sou professora de filosofia!"

Sá Ziza sem um pingo de constrangimento responde: — "tá de sacanagem? Ensinar filosofia é uma arte!"

Todos riram de novo.

A coroa que estava armada e preparada para broncar e manter uma distância afetiva segura das pessoas, se desarmou, baixou a guarda e gargalhou.

Sá Ziza vendo que tinha quebrado o gelo e feito da reunião do grupo uma grande roda de samba "terapêutica", estendeu a mão e se apresentou à coroa: — "Eu sou Sá Ziza!"

A coroa responde: — "Sou Bete, Bete bronca."

Sá Ziza já começou a rir e fazer que sim com a cabeça, reafirmando que via a bronca na Bete.

E Bete finge broncar e fala em tom de implicância infantil: — "Tá rindo do quê?"

Sá Ziza pede o pandeiro pra Bete que com muito ciúme e a contragosto, empresta contrariada, mas Sá Ziza não quer saber, ela só queria tocar um pequeno reef:

— "Você com um pandeiro na mão é um bicho feroz..." apontando pra Bete, que não se aguentou e pôs abaixo o resto de guarda que ainda sustentava.

Chegou a hora do suco de laranja ou maracujá que todos brindaram como se fosse cerveja.

E Sá Ziza só conseguia pensar que aquilo parecia tipo carne de soja, ou "feijoada vegana" (o que é um grande absurdo, porque não existe feijoada vegana, né? Se não tem carne, é feijão com legumes, não feijoada. Chama de outra coisa, veganada, sei lá!) que finge que é, mas não é, sabe?
Mas todos pareciam tão felizes, até Bete Bronca não estava broncuda!
Deixa pra lá! Sá Ziza só sabia que quando saísse dali, ia tomar um vinho.

Reflexão

[Casa de Sá Ziza, em Ilha de Guaratiba, zona oeste do Rio de Janeiro. Estamos ali conversando há algumas horas, quando pergunto se posso gravar a conversa. Gravador de fita cassete mesmo. O que transcrevo aqui é apenas um trecho de uma entrevista já em andamento. Verificar, posteriormente, as anotações que fiz de memória no caderno de campo]. Quando tenta soltar a amarra de alguma contramão sem sorte, é porque pensou demais o cego na glória. Mas aí nos desfazimentos dos enganos, a carcaça, quero dizer os ossos, as carnes mesmo, não são mais tormento, nem sombra rasa de pensamento. É caminhão, é vento... *[**ri**]* Olha, moça... Não sei muito falar não... Essa coisa de explicar as coisas, não sei como é que faz. Só sei que sei e que assim é que é. Meu juízo é como vento, sabe? Espalha e torna a ajuntar... *[**sorri e me olha dentro dos olhos como se quisesse saber o que eu estava pensando. Senti meu rosto ficar vermelho**]*. Esses negócios que vocês fazem aí, de querer entender a fala das plantas, aquilo que elas dizem na língua delas e depois querer colocar no papel e tal. É arriscado, mas não é perigoso... Pode fazer, que elas não se importam não. Mas tem que tomar atenção. Porque as plantas são brincalhonas, gostam muito de brincar, sabe? Tem muito estrangeiro, esse pessoal da Bíblia, não tenho nada contra, mas tenho aversão *[**ela ri alto, riso solto, bom**]*. Esse pessoal aí que fica querendo saber as coisas, finge que quer saber, mas só acredita naquilo que o juízo deles já formatou. Esse pessoal formatado aí... Eles gostavam de ir me visitar, eu mais minhas irmãs, Sá Luiza, Sá Ziza, que sou eu, né, e Sá Minervina, na nossa casa em Araçuaí, pras bandas do Jequitinhonha. Eu num gostava de ficar muito lá parada né, gostava mais é de ficar pelo mundo, andando pelo mundo. Andei muito! Ô como eu andei... Onde Deus andou, nada embaraçou, né verdade? Nada embaraçou... Mas minhas irmãs ficavam por lá mesmo, direto. Luiza gostava de conversar, proseava com qualquer um que chegava. E já oferecia uma lapada de cachaça, de três dedos mesmo, pra amansar a conversa. Mas num era cachaça pura, não! Cachaça pura vicia, dá tormento. Era aguardente da boa que ela misturava com umas plantas do quintal e deixava curando embaixo da cama. Cada uma numa planta diferente. Até que pá! Abria aquele líquido, aquele pingo de fogo ardente e servia. Ela acompanhava as lapadas de todo mundo que chegava. E era um tanto de gente! Todo mundo caía de fogo, mas Luiza não. Ela dizia que era remédio. Da pura não é remédio não... Da dela curada de planta é que era. Mesmo assim todo mundo caía de bêbado, esse pessoal não tem fé não... E ela ficava de pé, vivinha, cabeça boa, escutando e examinando os quereres desses forasteiros que chegavam. Porque eles sempre chegam querendo alguma coisa né? Querendo algum segredo... Que nem a senhora agora, né, Sá Moça? *[**ri alto, para de repente e me olha com certa sagacidade. Fica séria**]*. E Minervina, que era a mais nova de nós três, mas que logo na flor da idade teve um estalo nas costas enquanto lavava roupa na barragem, daí os braços e as pernas foram encolhendo, atrofiando, apequenando, a cada ano iam encolhendo mais, até que ela ficou desse tamanhozinho *[**faz o gesto com as mãos**]* parecendo um bebê. Minervina foi fazendo o caminho pra trás. Ela ia ficando mais velha, mas do tamanho de um bebê. Até que nunca mais saiu de dentro da rede. Ficava todo tempo ali deitada se balançando. Acho que foi por isso que ela era a melhor rezadeira de nós três. As benzação de Minervina era tum pá! Curava na hora! Benzedeira muito conhecida lá pelas região! De mão cheia! Eu nem chorei quando as duas partiram do mundo vivente enxergável, morreram, né, como vocês gostam de dizer. Sá Luiza tinha 106 anos quando foi e Minervina acho que por aí também *[**ri**]*. E eu? Quantos anos eu tenho? Isso lá é pergunta... Sua mãe não lhe deu educação não? *[**ri irritada**]* Sou antiga, Sá Moça, mas se for comparar com as outras antiguidades que tem no mundo... Nasci foi é ontem! *[**gargalha**]* Mas ninguém num morre não! Isso é conversa de vocês de fora, tudo cego dos encantos! *[**gargalha alto e para de repente. Sá Ziza começa a murmurar como se falasse com alguém dentro dela. A gravação não está muito audível nesse trecho**]*. Não se despedia, apenas dizia *[**...**]* até a volta, até a chuva, até o sol *[**...**]* pedaços de azul luzindo aqui, ali na serra do Ororubá *[**...faz um longo silêncio. Procura alguma coisa dentro dos bolsos. Enrola um cigarro, calma-**

mente. Vai até o fogão e apanha uma brasa com a ponta de uma faca. Leva até a ponta do cigarro e o acende. As brasas se comunicam, deixando seu rosto todo vermelho. Tira um baralho velho de dentro do bolso. Ela veste uma roupa cheia de bolsos. Embaralha as cartas por um tempo e sem cerimônia. Tira uma carta e ri. Tira uma outra e olha pra mim]. Hummm. Tá bem. Vou contar. Diz que lá naquelas terras onde andou Jesus, que não tem nada a ver com esse daí que vocês chamam de pai, de Deus, de santo, sei lá, não entendo do juízo de vocês que são de fora. Lá naquelas bandas quentes, quentes, ferventes... tão quente que cozinha os miolos do povo, que fica arengando, querendo brigar sem parar. Era muito seco lá, né? E as plantas de lá eram muito parecidas com as plantas da região do Jequi, mas mais pra dentro do sítio das minhas irmãs, não perto da água do rio. É claro que tinha muita juremeira por lá também, né. Toda qualidade de jurema: da preta, da branca, das oeiras, das embira, das yú-r-ema espinheira... Toda sorte. Daí que diz que na hora da cruz, que colocaram o homem na cruz e que ele fechou os olhos e tal. Dizem que ele morreu e que ressuscitou depois na gruta né? É a história que vocês contam. Mas não foi nada disso que aconteceu não. [***ri***] Sá Madalena que era versada nas plantas, deu pra ele uma coisa de beber, os soldados pensaram que era água, então deixaram. Mas não era não. Era jurema mesmo. Não era jurema pura não, que pra fingir de morto precisava misturar com outra planta. Que o nome não conto não. Pera. [***tira mais uma carta. E murmura alguma coisa para dentro. Um muxoxo mesmo. Olha para mim***]. O nome não conto não. Mas foi essa beberagem que fez o tal do Jesus adormecer, que acordou um tempo depois já seguro, longe dos soldados. Diz que a jurema ensinou muita coisa pra ele. E isso eu garanto que é verdade, porque eu mesma aprendi muita coisa com ela. Que mexe com os tempos, os horários mesmo... com o que se vê e o que não se vê com esses olhos. [***Murmura uma cantiga bem baixinho. Canta modulando, subindo devagar até que podemos ouvi-la***]. Jurema, jureminha / canta a sua toadinha / que eu quero avoar / pedra de encanto / segredo do sertão / procurei, procurei / na sua presença / sentençaaaaaa abertaaaaaaaa / coração quente / atenta no tempo / que a cabocaria vem de longe / ensinar o aquietar / jurema, jureminha / canta sua toadinha / que quero avoar. [***Sá Ziza sorri. Guarda o baralho de volta no bolso. E futuca as brasas para o fogão não apagar***]. Era isso que a senhora queria saber, Sá Moça? Posso ajudar em mais alguma coisa? Ou tá no horário de ir mesmo?

Herança Ancestral[1]

Numa das conversas com a árvore, Sá Ziza falava sobre um dia em que estava muito louca pelo uso recreativo da ludicidade e ficou 12 horas na rua, saiu às 24h e voltou às 12h toda esotérica, supersticiosa com as repetições dos números! Ela contava pra árvore como se sentia impelida a falar o que sentia ou queria para as pessoas naquela loucura toda! E ela repetia enquanto contava: — "Eu não vou ficar maluca sozinha!" Pois vê se pode, uma velha esotérica contando loucuras pra

---

1 Antes de ler esse texto, sugerimos ir à página 285.

uma árvore e rubricando que não ia ficar maluca sozinha, é muita maluquice, né?

Mas nesse tal dia sentiu a loucura bater em sua cara e se re-sobriar no tal lúdico mesmo! Ela se sentia apática, com fome sem conseguir comer, cansada sem conseguir dormir, suas coisas a sua volta não tinham valor, não conseguia chorar, nem nutrir afeto por nada, e aí se sentiu morta com a alma e coração amordaçados sem ter agência de seus sentimentos e reações, sentiu aversão por aquela condição, pânico pela percepção daquela realidade! Ela disse à árvore que naquele momento começou a ouvir coisas, coisas que ela sabia o que eram, porque ouvia também na sobriedade do cotidiano e a ver vultos e fluxos enérgicos. Quando de repente o espelho quebra e, ao ver seu reflexo nos cacos, vê também sua imagem se transformando e Sá Ziza vê sua imagem caricaturada na servidão da falta, se via sem brilho e sem vitalidade, como se não dominasse seus movimentos nem seu próprio corpo. Sá Ziza correu e se jogou na cama de barriga para cima, sentiu uma ansiedade forte, fechou os olhos e pediu aos seus guias pra onda passar! E ouviu uma grande gargalhada. Abriu os olhos e viu uma gigante de olhos fundos e escuros, cabelos esvoaçantes e uma expressão de sem paciência pra quem tá começando e muito menos pra quem não está! Sá Ziza esfregou os olhos pra ver se não estava louca de lúdico de novo, mas não, era uma gigantona encurvada pra não bater a cabeça no teto do quarto. E ela só disse a Sá Ziza uma coisa: "você tem que decidir se quer viver ou quer morrer, pros dois eu te ajudo." E sumiu.

Sá Ziza ficou estatelada na cama como se tivesse ido sem querer ao próprio velório. A gigantona foi bem objetiva assim como Sá Ziza, poucas ideias. Não sabia se a corcundinha lembrava sua mãe ou se era por causa do teto, mas houve uma identificação afetiva no olhar de Sá Ziza, podem até julgar grosseria, mas para ela foi assertivo! Sá Ziza agradeceu como de costume, mas só quando acontecem coisas peculiares. Foi aí que o jogo virou. Sá Ziza passou a ritualizar tudo em sua vida e a celebrar sua existência e agência de suas escolhas! No encontro com algum ser que também era ela, ou já foi, ou será, Sá Ziza renasceu pra reviver.

Carta / Mensagem de Sá Ziza para Nicco

Querido Nicco,
Nada justifica minha ação.
Todos os dias penso em ti com saudade do que vivemos e do que não.
Sinto projetada na imaginação
seus bracinhos segurando os meus instintivamente.
Não há muito o que entender, o que sinto não tem grafia que represente
Se a palavra tem força, eu já não tenho mais nenhuma pra explicar fato algum
Mas escolho às vezes algumas numa tentativa de vomitar um vazio na existência
E eu lhe juro que até estudei ciências pra tentar entender
Porquês

Consegui, meu filho, desenhar mapas talvez bem parecidos com os seus primeiros desenhos
Ligando pontos tortos de estruturas doentias
Este mundo aqui não era pra tu, não!
Se tem alguém que sabe disso, sou eu.
Teu progenitor concordava, não pelos mesmos motivos
Ele não queria teus risos ou gritos nos ouvidos
Ele não queria rebento lhe arrebentando a moleza do pudim que adorava.
E bem seria
Foi pura mesquinharia porque nem falta faria!
Mas por mim, não! Foi pura magia!
Quando esteve aqui, até no desespero eu ria.
Você era um rio corrente e forte
Mas eu era a margem inocente sem sorte
Que tropeçou numa enorme pedra branca
Ela rolou em cima de mim
De nós
E eu infelizmente ainda estou aqui
Parece até castigo
Quando vi que vc ia, torci pra ir contigo
Mas a vida é asilo
De velhas almas débeis
Capengas correndo atrás de uma tal evolução
Eu não sei, não
Acredito nisso não
Acho tudo muito distante
Diferente de você e eu
Sua falta está aqui
Em mim

Não há dissociação
Eu fiz um trato com a morte
Onde eu pago com o tempo e a sorte
de uma permanência zumbi
Eu sei, eu vi, eu vivi, eu senti
E sinto todo dia
Quando o sol assovia
Os meus olhos gritam o pavor de continuar sozinha
Levantar é uma agonia
E eu ainda tenho que sorrir rs

Como eu já te disse
Este mundo aqui não é pra você, não
Agradece e não me culpe
A vida é um cuspe
De veneno ou remédio
Sem dosagem
Meu sacrilégio
Seu privilégio
De estudar no colégio do céu
Olhe por ti, aprenda a vir por aí
Não me olhe
Pois só erros eu cometi
E eu posso até sorrir
Mas se tem algo que eu sei é fingir
Conversando com árvores
Vendo o vício alheio
Faço um suco de vida
Engulo a contragosto
E me encosto no encosto

Frio da lembrança da falta
Quente da memória que estava
Crescendo dentro
Nesse momento eu agradeço
As escolhas são escolas
Eu aprendi a errar
Não podia ser essa professora
Hoje eu dou aula de amargura
Mas preparo armaduras
Pra quem comigo
Nesta vida lutar
Arma dura
Viver.
Decidi não apontar essa arma pra você

Eu já matei
Nada mais me é rei
Não me curvo
Só ao tempo
Que eu suplico
CORREEEE!
Minha armadura não é tão dura assim
Duro mesmo é nós longe de mim
Mesmo querendo o melhor
Tenho que mastigar o pior
Como uma folha de boldo pro estômago
A vida é uma contradição
E como eu já te disse
Não contra, mas
A seu favor

Este mundo aqui não é pra você, não!
Saúdo meu erro
Por puro desespero
Não há mais diferença
Entre céu inferno e limbo
É só crença
E eu sem paciência
Vou seguindo
Seguindo outras faltas
Pra fazer a conta não tão exata
Um x numa equação
Um y subtraído
O x igual a zero, perdido
Não importa o grau
A equação equilibra ações
E a gravidade
me faz rastejar
De saudade.

Fica com Exu,
E nem precisa responder a carta
O mensageiro sempre me mata
Mas nunca chego a você.

Resposta de Nicco para Sá Ziza

Ô mainha,

Eu que sei das tuas sofrências, enquanto acha que estou longe. Te vejo todo tempo pensando nos passos que eu poderia ter dado, enquanto chora o descuido acaso desgraça lamento que aconteceu comigo. Eu ainda brinco com os carrinhos de rolimã na sala e sinto o cheiro do pudim, sento ao seu lado pra ver os filmes que nunca deixaria, porque "15 anos né idade de nada não". O segredo da permanência faz com que eu me sinta quente do afago. Tu não me deixa ir.

Eu cheguei a ver a passagem pro outro lado, minha velha, mas você me chama a todo tempo e cada dia mais. Mesmo no encanto, a culpa do abandono ainda acompanha os filhos nem nascidos, mas não há como você saber disso. E eu não consigo te deixar desse jeito. Por isso que você sente meu cheiro toda manhã e ainda encontra peças dos meus quebra cabeças pela casa. É preciso ter cuidado com quem veio antes de você, foi o que você me ensinou nos sussurros da madrugada. Como que eu poderia caminhar por quaisquer outros passos, se teu peito ainda míngua de culpa do que não estava sob suas mãos?

Eu vejo seus rabiscos de mundo que faz dos meus pés pontilhados, acreditando em tudo que eu ainda percorreria se tivesse aqui, mas há tanto de mundo, mais do que conhece. Por aqui tudo é igual, embaçado e limitado, apesar dessa parede translúcida que não deixa que tu me encare nos olhos e me segure nos ombros para conferir se não há remelas presas, já que "7 anos ainda não sabe se cuidar não". Pelo menos os banhos não são obrigatórios.

Quando você chora, eu sei que é da saudade do que não fui. Quando você sorri, eu sei que é da lembrança dos dias de sol chuva vento forte amenidade brisa em que estaríamos juntos, ainda que um grito aqui e uma sandália jogada do início do corredor, que batia certeiro no meio do meio do meio das minhas costas do lado certo que fazia arder, porque "10 anos né idade de fazer besteira mais não" e tudo bem também, educação tem suas nuances e os tempos são outros. Os tempos são tantos. Sei que choraria escondido depois dos castigos, enquanto eu dormia, te pego falando sobre isso sozinha achando que não te ouço mais. Bonito...

Trate de destratar o trato feito e abonitar o coração de novo, porque não há nada que me dói. Toda escolha tem um pacto de culpa e carrego, mas também de certeza que será melhor assim num futuro que sabe lá quando virá e a maré baixar de novo, enquanto você encara a si mesma do passado e entende que foi necessário. Mas como eu poderia saber. Tudo que aprendi foi com você, enquanto ligado por aquele fio de vida. E quando não mais, percebi que outros futuros poderiam acontecer, principalmente para você. Sigo mais aqui do que lá, sei muito mais do que saberia.

Não tem nada mais que doa, mainha... "Recém nascido sabe de nada não".

Sonho

Sá Ziza se debulhou no seco e mergulhou num mar de folhas orvalhadas de saudade.

Um tempo fresco de céu âmbar, ela via nuvens correndo como crianças na rua e suspirou como se a vida não fosse uma enorme busca por sanar a falta.

Suspirava e respirava entre tosses nervosas, as lembranças lhe batiam e lhe beijavam a cara.

De repente uma nuvem que corria foi caindo como se se transformasse em uma estrela cadente! Ela esfregava os olhos e se perguntava se uma Kinto'um estaria vindo lhe buscar? Porque aquilo não era uma nave espacial! Depois de velha Sá Ziza, ia virar uma super Saiyain?

E do nada uma bola roxa surge no céu, ela se pergunta se tudo isso estaria realmente acontecendo diante de seus olhos... os esfrega e sobe na nuvem voadora.

Quando a nuvem sobe, ela pensa na mitologia de Ícaro, que queria chegar ao Sol, e suas asas derreteram, ela tem certeza de que irá morrer e ao em vez de surtar com a possibilidade da falta da vida se dar de fato, ela gargalha e aí uma criança sai da bendita bola roxa a chamando pra entrar. Foi aí mesmo que Sá Ziza teve a certeza de que ia morrer ou já estava morrendo ou já estava morta e está sabendo agora rs, então ela foi na direção da criança que estendia a mão, mas não olhava diretamente para ela. Assim que sua mão toca na criança, a bola roxa parece se potencializar de energia a ponto de quase explodir e finalmente a criança vira o rosto em direção ao dela e Sá Ziza se depara com a imagem de si mesma se olhando no espelho.

Reflexo

Eita que justo hoje essa ruga aqui do canto esquerdo do rosto resolveu falar, e é estranho mas você parece mais nova aí desse reflexo me encarando. Essa ruga surgiu naquele dia em que passei horas na fila do posto de saúde só pra ouvir a conversa das pessoas esperando eternamente a consulta com o médico de família. Uma moça, assim de uns trinta e poucos anos, desembestou a contar a história de como tinha recebido uma mensagem de Deus no fundo de uma panela de alumínio queimada. Ela jurava que era a imagem da Nossa Senhora de Lourdes que apareceu depois de queimar o arroz e que a panela certamente faria milagres. As pessoas na fila se dividiram entre as que riam da cara da moça e as que acreditavam veementemente nela. A fé em demasia, ou ela cativa, ou é motivo de chacota. Eu me dividi entre essas duas, mas quando ri da parte que ela falava que fez um altar pra panela, senti um repuxar do lado esquerdo do rosto e uma coceira na bochecha. Quando cheguei em casa, havia uma ruga nova justamente no lugar onde senti o comichão e não era uma ruga fininha, pouco marcada não, era uma senhora ruga! Eu me peguei pensando se era castigo da Santa, a Nossa Senhora da Panela de Lourdes e pensei que se tivesse pego o endereço da moça, poderia ter ido visitá-la e acender uma vela, mal não ia fazer. Mas também não acredito nisso de castigo, penitência, acredito é em muita coisa que ninguém vê e de ruga, já estou cheia, uma a mais não vai fazer diferença. Já meus olhos, estão azuis de tempo, de catarata mesmo, eu sei porque já me disseram. Agora a ruga apareceu aí no reflexo, mas os olhos e os cabelos ainda são da juventude, se bem que nem sei mais quando deixei de ser jovem pra virar outra coisa. Mas a catarata é só por fora, por dentro vejo até o que não aparece. Quando parei de contar a minha idade, passei a não olhar mais pros espelhos com tanta frequência. Como pode a gente esquecer do rosto da gente e lembrar do gosto de um beijo, do cheiro de alguém que fica no travesseiro. E por acaso velha não sente desejo? Não sente um calor que atravessa a espinha só de lembrar daquelas horas em que o tempo parava naquele hotelzinho da Ponta d' Areia em Niterói? Lembra, a gente fazia amor por horas, depois fumava um cigarro olhando os barcos de pesca entrando carregados na Baía de Guanabara. Fazia muito calor naquele quartinho com o ventilador que só fazia barulho e pouco ventava. O quarto tinha cheiro de sabonete phebo, peixe e suor. Naquele tempo eu era a Ziza, apenas Ziza, te lembra? Sá Ziza chegou junto com as rugas mais brutas e os fios brancos, as pessoas acharam que eu era então merecedora de algum tipo de reverência. O cabelo branco e as rugas foram uma espécie de condecoração e eu virei Sá Ziza. Não me incomodo, gosto desse jogo de esconde-esconde que faço, usando a velhice como escudo quando quero, a pele flácida em excesso e as dores nas juntas, que cativam a compaixão de certos olhos joviais. Os mesmos que ficariam chocados se ouvissem umas coisinhas que me passam aqui na cabeça.

Aquele verão, menina, me deixou de perna bamba.

Transformação

Ao conversar com suas rugas, Sá Ziza ria, gargalhava, como se tivesse sido feliz em todas as memórias reservadas por seu cérebro experiente.

Ria como se se elevasse a uma entidade que compreendera o tempo e espaço pra além da lógica ocidental gregoriana!

Via percorrer pelas rugas esses caminhos não lineares como se virassem impressões digitais de polegar: as conversas com a árvore do quintal, a coleção de bolas isoladas das crianças da rua, os grupos de apoio, a panela mensageira do divino, os cigarros pós-sexo olhando a baía de Guanabara, a criança com rosto de espelho...

Era como se um quebra-cabeça se completasse na sua frente formando uma imagem descritiva de toda sua vida! Uma árvore com caule de estrada começando em seus próprios pés!

Nessa hora Sá Ziza se aproxima da árvore-estrada e toca seus próprios pés, que imediatamente somem e Sá Ziza vai se transformando numa cobra colorida e vai subindo a árvore, se enrolando nos galhos e ao fundo surge um lindo arco-íris com um pote de memórias de ouro.

Herança Ancestral

Por Kimani - Provocadora convidada

menina Kimani gemeu e chorou,
chorou gotas quentes, suadas e amargas de uma dor tão contundente e familiar que mais parecia que seu peito fendia em mar a cada gotejo.
de dor de vida
e de anseio de morte.
Chorou, chorou, chorou, chorou tanto
que acabou por encharcar o solo-mãe de tanto lamento.
A desesperança era tamanha e tanta porque
O Racismo
Réu-confesso, de nome próprio e sobrenome herdado de um português, italiano ou alemão (Deus quem sabe)
lhe arrancou o sol do peito, o sorriso da boca e a tornou apática e capenga de fé e de tudo.
Foi assim que ela, sem nem saber, revirou os céus de ponta-cabeça, despertou a cólera de vó Nanã e invocou o uivo e resposta em bando de ancestrais encantados que intercederam por ela.
— Oxalá! eles clamaram.
Fez-se o caos e tempo de colheita num dia só.
A lua em peixes anunciou a transição apocalíptica com a velocidade de um mensageiro e pelas mãos de Uriel.
Obatalá, deusa mística, bruxa, travesti de três seios e três olhos empunhou seu cajado de turmalina e advertiu de uma vez por todas a seguinte jura, na qual Uriel seria o responsável em perpetuá-la.

"A partir de agora, sentencio que maldito será aquele que ousar ferir, matar ou vitimizar de qualquer forma, qualquer filho, preto de tudo ou de partes, descendente de Iracema, Jurema, Nzinga ou Ahosi. Inférteis serão seus descendentes e os descendentes deles que tiveram em suas mãos direta ou indiretamente resquícios de sangue ameríndio, a fim de extinguir esta raça nociva do solo vermelho como a brasa. Aqueles que insistirem em manchar a terra de ódio serão impiedosamente punidos. Torná-lo-ei bestas feras sem línguas que só poderão rastejar, grunhir, rastar e grunhir até alcançarem o entendimento milenar de respeito e amor mútuo ao corpo de outrem.

De algozes a servos, eles estarão presos e a serviço daqueles que afligiram."

SAWABONA SHIKOBA

E Obatalá ainda continuou...

"E aos que descendem direta ou indiretamente de quilombos, cortiços e aldeias, bem-aventurados serão! Gozarão de uma vez por todas da paz e do sossego ainda em terra, ainda em vida. Transitarão e habitarão os quatro cantos do mundo sem qualquer temor, sem dívida ou passivo. Seus filhos e os filhos dos filhos nascerão com um sol no peito, coroa na cabeça e um tracejado rabiscado nas palmas das mãos que lhes mostrarão o caminho ao sul. Não haverá morte, não haverá pranto! Ressuscitarei um por um, cada filho sequestrado de mães pretas. Aquele que estiver morto, reviverá como quem acorda de um sono pesado e profundo. Mães pretas não mais chorarão e tirarão seus herdeiros até então inertes dos jazigos fétidos. A paz reinará em cada diáspora."

SANKOFA.

Anos depois,
Kimani, que não era mais uma menina, ainda são sabia bem explicar com palavras o que mudará, mas sentia em si, no mais íntimo do seu coração e ori que alguém ainda olhava por ela e pelos seus.
Oxalá!
Afinal, o que explicaria seu pai já falecido ter voltado de pés descalços pra casa,
A presença doce e concreta da sua bisavó Isabel lhe cheirando a face manhosa,
a possibilidade real de constatar que o seu nariz-coxinha tinha vindo do avô Clemente que também voltará.
A favela nunca mais chorou!
As escadarias não escorriam vermelho-escarlate,
e as mães pretas,
Ah, as mães pretas voltaram a cantar cantigas de bem viver.
Ela marejou os olhos de esperança e cantarolou enquanto sentia um movimento faceiro e nada tímido em sua barriga.
Era a vida que pulsava e a convidava para sorrir, enfim, sorrir.
E lá do Orum, Obatalá também sorriu.
Ela carregava em seu ventre Aisha, que quer dizer “ela é vida”.

Autorias

A Prontidão
Personagem-Base: Tatiana Nascimento
Ambiente: Carlos Eduardo Pereira
Encontro: Tatiana Nascimento
Reflexão: Carlos Eduardo Pereira
Herança Ancestral: Tatiana Nascimento
Carta/Mensagem: Tatiana Nascimento
Resposta: Janaú
Sonho: Tatiana Nascimento
Reflexo: Botika
Transformação: Tatiana Nascimento

Bakurah
Personagem-Base: Carlos Eduardo Pereira
Ambiente: André Dahmer
Encontro: Carlos Eduardo Pereira
Reflexão: Guilherme Zarvos
Herança Ancestral: Carlos Eduardo Pereira
Carta/Mensagem: Carlos Eduardo Pereira
Resposta: Rayna Pegado
Sonho: Carlos Eduardo Pereira
Reflexo: Moara Tupinambá / Dornélio Silva
Transformação: Carlos Eduardo Pereira

Bete Bronca
Personagem-Base: Leonardo Marona
Ambiente: Rayna Pegado
Encontro: Leonardo Marona

Reflexão: Tatiana Nascimento
Herança Ancestral: Leonardo Marona
Carta/Mensagem: Leonardo Marona
Resposta: Guilherme Zarvos
Sonho: Leonardo Marona
Reflexo: Cristiane Sobral
Transformação: Leonardo Marona

Bourlem Mohamed
Personagem-Base: Adriana Schneider
Ambiente: Janaú
Encontro: Adriana Schneider
Reflexão: Leonardo Marona
Herança Ancestral: Adriana Schneider
Carta/Mensagem: Adriana Schneider
Resposta: Tatiana Nascimento
Sonho: Adriana Schneider
Reflexo: Rayna Pegado
Transformação: Adriana Schneider

Cosme Redivivo
Personagem-Base: Cristiane Sobral
Ambiente: Moara Tupinambá / Dornélio Silva
Encontro: Cristiane Sobral
Reflexão: Moara Tupinambá / Dornélio Silva
Herança Ancestral: Cristiane Sobral
Carta/Mensagem: Cristiane Sobral
Resposta: André Dahmer
Sonho: Cristiane Sobral
Reflexo: Leonardo Marona
Transformação: Cristiane Sobral

Espelha
Personagem-Base: Botika
Ambiente: Cristiane Sobral
Encontro: Botika
Reflexão: Janaú
Herança Ancestral: Botika
Carta/Mensagem: Botika
Resposta: Adriana Schneider
Sonho: Botika
Reflexo: Guilherme Zarvos
Transformação: Botika

Ipê
Personagem-Base: Janaú
Ambiente: Leonardo Marona
Encontro: Janaú
Reflexão: Esteban Rodrigues
Herança Ancestral: Janaú
Carta/Mensagem: Janaú
Resposta: Botika
Sonho: Janaú
Reflexo: Carlos Eduardo Pereira
Transformação: Janaú

Iroco
Personagem-Base: Esteban Rodrigues
Ambiente: Guilherme Zarvos
Encontro: Esteban Rodrigues
Reflexão: André Dahmer
Herança Ancestral: Esteban Rodrigues
Carta/Mensagem: Esteban Rodrigues

Resposta: Moara Tupinambá / Dornélio Silva
Sonho: Esteban Rodrigues
Reflexo: Tatiana Nascimento
Transformação: Esteban Rodrigues

Ivanildo Pereira
Personagem-Base: Moara Tupinambá / Dornélio Silva
Ambiente: Esteban Rodrigues
Encontro: Moara Tupinambá / Dornélio Silva
Reflexão: Rayna Pegado
Herança Ancestral: Moara Tupinambá / Dornélio Silva
Carta/Mensagem: Moara Tupinambá / Dornélio Silva
Resposta: Leonardo Marona
Sonho: Moara Tupinambá / Dornélio Silva
Reflexo: Adriana Schneider
Transformação: Moara Tupinambá / Dornélio Silva

Ives
Personagem-Base: André Dahmer
Ambiente: Adriana Schneider
Encontro: André Dahmer
Reflexão: Botika
Herança Ancestral: André Dahmer
Carta/Mensagem: André Dahmer
Resposta: Carlos Eduardo Pereira
Sonho: André Dahmer
Reflexo: Esteban Rodrigues
Transformação: André Dahmer

Nana
Personagem-Base: Guilherme Zarvos
Ambiente: Tatiana Nascimento

Encontro: Guilherme Zarvos
Reflexão: Cristiane Sobral
Herança Ancestral: Guilherme Zarvos
Carta/Mensagem: Guilherme Zarvos
Resposta: Cristiane Sobral
Sonho: Guilherme Zarvos
Reflexo: André Dahmer
Transformação: Guilherme Zarvos

Sá Ziza
Personagem-Base: Rayna Pegado
Ambiente: Botika
Encontro: Rayna Pegado
Reflexão: Adriana Schneider
Herança Ancestral: Rayna Pegado
Carta/Mensagem: Rayna Pegado
Resposta: Esteban Rodrigues
Sonho: Rayna Pegado
Reflexo: Janaú
Transformação: Rayna Pegado

Autores e autoras

Adriana Schneider é professora do Programa de Pós-Graduação em Artes da Cena, da Universidade Federal do Rio de Janeiro. É atriz e diretora de teatro, integrante do Coletivo Bonobando, do Grupo Pedras de Teatro e da Muda Outras Economias / @asadriana13

André Dahmer nasceu em 1974 em Botafogo, Rio de Janeiro. Artista plástico, poeta e quadrinista, criou as séries de tirinhas Malvados, Quadrinhos dos anos 10, Vida e obra de Terêncio Horto, entre outras / @andredahmer

Botika é pai de Helena, Odete e Dalva. Escreve, autor de Uma Autobiografia de Lucas Frizzo (Azougue Ed.), Búfalo (Ed. Língua geral) e Tatuí (ed. cArAAtApA). É organizador da Coleção Tabuleiro de Ficções (Numa Editora) / @tabuleirofic

Carlos Eduardo Pereira é escritor, autor dos romances Enquanto os Dentes (2017) e Agora Agora (2022), ambos publicados pela Editora Todavia / @carloseduardoescritor

Cristiane Sobral é carioca e vive em Brasília. Atriz, escritora, mestre em teatro e dramaturga. Tem 11 livros publicados, o mais recente "Amar antes que amanheça" (Ed. Malê) / @cristianesobralartista

Dornélio Silva é mestre em ciência política-PPGCP/UFPA. Especialista em marketing. É diretor da Doxa Pesquisa. Co-autor do livro "Subsistema Político Paraense: Instituições, atores e arenas". Nasceu em Santarém/Pará

Esteban Rodrigues, 26, homem trans, negro, do subúrbio de Salvador. Autor das obras Sal a gosto (2018, Padê Editorial);

e Com mãos atadas e como quem pisa em ovos (2021, Selo Paralelo13S) / @_estebanrodrigues

Guilherme Zarvos é Poeta, Doutor em Letras - Literatura Brasileira - pela PUC-Rio. Fundou o CEP20.000 e foi membro do Conselho da Fundação Darcy Ribeiro. Publicou diversos livros / guilhermezarvos@uol.com.br

Janaú, Amazônida nascida no RJ. É educadora, artista visual e escritora. Publicou "Atlântida", Ed. Urutau (2019) e "felina abissal" Ed. nosotros (2020), entre outros. Investiga a linguagem, o Trauma Colonial e os saberes originários de Abya Yala.

Kimani é poeta, compositora, cantora, arte educadora, agitadora cultural e mulher preta paulistana. Vencedora da batalha Slam BR 2019. Através da música e da poesia Kimani tem escrito sua trajetória / @Kimani_poeta

Leonardo Marona, escritor e livreiro, nascido em 04 de fevereiro de 1982, em Porto Alegre – RS. Doce Mal Permanente (Ed. Telaranha) é seu último livro publicado / @leonardomarona

Moara Tupinambá é artista, conunicadora e ativista, nasceu em Mairi/Belém. É vice-presidente da Associação Wyka Kwara, onde atua pelos direitos dos povos indígenas. É autora do livro "O Sonho da Buya Wassu" / @moaratupinamba

Rayna Pegado é cientista social por clara formação, multi artista por retingir a vida. Poeta desde a infância onde brincava de juntar palavras pra conversar consigo. Transita entre inúmeras existências de si / @raynapegado

tatiana nascimento, 42, é mãe da Irê. brasiliense, trabalha com a palavra: escritora, compositora, cantora, tradutora. sonhadora, quer viver num mundo sem gaiolas, sem racismo, sem fome nem latifúndio / @tatiananascivento

Agradecimentos

Ana Bonjour, Daniel Castanheira e Pedro Rocha, por assuntar largamente o tema comigo.

Cida de Souza, pelo apoio cuidadoso e essencial.

Leonardo Marona, Moara Tupinambá e Tom Grito, pelas indicações curatoriais.

Pedro Lago, por ceder a arte da capa.

*Agradeço imensamente a Numa Editora (Adriana Maciel e Jul) pela parceria precisa e inevitável; e as pessoas que aceitaram participar desse gesto inaugural, montando um corpo-livro sem bordas.

escritas**performáticas**

Reunimos, sob este selo, textos que se encaixam na ideia de Escritas performáticas desenvolvida por Lia Duarte, Raïssa de Góes e Adriana Maciel. Textos que expandem os contornos dos sentidos, que escavam a linguagem, textos que deslocam, a nós, leitores, nos fazendo dançar sobre o terreno da inconstância, alterando a noção de escuta e nossos equilíbrios delicados. Escrita performática – entre a tinta e o papel, o gesto que se dá sobre e sob as superfícies extensas da ficção, aquela que se faz na dissonância, as narrativas em dissenso. Um modo de ocupação de espaços, de escavação de sentidos, um modo de leitura.

LIVROS ESCRITAS PERFORMÁTICAS

À esquerda, Nina
Lia Dumo

Hidratação
Valeria Campos

Cair até inventar onda
Caio Riscado

COORDENAÇÃO ESCRITAS PERFORMÁTICAS
Adriana Maciel
Lia Duarte Mota
Raïssa de Góes

CONCEPÇÃO E ORGANIZAÇÃO
Botika

EDIÇÃO
Adriana Maciel

PRODUÇÃO EDITORIAL
Jul

PROJETO GRÁFICO
Dupla Design

ILUSTRAÇÃO DA CAPA
Pedro Lago

REVISÃO
Laryssa Fazolo
Marcus Groza
Nicolas Casal

B749n Botika
Narrativas imprevisíveis / Botika.
Rio de Janeiro : Numa Editora, 2023.

ISBN 978-65-87249-99-5

300 p. : il. ; 14cm x 21cm

1. Literatura brasileira. 2. Ficção I. Título.

2023-2104 CDD - 869.8992
CDU 821.134.3(81)

Elaborado por Vagner Rodolfo da Silva - CRB-8/9410

Índices para catálogo sistemático:
1. Literatura brasileira : Ficção 869.8992
2. Literatura brasileira : Ficção 821.134.3(81)

numa

contato@numaeditora.com
@numaeditora
numaeditora.com

Este livro foi composto em June Expt Variable (título)
e Igual (textos) e impresso em papel Pólen Natural 80g,
para a Numa Editora, em 2023.